데이트 어 라이브 프래그먼트

데이트 어 불릿

DATE A LIVE FRAGMENT DATE A BULLET

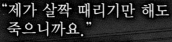

"제가 살짝 때리기만 해도
죽으니까요."
준정령— 토나미 후루에

"다 같이 화끈하게 칼부림을 하자!"
준정령— 히지가타 이사미

".......":
준정령— 폴스 프록시

"취미는 독서야."
준정령— 타케시타 아야메

"으음…… 몇 명을 죽였는지도 말할까?"
준정령— 셰리 무지카

"숙녀는 이런 속옷을
입지 않을 것 같은데요……."
정체불명의 소녀— 엠프티

"숙녀라면,
이 정도 속옷은 소화해줘야 하지
않을까요?"

정령— 토키사키 쿠루미

"〈각각제(刻刻帝)〉—【두 번째 탄환】."

"정말, 고마워.
덕분에, 나는,
다시 강해질 수 있어."
준정령—창

"……왜, 저를 죽이지
않은 거죠?"

글 : 히가시데 유이치로
원안 · 검수 : 타치바나 코우시
그림 : NOCO
옮긴이 : 이승원

―초대받은 열 명의 소녀, 그들이 치러야 하는 것은 데스 게임.
―손에는 총, 눈동자는 시계, 시간을 장전하고.
―그럼, 전쟁을 시작하죠.

데이트 어 라이브 프래그먼트
데이트 어 불릿

DATE A LIVE FRAGMENT

SpiritNo.3
AstralDress-NightmareType Weapon-ClockType[Zafkiel]

○엠프티

(빈껍데기)

─죽은 듯이 잠들어 있었고, 잠들어 있듯이 죽어 있었다.

낙하는 지옥에 떨어지듯 힘차고 빨랐으며─.

격돌은 천국에 이른 듯이 부드럽고 완만했다.

따뜻한 기억도, 차가운 충동도, 전부 멀어져갔고, 남은 것은 빈껍데기뿐이었다.

마치, 망망대해에 내던져진 채 흔들거리고 있는 쪽배 같았다.

도와줘! 도와줘!

목청껏 고함을 질렀다. 하지만, 눈앞에 펼쳐져 있는 것은 거친 바다, 검은 파도, 검은 하늘, 검은 죽음─.

쪽배의 바닥에 구멍이 뚫리더니, 바다로 빠져들기 시작했다.

숨을 쉴 수가 없다. 앞이 보이지 않는다. 아무 것도 들리지 않는다.

빙글빙글, 슈르르르─ 꼬르륵. 아무리 열심히 손을 휘저어도, 허무하게 수면을 두드리기만 할 뿐이다.

『너는 아무 것도 손에 넣지 못했어. 왜냐하면 너는 빈껍데기거든. 빈껍데기야.』

(엠프티)

내면에서 속삭임이 들려왔다.

그 말이 맞을지도 모른다. 이렇게 죽어가고 있는데도, 아무 것도 생각나지 않으니까 말이다.

차가운 손이 오른발을 움켜잡았다.

그대로, 물속으로 끌려들어갔다.

죽고, 죽고, 죽고, 죽고, 죽고, 죽고, 죽었다. 살고, 살고,
살고, 살고, 살고, 살고, 살았다.

아무 것도 없는, 빈껍데기.^(엠프티)

그렇기에, 그 누구도 아니다.^(노바디)

가라앉고, 가라앉고, 가라앉았다. 거무튀튀한 공간으로
끝없이 추락했다. 괴롭다. 아프다. 공허하다. 무섭다. 괴롭
다…… 쓸쓸하다.

갑자기, 눈이 떠졌다. 칠흑빛 바다의 밑바닥에 희미하게
빛나고 있는 것이 있었다.

익사의 공포도, 질식의 고통도 잊고, 그 빛을 향해 헤엄
쳤다. 그 어떤 아픔도, 괴로움도, 그곳으로 향하고 있을 뿐
인데도 잊을 수 있는 스스로가, 왠지 불가사의했다.

『서둘러, 서둘러, 서둘러. 지금 움켜쥐지 않으면, 영원히
손에 넣지 못할 거야.』

그 말이 옳다고 생각한 소녀는 자기 자신을 채찍질하며
더욱 힘을 냈다.

마침내 떨리는 손으로, 그것을 움켜쥐었다.

그것은 한없이 약하지만, 그래도 명백하게 빛을 뿜고 있었다.

자신에겐 없는, 그리고 허락되지 않았던 빛이었다.

◇

『잠드는 것이 죽음을 뜻한다면, 깨어나는 것은 삶을 뜻한다. 삶이란 생각을 멈추지 않는 것을 뜻한다.』

소녀는 문득 그런 생각을 했다.

"――――――――아아."

그것은, 현세와의 접촉― 소녀는 천천히 상반신을 일으킨 후, 기지개를 켰다. 하지만 아직 졸리기에, 다시 드러누웠다.

"냐아―――――――――――――."

졸음 속에서만 용납되는, 귀엽다기보다 이상야릇한 울음 소리.

하지만 왠지 고양이 같아서 마음에 들었기에, 한 번 더 울음소리를 내려던 소녀는 중요한 사실을 깨달았다.

"……여기는 어디지?"

눈을 크게 뜨며 허둥지둥 몸을 일으켰다. 몸을 일으키자, 정신이 충격을 받았다. 아니, 충격을 받았다기보다 공백을 느꼈다고 해야 할까―.

모르겠다. 지금 자신이 어디에 있는지도 모르겠거니

와…….

"……나는 누구지?"

애초에, 자신이 누구인지도 생각이 나지 않았다.

신발은, 신고 있다. 옷은, 입고 있다. 안경은, 쓰지 않았다. 가슴은, 있다.

알고 있는 것은, 그게 전부였다.

일단 자신이 여성이라는 사실은 알았다. 하얀 옷을 입고 있다는 것도, 어찌어찌 알았다. 그리고 그 이외에는 아무 것도 알 수 없었으며, 생각나는 것도 없었다.

그리고 정말 아무래도 상관없는 일이지만, 이름 없는 소녀는 아까 전의 대사가 이 상황에 너무 딱 들어맞는다는 생각이 든 나머지, 깔깔 웃으며 바닥을 굴러다녔다.

―자, 그럼.

"실컷 웃기는 했는데, 이제 어떻게 하면 좋을까?"

이름 없는 소녀는 고개를 갸웃거렸다. 그리고 머리를 두드려대며 자신에 대해 떠올리려고 했다.

……마치 안개에 휩싸여 있는 듯했다. 그리고 소중한 무언가를 빼앗긴 느낌이 들었다.

소녀는 주위를 둘러보았다.

이곳은 깨끗한 뒷골목이었다. 뒷골목은 보통 더럽기 마련이지만, 이곳에는 쓰레기 하나, 먼지 한 톨 없었다.

그녀는 그런 뒷골목을 보며 불안감을 느꼈다. 청결한 뒷골목이 마치 자신을 거부하고 있는 것만 같았다. 사방팔방이 새하얀 벽에 둘러싸인 이곳이 감옥처럼, 그리고 별개의 무언가 같은 느낌이 들었다.

"일단 다른 사람에게 물어보자."

혼자 생각해봤자, 그리고 이곳에 있어봤자 의문의 답을 찾아낼 수는 없을 것 같았다. 그렇다면 앞으로 나아갈 수밖에 없다.

걸음을 옮겼다.

소녀는 뒷골목을 빠져나왔다.

"──."

그녀는 경악했다. 눈앞에 펼쳐진 마을의 풍경이 눈에 익지 않는 것은 어쩔 수 없다. 하지만 마을 안을 돌아다니는 사람이 한 명도 없는 점은 「어쩔 수 없다」고 말하며 넘길 수 없었다.

아무도 없는 마을이다. 신호등은 작동했다. 가게는 열려 있다. 하지만 사람은 보이지 않았다. 길고양이 한 마리조차도 없었다.

"아무도 안 계신가요~?!"

소녀는 길 한복판에서 외쳤다. 하지만 대답은 들려오지 않았다.

"헬로~! 안녕하세요~! 니하오~!"

목소리는 없다.

소리도 없다.

그림자도 없다.

시간이 정지된 걸까. 인간이 멸망한 걸까.

이름 없는 소녀는 마음속에서 배어나오는 불안감을 억누르며 걸음을 옮겼다. 아니, 걷는 게 아니라 뛰기 시작했다.

"아~무~도~! 안~계~신~가~요~!"

숨이 찰 때까지 뛰어다녔지만, 아무도 없었다. 이 마을에서 살아있는 존재는 자기 자신뿐―.

현기증이 났다. 기억은 없지만, 그녀의 상식이 「이상하다」고 외치고 있다. 마을에, 인간이 없을 리가 없다.

이런 건 이상한데, 분명 이상한데…….

"어쩌지? 꿈? 이거, 꿈 맞지?"

균형을 잃은 소녀는 그대로 주저앉았다. 도로 한복판에 벌러덩 드러누웠는데도 꾸짖는 사람이 없었다.

이름 없는 소녀는 웃음이 나려는 것을 겨우 참았다. 이런 상황에서 웃음을 터뜨렸다간, 죽을 때까지 웃어대기만 할 것 같았다.

이건 분명 꿈이라고 소녀는 생각했다. 꿈속이니까 이 마을에 사람이 없는 것이며, 꿈속이니까 기억이 없는 것이다.

잠에서 깨면 된다. 그럼 일상으로 돌아갈 수 있을 것이다―

그 일상이 어떤 것인지는 기억이 나지 않지만 말이다.

소녀는 주저앉은 채 하늘을 올려다보다— 하늘을 찌를 듯이 높은 빌딩을 보고 몸을 벌떡 일으켰다.

"……높은 곳에서 주변을 살펴보는 거야……!"

빌딩 옥상이라면 이 마을 전체를 둘러볼 수 있을 것이다. 소녀는 근처에 있는 빌딩 중 가장 높은 건물로 뛰어 들어가, 허둥지둥 계단을 올라갔다.

괜찮다. 기분 탓일 것이다. 우연히 주위에 사람들이 없었을 뿐이다. 근처에서 축제 같은 게 열려서 인근에 사람이 없는 것이다. 이 빌딩 또한 우연히 사람이 없는 게 틀림없다.

옥상에서 내려다보면 금방 사람을 찾을 수 있을 것이다. 사람이 있다는 걸 바로 알 수 있으리라.

숨이 턱까지 차올랐다. 가슴이 격렬하게 뛰었다. 아까 넘어지면서 바닥에 찧은 정강이가 꽤 아팠다.

고통이 느껴지는 걸 보면, 이것은 역시 꿈이 아니다.

숨을 헐떡이며 계단을 뛰어올라간 끝에 옥상에 도착했다. 문을 열어보니, 그곳은 카페인지 오픈테라스에 멋진 테이블과 의자가 놓여 있었다.

……하지만 사람은 단 한 명도 없었다.

"하지만……!"

펜스를 움켜쥐고 지상에 펼쳐져 있는 광경을 본 순간— 절망했다.

아무도 없다. 믿기지 않게도, 이 넓은 마을에는 그 누구도, 단 한 사람도, 자신 이외의 생물이 단 하나도 존재하지 않았다.

마음이 약해졌다. 설마, 이 현실^꿈에서 영원히 빠져나갈 수 없는 걸까……?

바로 그때, 덜컹 하는 소리가 들렸다.

—나중에 돌이켜보면…….

—소녀는 이것을, 악운이라 여겼어야 했다고 생각할지도 모른다.

하지만 이 순간, 그녀에게 있어서 그것은 기적 그 자체였다.

"……사람, 이, 있어?"

검은색과 붉은색으로 꾸며진 영장(靈裝)^{드레스}이 소름끼칠 정도로 아름다웠다.

윤기 넘치는 검은 머리카락, 잘 만든 도자기 인형처럼 새하얀 피부와 가녀린 몸^{비스크돌}.

그녀에게 시선을 빼앗긴 소녀는 눈앞에 있는 이의 비정상적인 점을 눈치채지 못했다. 인간이 굴뚝 위에 우아하게 앉아있는 것은 말도 안 되는 일인 것이다.

그러나 그녀는 그런 비정상적인 점을 타인이 인식하지 못하게 할 정도로 아름다웠다.

아아, 하늘이 푸르다는 게 너무 아쉽다.

소녀는 생각했다. 그녀에게 어울리는 것은 어슴푸레한 달빛만이 존재하는, 어두운 밤일 것이라고 말이다.

"……기요."

"……저기요~!"

소녀가 말을 걸자, 타앙 하는 소리가 울려 퍼졌다. 그리고 강렬한 풍압이 귓불을 스치고 지나갔다.

"어?"

영문을 모르겠다는 듯이 고개를 갸웃거린 순간— 시선이 맞부딪쳤다.

눈을 한 번 깜빡였다.

"죄송해요."

방울 같은 목소리가 들렸다. 눈을 뜨자, 굴뚝에서 내려온 검은 옷을 입은 소녀가 코앞에 있었다. 그리고 그녀에게 있어 진정으로 아름다운 부분이 어디인지 깨달았다.

—눈동자.

검은 옷을 입은 소녀의 왼쪽 눈은, 시간을 새기고 있었다. 째깍째깍째깍째깍 하며 초침이 움직이고, 그 초침이 한 바퀴 돌 때마다 분침이 움직였으며, 그에 맞춰 시침이 차분히 한 걸음을 옮겼다.

정밀하게 작동하는 물체는 아름답다. 그것이 찬란히 빛나고 있다면 더욱 아름다울 것이다.

검은 옷을 입은 소녀는 옅은 미소를 지으며 입을 열었다.

"무심코, 쏘고 말았군요."

쏘고 말았다? 소녀는 그 말을 듣고 고개를 갸웃거렸다.

쏘다니, 뭘? 한 턱 쐈다는 걸까? 아니면 총이나 활을 쐈다는 걸까?

그럼 자신은 뭔가에 맞을 뻔한 걸까?

유심히 보니, 검은 옷을 입을 소녀는 고풍스러운 단총을 손에 쥐고 있었다. 그리고 고개를 돌려보니, 카페 테이블이 박살나 있었다.

"총에 맞을 뻔 했어?!"

"예, 제가 쐈답니다."

소녀는 다리가 풀렸는지 털썩 주저앉았다. 그러자 검은 옷을 입은 소녀는 쿡쿡 웃으며 중얼거렸다.

"……그래도, 당신은 살아있군요."

소녀는 망연자실한 목소리로 물었다.

"……당신은 천사인가요? 아니면 악마?"

"글쎄요. 굳이 둘 중 하나를 고르라면 악마일까요? 어디까지나 당신에게 있어서는 말이죠."

악마는 빙긋 웃었다. 확실히 그 미소에서는 온기가 느껴지지 않았다.

"아뇨. 저한테 있어서는 천사라고 생각해요."

악마는 그 말을 듣더니 눈을 동그랗게 떴다.

소녀는 말을 이었다.

"……저는 이름이 없어요. 빈껍데기예요. 당신은 이름이 뭐죠?"

"……제 이름은, 쿠루미."

검은 옷을 입은 소녀는 소망을 읊조리는 듯이, 그 이름을 입에 담았다.

"제 이름은, 토키사키 쿠루미랍니다."

◇

"흐음, 엠프티는 뒷골목에 쓰러져 있었군요."

쿠루미의 붉은 눈동자는 표적을 꿰뚫을 듯이 이름 없는 소녀를 응시했다.

"예! 저기, 그런데, 여기는 어디죠?! 저는 누구죠?! 왜 이 마을에는 아무도 없는 거죠?!"

차가운 표정을 짓고 있는 쿠루미에게, 엠프티(이보다 더 적절한 이름은 생각나지 않았다)는 질문을 연달아 던졌다.

"질문은 하나씩 해주지 않겠어요?"

"아~, 으음~. 그럼, 저는 누구죠?!"

엠프티는 웃음을 흘리고 있는 쿠루미에게 물었다.

"저는 당신의 이름을 모른답니다."

"역시 그렇겠죠!"

"하지만, 당신이 무엇인지는 알죠."

"누구인지는 몰라도, 무엇인지는 안다고요?"

엠프티는 영문을 모르겠다는 표정을 지으며 고개를 갸웃거렸다.

그에 쿠루미는 태연한 어조로 대답했다.

"저도, 그리고 당신도, 인간은 아니랍니다. 정령이라 불리는 존재죠."

"……정령……."

정령, 이라고 쿠루미는 말했다.

이유는 모르겠지만, 엠프티는 그 말을 듣고 납득했다.

"당신은, 그 중에서도 준정령(準精靈)이라고 불리는 존재랍니다."

"준정령……이군요."

"정령처럼 강대한 힘을 지닌 것은 아니지만, 인간보다 덧없는, 신기루 같은 존재죠. 하지만, 인간이 아니기 때문에 병에 걸리지는 않아요. 굶주리지도 않죠. 교통사고도 당하지 않아요. 하늘도 날 수 있죠. 나름 엄청난 힘을 사용할 수도 있답니다."

"정말요?!"

그건 엄청나다. 역시 정령이라는 이름을 지닌 존재다웠다.

"당신은 태어난 지 얼마 안 됐으니 무리겠지만 말이죠."

"그럴 수가~!"

쿠루미는 웃음을 흘렸다. 엠프티의 반응을 재미있어 하는 것 같았다.

"그리고 이곳은 정령만이 사는 세계. **예전에 인간이었던 자**들이 사는, 천국이자 지옥— 인계(隣界)라 불리는 곳이죠."

"……인, 계."

천국이자 지옥, 예전에 인간이었던 자— 정령이 사는 세계.

"물론, 이 인계에서 살아가는 것도 쉽지는 않답니다. 죽**지는 않지만**, 살아가는 것은 힘든 일이죠. 참고로, 아무도 남을 도와주지 않아요. 자기 앞가림은 자기가 할 수밖에 없답니다."

"보, 보호자 같은 존재는요?"

"제가 알기로, 보호자라 할 만한 어른은 본 적이 없군요."

"그럼…… 그럼, 저기, 으음, 혹시, 기억이 없고, 친인척도 없는 저는……"

절망의 도가니에 빠진 걸까?

지옥에 들어서고 만 걸까?

"자, 더는 물어볼 게 없죠? 그럼 이만 가세요. 저는 바쁘답니다."

"한가해 보이는데요."

"여기서 누굴 기다리고 있답니다. ……아, 왔군요."

엠프티는 누가 왔나 싶어서 뒤편을 돌아보았다. 옥상으로 이어지는 문에는 아무도 없었다. 엠프티가 그런 생각을 한 순간, 머리 위에서 목소리가 들려왔다.

"너희 중에 누가 나를 부른 거야?"

하늘에서 목소리가 들려왔다. 엠프티가 허둥지둥 고개를 들어보니, 그곳에는 한 소녀가 서 있었다.

흰색과 푸른색으로 된 옷을 입은 소녀였다.

헤어스타일은 곤충의 더듬이를 연상케 하는 트윈 테일이 었다. 그리고 짧은 치맛자락이 흩날리면서 요염함을 자아내고 있었다. 가장 중요한 점은 바로 그녀가 하늘에 떠 있다는 사실이었다.

"하늘에…… 떠 있어……."

"제가 불렀답니다."

쿠루미는 그렇게 말하며 앞으로 한 걸음 나섰다.

"그럴 줄 알았어. 그럼 저 애는 누구야? 조수?"

"그냥 내버려둬도 괜찮아요. 갓 태어난 빈껍데기니까 말이죠."

하늘에 떠 있는 소녀가 납득한 것처럼 고개를 끄덕였다.

"그래? 그럼 네가 나를 부른 거네."

"예, 그래요. 이누이 유메 양."

이누이 유메, 라고 불린 소녀는 자신만만한 미소를 지으며 입을 열었다.

"탄생한지 얼마 안 된 저 애를 휘말리게 할 생각은 없어.

하늘로 올라와."

"그렇게 하죠."

쿠루미는 가볍게 콘크리트 바닥을 박찼다. 그러자 그녀의 몸이 공중으로 떠올랐다.

"아……."

엠프티가 무심코 신음을 흘렸다. 그러자 유메가 웃음을 터뜨렸다.

"버림받은 애완견 같은 표정을 짓고 있네."

"길러주지도 않은 사람에게 정을 붙인 걸 보니, 똥개나 다름없는 것 같군요."

말이 너무 심하다는 생각이 들었다.

"아직 물어볼 게 잔뜩 있는데요!"

"……알았어요. 금방 돌아갈 테니, 거기서 기다려 주세요."

"아, 예. 저기, 그런데 두 분은 이제부터 뭘 하려는 건가요?"

쿠루미와 유메는 그 말을 듣고 동시에 웃음을 터뜨렸다. 그리고 환한 표정을 지으며 말했다.

"사투(死鬪)."

두 사람은 곧 새처럼 하늘을 날아갔다.

엠프티가 펜스에 얼굴을 대고 두 눈에 힘을 주자— 성냥처럼 조그마한 두 사람이 눈에 들어왔다.

토키사키 쿠루미와, 이누이 유메가 마주보고 서 있었다.

잠시 동안 멍하니 쳐다보고 있던 엠프티는 느닷없이 굉음이 들리자 화들짝 놀라며 온몸을 부르르 떨었다.

공중에 떠 있던 두 사람이 하늘을 날기 시작한 것이다.

그것만이라면 납득을 할 수 있었을 것이다. 하늘을 나는 것도, 아무도 없는 마을에서 누군가와 만나는 것도 판타지 속 세상에서나 일어날 법한 일이니까 말이다. 하지만 저 두 사람이 벌이고 있는 것은—.

"진짜로…… 서로를 죽이려고 하잖아……."

총을 쐈다.

하늘을 내달렸다.

상대방을 향해 검을 내질렀다.

즉, 그것은 명백한 사투였다.

○이누이 유메

오후, 아무도 없는 마을. 푸른 하늘을 배경으로 두 소녀가 마주섰다.

한쪽은 흰색과 푸른색으로 온몸을 감싼 소녀였다. 더듬이를 연상케 하는 날카로운 트윈 테일, 흰색과 푸른색으로 꾸며진 순진무구한 인상의 영장은 찬란한 햇살로 가득한 세계와 잘 어울렸다.

또 다른 한 명은 검은색과 붉은색으로 온몸을 감싼 소녀였다. 머리카락은 검고, 영장은 검은색과 붉은색이 뒤섞여 있었다. 하지만, 가장 인상적인 점은 그녀의 왼쪽 안구였다. 시계가 째깍째깍 하는 소리를 내며 시간을 새기고 있었던 것이다.

이누이 유메는 마른 침을 삼켰다.

몇 번이나 죽을 고비를 넘겨온 그녀는 눈앞의 상대가 얼마나 강한지 한눈에 깨달았다.

"그런데 나를 불러낸 너는 대체 뭐야? 『인형사』와 연관이 있는 녀석처럼은 보이지 않는데 말이야."

유메가 그렇게 말하자, 토키사키 쿠루미는 웃음을 흘렸다.

"예. 아무 상관도 없답니다. 저는 그저 그걸 원할 뿐이죠."

"원해? 뭘 말이야? 나는 너 따위에게 줄 만한 게 없거든?"

"있을 텐데요~. 초대장, 받았잖아요?"

"……흐음, 뭐야. 그걸 원하는구나. 별난 애네."

"어머어머어머. 그럼 주시겠어요?"

쿠루미는 방긋 미소를 지으며 그렇게 말했다.

유메는 저 미소를 박살내 주자고 생각하며 혀를 내밀었다.

"싫어. 가지고 싶으면 실력으로—"

바로 그 순간, 총성이 울려 퍼지더니 엄청난 힘으로 어깨를 강타당한 듯한 충격을 받았다. 유메는 눈을 치켜떴다. 유메가 눈 한 번 깜빡이는 사이, 눈앞에 있는 소녀는 단총을 꺼내서 쓴 것이다.

"예, 그럼 실력으로 받아가죠."

쿠루미는 여전히 미소를 짓고 있었다.

이야기를 끝까지 들을 생각은 없을 뿐만 아니라, 애초부터 유메를 죽일 생각이었던 것 같았다. 유메는 송곳니를 드러내며 바늘검(針劍)을 현현시켰다.

"어머, 그게 당신의 무명(無銘)천사인가요?"

"간다!"

"……예. 덤비세요."

검고 붉은 영장을 걸친 소녀는 기분 나쁜 미소를 입가에 머금었다. 그 미소에 어린 불길함에 조금 압도당한 유메는 그런 감정을 떨쳐버리려는 것처럼 기합을 지르면서 돌격했다.

싸움이, 시작되었다.

그것은, 엠프티도 한눈에 알 수 있을 만큼 일방적인 싸움이었다.

비행 속도의 차원이 달랐다. 공격의 사정거리가 달랐다. 이누이 유메의 공격은 눈에 보이지 않을 정도로 빨랐지만, 검고 붉은 드레스를 걸친 소녀는 그런 상대방의 공격을 간단히 피했다.

믿기지 않았다.

이 세계의 준정령이라는 존재는 이렇게 강한 건가.

엠프티는 숨을 삼키면서 그저 지켜보고 있을 수밖에 없었다.

이누이 유메가 걸친 흰색과 푸른색으로 꾸며진 영장은 곳곳이 피에 물들어 있었다. 흉흉한 주홍색으로 말이다.

그녀는 공포에 질렸다. 사투 자체는 바라는 바다. 하지만 눈앞의 소녀는 자신의 상상을 초월할 정도로 강한 적이었다.

"그러니까, 그것만 넘겨주면 전부 해결된답니다."

검고 붉은 영장을 입은 소녀는 그렇게 말했다. 하지만 그것을 넘겨준다는 것은 패배를 뜻한다. 지는 게 싫어서, 견딜 수가 없어서, 지금까지 계속 이겨왔는데—.

"싫어! 절대 못 줘! 너 따위에게 넘겨줄 것 같아?!"

"난감하게 됐군요. 저는 그 게임에 참가하고 싶고, 당신도 참가하고 싶죠. 하지만 인원이 정해져 있는데다, 저나 당신이나 상대방에게 양보할 생각은 눈곱만큼도 없군요."

"나중에 끼어든 주제에, 양보 같은 헛소리를 지껄이지 말란 말이야!"

"거봐요. 그러니 싸울 수밖에 없잖아요? 저는 결심했어요. 그 게임에 참가하기로요. 그리고 그러기 위해서라면, 그어떤 장애물이든 전부 분쇄하기로 말이죠."

등골을 타고 오한이 흘렀다. 이 준정령^여자은, 정상이 아니다. 말이라는 게 전혀 통하지 않는다. 죽일 것인가, 죽을 것인가, 그 두 선택지만 가지고 있는 것이다.

"이, 게에에엣—!"

유메는 손에 쥔 에스톡으로 상대를 공격했다. 알고 있다. 무모한 짓이라는 것은 안다.

그도 그럴 것이, 아까부터 자신의 공격은 상대에게 스치지도 않았다……!

하지만, 그 게임에 참가해서 더욱 승리를 맛보고 싶다. 더욱 강해지고 싶다. 이런 곳에서 주저앉을 수는 없다.

수많은 친구들을 희생양으로 삼았다. 자신이 살아남기 위해, 짓밟았다. 그러니 분명, 이 세계의 주인공은 이누^나이 유메다.

이제 와서, 물러설 수는 없다……!

—바보군요. 자기 자신만 그런 게 아니라는 걸 왜 이해하지 못하는 걸까요.

속삭임.

고통이 엄습했다. 구멍이 났다. 자신이라는 존재를 확립하기 위한, 영결정(靈結晶)을 빼앗겼다. 고통보다, 소름 돋는 상실감이 더 컸다. 아마 거울을 보면, 흉측한 표정을 짓고 있는 자신의 모습을 볼 수 있으리라.

"저도 마찬가지랍니다. 아니, 마음이라면 제가 더 강하겠죠. 강해지고 싶다? 그게 전부인가요? 그런 한심한, 천박한 소원 때문에— 저를 막아서지 말아줬으면 좋겠군요."

당했다.

그와 동시에 초대장을 빼앗겼다. 유메는 반사적으로 손을 뻗어 그녀의 발을 움켜잡았다. 유메는 귀찮다는 듯이 자신의 손을 떨쳐내려 하는 그녀를 제지했다.

"기다, 려."

"아직 할 말이 남았나요?"

"꿈을 말해줘. 내 꿈이, 어떤 꿈에게 진 건지, 알고 싶어."

쿠루미는 눈을 살짝 치켜뜨면서 동요했다. 유메는 결사적인 눈빛으로 쿠루미를 노려보았다. 거짓말은 용납하지 않겠다는 것처럼 말이다.

"제, 꿈은—."

쿠루미가 꿈을 말하자, 유메는 만면에 미소를 지었다.

"그래? 그렇다면 내가 이렇게 사라지는 데도 가치가 있겠네."

유메는 그녀의 발을 놓아줬다. 한순간, 쿠루미는 움찔했다. 하지만, 그녀에게는 손을 내밀 자격이 없다.

세피라를 잃은 유메는 추락했다.

하늘에 녹아드는 것 같은 이 감각은 상상했던 것만큼 불쾌하지는 않다— 그런 생각을 하면서 말이다.

◇

 한 명이 추락하고, 한 명이 남았다. 남은 이는 검고 붉은 드레스를 걸친 소녀, 토키사키 쿠루미. 아까 약속했던 대로, 그녀는 돌아왔다.

"저기, 이누이 씨는……."

"죽었어요."

 쿠루미는 감정이 묻어나지 않는 목소리로 그렇게 말했다. 죽은 건가. 자신의 눈앞에 있는 정령에게 살해당한 건가. 너무나도 비현실적이다. 두 사람이 하늘을 날며 싸운 탓일까. 판타지 세계 안에서 이야기를 나누고 있는 것만 같았다.

"어머, 무섭나요?"

 쿠루미가 웃으며 그렇게 묻자, 엠프티는 잠시 망설인 끝에 고개를 끄덕였다. 무서운지, 무섭지 않은지를 묻는다면 매우 무서웠다. 하지만 불가사의하게도 엠프티는 태연했다. 눈앞에 있는 소녀는 두려운 존재가 아니다. 아니, 두려워하면 안 된다고 무언가가 이야기하고 있었다.

"그치만, 지금 당신이 이대로 가버리면 저는 엄청 난감해져요! 죄송하지만, 한동안 저와 같이 있어 주셨으면 해요!"

 이번에는 쿠루미가 한 방 먹은 듯한 반응을 보였다. 그녀는 잠시 눈만 깜빡이며 엠프티를 쳐다봤다. 마치 당연히 도망칠 거라고 생각한 것처럼 말이다.

침묵을 깬 사람은 쿠루미였다.

"하아…… 예, 좋아요. 쓸데도 있을 것 같으니 말이죠."

엠프티는 가슴을 쓸어내린 후, 힘차게 고개를 숙였다.

"잘 부탁드립니다!"

―자, 결국 나는 누구인가.

그리고 이제부터 뭘 어쩌면 좋을까.

엠프티가 다양한 질문을 던지자, 쿠루미는 빙긋 웃었다.

"당신이 누구인지는 저 또한 당연히 모른답니다. 이제부터 뭘 어쩌면 좋은지도, 아는 바가 없어요."

"당신이 알 리가 없다는 건 저도 안다고요!"

만능 그 자체 같아 보이는 그녀에게 다소 기대를 하긴 했지만, 그 기대는 산산조각 나고 말았다.

"저기, 소리쳐서 죄송해요. 그런데 이 마을에는 다른 준정령이 없나요?"

"없는 게 당연하답니다. 이 마을은 무대(스테이지)니까요."

"예? 스테이지요? 여기서 노래라도 부르나요?"

"예, 저 이외의 다른 누군가가 노래를 부르죠. 예를 들자면…… 절망의 비명과 고통의 절규가 자아내는 앙상블을 말이에요."

"……예?"

소녀는 그 말의 의미를 이해하지 못했다. 일단 상대가 정신적으로 문제가 있는 건 아닐까 의심되는 발언을 했다는 것을 알아챘다.

쿠루미도 그걸 눈치챘는지 볼을 약간 붉혔다.

"잊으세요."

"저기…… 절망의 비명이란 대체(철컥) 아무 것도 아니에요! 잊을게요!"

상대방이 총을 쥔 이상, 무저항주의를 관철할 수밖에 없다. 걱정하지 마! 아무한테도 말하지 않을게! 어차피 아무도 없는걸!

"자, 목적지가 보이기 시작했군요~. 어디까지나 제 목적지이지만요."

쿠루미는 소녀의 손목을 꼭 움켜잡았다. 고통이 느껴질 정도로 세게 움켜쥐었지만, 소녀는 꾹 참았다.

이 손을 떨쳐냈다간, 쿠루미가 자신을 버릴 것 같은 느낌이 들었기 때문이다.

게다가, 아픔만 참는다면…… 누군가에게 손목을 잡혔다는 것 자체는 그렇게 나쁘지 않다는 생각이 들었다.

보이기 시작했다는 말을 들은 소녀가 하늘을 올려다보았다. 근대적인 빌딩이 줄지어 세워진 이 마을의 한가운데에는 한층 더 큰 건물이 있었다. 첨탑 혹은 피라미드 같아 보이는 그 건물은 기하학적이며, 또한 기묘하기 그지없었다.

쿠루미는 그 건물을 손가락으로 가리키며 말했다.

"제 목적지는 저 교사(校舍)랍니다."

"……교사?"

"예, 교사예요. 저기는 학교니까요."

"학교?! 정말인가요?"

"예, 정말의 정말이에요."

엠프티는 「하~!」 하고 괴상한 탄성을 터뜨렸다.

"아하! 그럼 저희는 학교를 다니는 거군요? 학교생활이라, 좋네요. 아무 생각 없이 공부만 열심히 하면 될 것 같아요!"

"뭐, 지금은 그렇게 생각해도 될 거랍니다."

쿠루미는 볼을 일그러뜨리며 미소를 지었다. 불길한 미소지만, 소녀에게는 그걸 신경 쓸 여유가 없었다.

애초에, 상대가 불길한 미소를 지어도 전혀 상관없었다. 아까 느꼈던 고독을 다시 맛보는 것보다는 나으니까 말이다.

건물 안에는 서늘한 공기가 흐르고 있었다.

"에어컨이 켜져 있나 보네요."

"밖도 딱히 덥지는 않은데 말이죠. 지배자라는 자들은 하나같이 제멋대로군요……."

"도미니언?"

소녀는 귀에 익지 않은 단어에 고개를 갸웃거렸지만, 쿠루미는 그 단어의 의미를 알려줄 생각이 없는 것 같았다.

하지만, 쿠루미가 그 말을 중얼거리면서 지은 험악한 표정을 본 소녀는 그것이 쿠루미에게 있어 좋지 않은 의미를 지닌 단어라고 추측했다.

"혹시나 하는 마음에 한 번 더 물어보겠어요. 당신은 저와 같이 갈 거죠?"

"갈래요, 갈게요, 따라갈게요!"

소녀가 주저 없이 그렇게 대답하자, 쿠루미는 약간 어이없다는 표정을 지었다.

"─그럼, 각오하세요. 이곳에는 당신이 두려워하는 정체(停滯)는 존재하지 않아요. 하지만 말이죠, 그건 결코 좋은 게 아니랍니다."

"……."

소녀는 그 말을 듣고 침묵했다.

"제 변덕으로 여기까지 같이 오기는 했지만, 빈껍데기인 당신에게는 버거울 것 같네요."

"저는 이 건물에 뭐가 있는지도 아직 모르거든요?"

인간은 미지를 두려워한다. 하지만…….

아예 모르는 것, 접한 적조차 없는 것을 두려워할 수는 없다. 어둠을 두려워하는 것은, 어둠 속에 숨어있는 존재가 「자신에게 고통을 가할 존재가 아닐까」 하는 의문을 품기 때문이다.

무지몽매하고 순진무구한 갓난아기는 보이지 않는 것을,

모르는 것을 두려워하지 않는다.

그런 점에서 보자면, 이 소녀는 갓난아기 그 자체다.

두려워해야 한다는 말을 듣더라도, 무엇을 두려워해야 하는 건지 모른다.

쿠루미는 잠시 생각에 잠긴 후, 알기 쉬운 표현을 사용해 설명했다.

"……아픈 건 싫나요?"

"예, 뭐……."

"그럼 무서운 것도 싫나요?"

"그야 물론이죠."

"싸우는 건, 좋아하나요?"

"예?"

쿠루미는 대답을 할 때까지 기다려주지 않겠다는 듯이, 소녀의 귓가에 입을 대고 속삭였다.

"엠프티, 엠프티 양. 저는 이제부터 준정령을 죽일 거예요. 귀여운 여자애처럼 생긴 준정령들을 죽일 거란 말이에요."

아까 이누이 유메를 죽였던 것처럼…….

그녀는 앞으로도 준정령을 죽이려는 것 같았다.

……하지만, 그렇다고 해서 따라가지 않을 수도 없었다.

왜냐하면, 지금 소녀가 아는 것이라고는 「자신에게는 기억이 없다」, 「이 마을은 가짜이며, 사람이 거의 없다」, 이 두 가지뿐인 것이다.

이대로 따라 가면 죽음을 맞이할지도 모르지만, 되돌아가면 분명 죽는다.

그 뒷골목으로 돌아가서, 아무 생각도 하지 않으며 그저 썩어갈 것이다. 그것은 **옳지 않은 짓이다.**

허무하게 죽어가는 것을 신은 허락할지 몰라도, 소녀 자신은 허락할 수 없다.

절대로, 절대로 허락할 수 없다.

◇

엠프티는 문득 창밖을 쳐다보고 놀랐다. 어렴풋이 빛나고 있는 푸른 하늘을 유심히 보니, 태양이 존재하지 않았다. 그저 전체적으로 밝기만 했다.

"이 세계에는 태양이 없군요."

"예? ……그렇네요. 태양은 너무 크기 때문이겠죠."

"아~, 역시 여기는 이세계군요."

쿠루미는 엠프티의 얼굴을 들여다보았다. 엠프티가 고개를 갸웃거리자, 쿠루미는 하아 하고 한숨을 내쉬었다.

"맞아요. 당신이 생각한 것처럼, 이곳은 이세계랍니다. 아마 현재의 당신에게 있어서는 말이죠."

"아, 역시 그런가요?"

"설명은 나중에 해드리죠. 어디까지나 그게 가능하다면

말이에요."

"와아!"

그곳은, 놀랍게도…….

"이렇게 많이……!"

학생들이 있었다.

내부 구조는 일본에 있는 흔한 학교와 비슷했다. 약간 오래돼 보이는 이 교실에는 목제 책상과 의자가 줄지어 놓여 있었고, 약간 더러워진 칠판에는 거친 글씨체로 글자가 적혀 있었다. 그리고 엠프티를 놀라게 한 점은 바로 교실 의자에 앉아있는 비슷한 또래의 『소녀』들이었다.

살아있다.

숨을 쉬고, 움직인다. 틀림없는 생물이자, 인간이며, 비슷한 또래의 소녀들이었다. 복장은 다들 제각각 달랐으며, 학교 교복 같은 것을 입은 이도 있는가 하면, 사복을 입고 있는 이도 있었다.

그녀들은 일제히 토키사키 쿠루미와 엠프티를 쳐다보았다. 그 시선을 통해, 토키사키 쿠루미 이외에도 살아있는 이가 있다는 걸 이해한 엠프티는 가슴을 쓸어내렸다.

"다행이야. 역시 살아있는 사람이 있군요."

그 시선을 음미해보면 적의와 악의, 혹은 살의를 느낄 수 있을지도 모르지만, 마음이 들뜬 엠프티가 그런 걸 의식할 수 있을 리가 없었다.

교단에는 갓난아기보다 조금 커 보이는 인형 두 개가 걸터 앉아 있었다. 하나는 갈색 장발을 지녔으며, 왠지 우아한 느낌이 감도는 붉은색 기모노를 입은 인형이었다. 「귀엽다」보다 「미려하다」는 표현이 어울릴 것 같았다. 한자 표현이라는 점까지 고려해서 말이다.

다른 하나는 짧은 금발을 지닌 소년처럼 생긴 인형이었다. 반바지 차림에 초등학생용 가방을 매고 있는 건 소유자의 취향이 반영된 걸까. 이 인형은 「귀엽다」나 「미려하다」보다 「늠름하다」는 말이 어울릴 것 같다고 엠프티는 문득 생각했다.

뭐, 지금 중요한 것은 그런 겉모습이 아니었다.

가장 큰 문제는 바로 기모노를 입은 인형이 두 손을 퍼덕이듯 흔들더니, 교단에서 **직접 뛰어내린 후** 다가왔다는 점이다.

"인형이 움직……이네요……?"

"예, 움직이는군요."

실로 조종하고 있지도 않았고, 모터 같은 걸로 작동하는 것 같지도 않았다. 지극히 자연스럽게, 마치 인간처럼 다가왔다.

기모노를 입은 인형이 입을 열었다.

"─이름을 여쭤 봐도 되겠습니까?"

아름다운 기모노를 입은 인형이 방울이 굴러가며 자아낸 듯한 아름다운 목소리로 말했다. 엠프티는 경악에 찬 표정을 짓더니, 이 점에 대해 생각하는 것을 거부했다. 인형은 말할 줄 안다. 그걸 상식적인 일로 치부하기로 작정했다.

"새롭게 참가하게 된 토키사키 쿠루미라고 해요."

인형이 움직임을 멈췄다. 인형의 유리 눈동자가 쿠루미를 향했다.

"초대장이 없으신 분은 이 게임에 참가할 수 없습니다."

"어머어머어머, 이런 우연도 다 있군요. 실은 아까 초대장을 주웠답니다."

쿠루미가 그렇게 말한 순간, 두 인형 이외의 전원이 면도날 같은 시선으로 쿠루미를 갈가리 찢어버릴 듯이 쳐다보았다.

엠프티는 몰랐지만, 쿠루미는 방금 이렇게 말한 것이다.

「초대장을 받을 정도의 강자를, 나는 손쉽게 해치웠다」라고 말이다.

인형은 잠시 침묵을 지킨 후, 이윽고 고개를 끄덕였다. 엠프티는 왠지 그 모습이 투덜대고 있는 것처럼 보였다. ……상대는 인형인데도 말이다.

"……알겠습니다. 옆에 계신 분에 관해 여쭤 봐도 될까요?"

쿠루미는 미소를 지으며 대답했다.

"제 일행이랍니다. 이 세계에 도착한 지 얼마 안 된 것 같으니, 미끼로 쓸까 해서 말이죠."

"맞아요. 저는 쿠루미 씨의 일행이자 미끼…… 미끼?! 미끼인가요?!"

엠프티가 허둥지둥 당황하며 외쳤다.

"아, 미끼가 싫다면 디코이#¹인걸로……."

"똑같은 의미잖아요!"

"이제 와서 왜 그러는 거죠? 노예나 몸종이라도 좋으니 공짜로 마음껏 부려먹으라고 애원한 건 바로 당신이잖아요."

"애원한 적 없고, 노예나 머슴으로 삼아달라고 말한 적도 없거든요?!"

"뭐, 그 정도는 괜찮지 않나요?"

"남의 인권을 짓밟아놓고, 그렇게 말해야겠어요?!"

엠프티를 향한 미심쩍은 시선이 사라졌다. 그녀 같은 존재가 생겨나는 것은 흔히 일어나는 『현상』인 것이다.

이 세계에 때때로 나타나는, 모든 것을 잃은 채 방황하는 어린 양.

혹은, 이렇게 말해야 할까. **목숨만 잃지 않은 채** 방황하는 소녀—.

"확실히 세피라의 힘은 미세하기 그지없군요. 좋습니다. 미끼로 다루는 걸 인정해드리죠."

붉은 기모노를 입은 인형이 그렇게 말했다.

"감사해요."

#1 디코이(decoy) 사냥에서 들새나 들짐승을 사정거리 안으로 유인하기 위해 만든 모형새.

쿠루미는 정중하게 대답했다. 아무래도 자신도 여기에 있어도 되는 것 같다고 생각한 엠프티는 그제야 주위를 돌아볼 여유가 생겼다.

아까는 비슷한 또래의 소녀들이라고만 여겼는데, 유심히 보니 그녀들은 하나같이 비정상적인 것을 들고 있었다.

그것은 무기— 라고 불릴 만한 것들이었다.

소녀가 휘두르기에는 지나치게 거대한 검, 장창, 강궁(剛弓)— 그것들은 그나마 이해가 되지만, 거대한 나무 십자가는 어디에 쓰는 건지 짐작조차 되지 않았다.

짝! 하는 큰 소리가 들렸다. 고개를 돌려보니, 교단 위에 선 늠름한 인형이 손뼉을 치고 있었다.

짝, 짝, 짝.

"여러분, 이것으로 참가자가 규정된 숫자에 도달했습니다. 이것으로 참가 신청을 마감하도록 하겠습니다."

교단으로 돌아간 붉은 기모노 차림의 인형이 부드러운 어조로 그렇게 말했다.

"소개가 늦었습니다. 저는 게임의 심판을 맡은 아카코마치라고 합니다."

그 뒤를 이어 단발머리 인형이 늠름한 목소리로 말했다.

"마찬가지로 심판인 리코스라고 한다. 우리 둘의 말은 곧 『돌마스터』의 말씀이라고 여기면 된다."

『돌마스터』라는 말에 다들 복잡한 반응을 보였다. 공포,

불안, 두려움, 투지, 증오, 그 외에도 다양한 감정이 교실 안에서 뒤엉켰다.

"그럼 차례대로 이름을 부르겠다. 손을 들고 자기소개를 하도록. 또한 무기와 영장의 허위신고는 이쪽에서 지적하겠다."

리코스는 아카코마치에게 눈짓을 보냈다. 그러자 아카코마치는 리스트를 한 손에 들고 교실 안을 천천히 돌아보면서 호명하기 시작했다.

"출석번호 1번. 셰리 무지카는 자리에서 일어나 주세요."

"예~ 예~!"

갈색 피부를 지닌 소녀가 활기차게 손을 들었다. 브라질 출신 같은 느낌이 드는 외모와 활기찬 목소리를 지닌 그녀는 순진무구한 미소를 짓고 있었으며, 입술 사이로 희미하게 보이는 덧니가 그녀의 사랑스러움을 강조했다.

복장은 간소하게 핑크색 티셔츠와 검은색 스패츠 타이즈 차림이었다. 비슷한 또래라기보다, 꽤 어려 보였다.

그녀가 손에 든 것은 커다란 렌즈가 달린─.

"어? 돋보…… 우냐앗?!"

"조용히 하세요."

쿠루미는 소곤거리는 엠프티의 허벅지를 꼬집었다. 아무튼, 자리에서 일어난 셰리는 이 자리에 있는 전원을 향해 고개를 숙인 후, 피스(peace) 마크를 취했다.

"제5영속, 셰리 무지카야. 무기는 무명천사 〈염마허안(炎魔虛眼)〉. 영장은 〈화염영장(火焔靈裝) 28번〉야! 그리고, 으음…… 몇 명을 죽였는지도 말할까?"^{세크메트}

"제5영속, 셰리 무지카야. 무기는 무명천사 〈염마허안(炎魔虛眼)〉. 영장은 〈화염영장(火焔靈裝) 28번〉야! 그리고, 으음…… 몇 명을 죽였는지도 말할까?"

그녀는 밝은 어조로 흉흉하기 그지없는 말을 했다.

"저기…… 농담……."

"……은 아닌 것 같군요."

"취미는 저금! 열심히 돈을 모아서 형제자매들을 먹여 살릴 거야!"

어쩌면 좋은 아이일지도 모른다, 라고 생각한 엠프티는 고개를 끄덕였다.

바로 그때, 리코스가 날카로운 어조로 지적했다.

"참고로 그녀에게는 형제자매가 없다."

나쁜 아이가 틀림없다, 라고 생각하며 엠프티는 납득했다.

"아하하하하! 들켰네~."

셰리는 거짓말을 한 것도, 그걸 들킨 것도 전혀 개의치 않으면서 다시 의자에 앉았다.

"출석번호 6번."

"아, 예!"

그렇게 대답하며 자리에서 일어난 소녀가 인형을 향해 고개를 꾸벅 숙였다. 그리고 주위에 있는 이들을 향해서도 고개를 숙였다. 예의가 바른 소녀 같았다. 그리고 촌스러운 느낌이 드는 흰색 세일러 교복과 감색 롱스커트는 그야말로 학생의 정석이었다.

헤어스타일 또한 복장에 걸맞게 댕기머리였다. 희미하게 쳐진 눈초리 덕분에 인상이 온화해 보였지만— 그녀에게는 치명적일 정도의 위화감을 자아내는 것이 있었다. 날카로운 빛을 발하는 고리 형태의 칼날이 치마의 허리춤에 매달려 있었다.

"……저기, 저건 뭔가요?"

"저건 전륜(戰輪)이라고 해요. 고대 인도의 투척 무기죠."

"제8영속, 토나미 후루에예요. 무기는 무명천사 〈풍성전륜(風聲戰輪)〉, 영장은 〈풍위영장(風威靈裝) 43번〉. 취미는 재봉과 요리예요."

엠프티는 무심코 박수를 쳤다. 그러자 후루에는 빙긋 웃으며 엠프티를 향해 손을 흔들었다.

이 사람이야말로 진짜로 좋은 사람이라고 엠프티는 생각했다.

"참고로 저 분이 지닌 차크람이라면, 당신의 목 정도는 간단히 벨 수 있을 거랍니다."

"하, 하지만, 그래도, 뭐, 좋은 사람일 거라고 믿고 싶어요……!"

이 세상에 있는 이들이 전부 귀엽고 선량하며 어른스럽지 않다면, 자신은 얼마 못가 죽고 말 것이다.

엠프티는 그런 예감에 사로잡혔다.

"출석번호 11번. 아오(蒼)……라고 읽으면 되나요?"

"……창. 제10영속, 창."

아카코마치의 질문에 소녀는 나직한 목소리로 대답했다. 그 누구라도 시선을 빼앗기고 말 만큼 찬란히 빛나는 머리카락, 그 어떤 일이 벌어져도 냉정하고 침착할 것처럼 결의로 가득 찬 눈빛, 그리고 예리한 느낌이 감도는 미모는 남녀를 불문하고 그 누구라도 시선을 빼앗기고 말 정도로 매력적이었다.

"일어서서 말해줬으면 좋겠군"

리코스가 그렇게 말하자, 창은 아무 말 없이 자리에서 일어났다.

그녀는 한 손에 창 계열 무기인 핼버드를 들고 있었다. 예리한 창과 전투용 망치가 합쳐진 무기로, 때리는 것도, 찌르는 것도 자유자재로 가능한 구조였다.

엠프티가 낮은 신음을 흘리며 쳐다본 순간— 그녀와 시선이 뒤엉켰다. 그 순간, 심장이 한층 더 크게 뛴 것은 부끄러움이나 수치심 때문이 아니라, 그녀가 너무나도 무서웠기 때문일 것이다.

"무기, 무명천사 〈천성랑(天星狼)〉. 영장…… 〈극사영장(極死靈裝) 15번〉."

창의 말에 교실 안이 술렁거렸다. 시선이 집중되었는데도, 그녀는 개의치 않으며 창밖의 경치를 멍하니 쳐다보고 있었다.

"……왜 저렇게 술렁대는 거죠?"

"〈라일랍스〉라는 이름은 이 세계에서 유명하답니다. 1대 100으로 싸워서 이겼다, 일격에 상대를 으깨버렸다, 같은 소문도 있죠."

저 거대한 무기를 자유자재로 휘두른다면 사람 한 명을 으깨버리는 건 간단할 것이다.

"하지만 고릴라도 아니고, 저런 무기를 너끈히 들어 올릴 수 있을 리가 없어요."

그 순간, 교실 안의 분위기가 얼어붙었다. 창이 엠프티를 노려본 것이다. 그리고— 그녀의 시선에 엠프티는 「아, 죽었다」라고 생각했다. 정수리부터 그대로 일격에 두 동강이 나고 말 것이다.

아무래도 엠프티가 방금 한 말이 저 소녀의 심기를 제대로 건드린 것 같았다.

쿠루미는 찬란히 빛나는 미소를 지었다.

"어머, 어머, 벌써부터 미끼 역할을 해주는 건가요? 맡은 소임을 다하고 있군요. 정말 기뻐요."

"그, 그럴 생각은 눈곱만큼도 없었거든요?! 뭐랄까, 입을 잘못 놀렸을 뿐이라고요!"

"……취미는 없어. 이상이야. ……그리고, 고릴라는 아냐."

"······고릴라는, 아냐."

두 번 말했다. 아무래도 그 만큼 중요한 대목인 것이리라.

창은 엠프티를 무시무시한 눈길로 노려보면서 자리에 앉았다. 엠프티는 필사적으로 고개를 돌려 그녀의 시선을 피했다.

"으음······ 다음은, 출석번호 13번."

"예~."

낡은 나무 십자가와 인형을 안아든 소녀가 자리에서 일어났다. 이곳에 모인 소녀들 중에 가장 어리며, 핑크색 롤리타 패션으로 온몸을 꾸민, 사탕 과자 같은 소녀였다. 그녀는 아까부터 구김 없는 미소를 짓고 있었다.

"제4영속, 이부스키 파니에! 무기는 무명천사 〈청동괴인 (青銅怪人)〉, 영장은 〈구사영장(舊絲靈裝) 52번〉! 언니들, 잘 부탁해!"

이 세상의 축복을 한 몸에 받고 태어난 듯한 그 미소에 겨우겨우 답한 이는 엠프티와 토나미 후루에, 둘뿐이었다. 다른 이들은 코웃음만 치고 있었다.

이 교실에 있다는 것은 그녀 또한 다른 이들과 별반 다르지 않은 인간 말종인 것이다.

그 사실을 이해하지 못한 이는 엠프티뿐이다. 하지만—.

"······응?"

"왜 그래?"

"아, 아무 것도 아니에요."

이부스키 파니에에게서 인간 말종이라는 점 이외의 기묘한 부자연스러움을 느낀 이 또한 엠프티뿐이었다. 하지만 그것은 매우 미세한 위화감이었다. 그러나 기억이 없는 엠프티는 현재 상황을 파악하느라 정신이 없었다. 그런 미묘한 정보를 계속 신경 쓸 수는 없다고 생각한 그녀는 곧 그 위화감을 머릿속에서 지웠다.

"취미는 과자를 먹는 거야. 하루 종일 과자를 먹기만 해도 파니에는 행복해. 하지만, 파니에가 과자를 먹으려면 영력이 잔뜩 필요해. 그래서 딴 애들을 죽이는 거야. 에헴!"

"무시무시한 동기네요⋯⋯."

"아마 다른 분들도 별반 다르지 않을 거랍니다."

"다 같이 힘내자~! 파이팅~!"

이부스키 파니에는 마지막으로 그렇게 외치면서 오른손을 힘차게 들었지만, 아무도 호응하지 않았다.

"출석번호 15번."

"예! 히지카타 이사미예요!"

자리에서 벌떡 일어난 단발머리 소녀는 정면을 향해 힘차게 고개를 숙였다. 파란색 운동복과 반바지 차림이라 그런지 운동부의 활동적인 여학생 같아 보였다.

적갈색 눈동자는 드센 분위기를 자아내고 있으며, 손에
쥔 일본도(라고 부르기에는 너무 거대하지만) 때문인지 활기
찬 사무라이 같아 보였다.

척 봐도 머리보다는 몸을 주로 쓸 듯한 분위기인 그녀를
본 토키사키 쿠루미는 표정을 살짝 찡그렸다.

"왜 그래요?"

"아, 저런 타입은 좀 거북해서요."

"아…… 이해해요."

"물론 다른 뜻은 없답니다. 하지만, 뭐랄까…….'

"다 들리거든?! 그리고 나도 너 같은 타입은 질색이라고!"

쿠루미는 인상을 찡그렸고, 엠프티는 펄쩍 뛸 뻔했을 정
도로 놀랐다. 일본도를 쥔 이사미는 그 모습을 보더니 아하
하하, 하고 웃었다. 그러자 그녀의 뒤편에 앉아있던 안경을
쓴 소녀가 입을 열었다.

"……빨리 자기소개나 해."

"아, 맞다! 나는 제1영속, 히지카타 이사미! 무기는 무명천사
〈타천일개신(墮天一箇神)〉, 영장은 〈특공영장(特功靈裝) 78
번〉! 취미는 전투! 특기도 아마 전투! 다 같이 화끈하게 칼부
림을 하자! 하지만 가장 좋아하는 건 내가 일방적으로 베는
거야! 그럼 잘 부탁해!"

알고 보니 운동부 타입이 아니라, 살인귀 타입이었다.

유심히 보니, 눈동자가 위험한 색을 내뿜고 있었다. 뭐랄

까, 희희낙락하면서 사람을 벨 타입 같다고나 할까…….

그 뒤를 이어, 아까 이사미에게 주의를 줬던 소녀가 호명
됐다.

"출석번호 16번."

"예."

안경을 쓴 장발 소녀가 자리에서 일어났다. 그녀는 교복을
입고 있었다. 감색 블레이저, 흰색 블라우스 차림에 체크무
늬 치마는 보통 길이였다. 안경은 아래쪽에만 테가 있는 타
입이었는데, 약간 치켜 올라간 눈초리와 잘 어울렸다.

아까 전의 이사미가 운동부 타입이라면, 이 소녀는 문예
부 타입이었다. 또한 엄청 공격적인 선도위원 속성도 겸비한
듯한 인상을 지녔다……고 엠프티는 판단했다.

서양식 활을 한손에 든 소녀와 이사미의 시선이 얽힌 순
간― 두 사람은 자신만만한 미소를 지었다.

라이벌 관계인 걸까, 엠프티는 문득 생각했다.

"……제2영속, 타케시타 아야메. 무기…… 무명천사 〈원초
장궁(原初長弓)〉, 영장은 〈항성영장(恒星靈裝) 79번〉. 취미
는 독서야."

퉁명한 목소리로 자기소개를 마친 후, 아야메와 이사미는
또 시선을 교환했다. 그런 두 사람에게서는 정 같은 것은
느껴지지 않았으며, 그저 투지만이 배어나왔다.

"라이벌일까요?"

"라이벌이라, 좋군요. 청춘을 구가하고 있는 느낌이 물씬 나요!"

"……청춘을 구가하기만 한다면 좋겠는데 말이죠."

청춘을 구가하기만 하고 끝날 리가 없다. 쿠루미는 그 점을 잘 알고 있었다.

"출석번호 19번."

"어."

개성적인 이들 사이에서도 한층 더 눈길을 끄는 소녀가 자리에서 일어났다. 우선 소녀의 복장은 넥타이를 푼 세일러 교복에 롱스커트 차림이었다. 한 손에는 칙칙한 색깔을 띤 기다란 창을 쥐었으며, 그 창에서는 아까부터 보랏빛 액체가 방울져 떨어지며 바닥을 더럽히고 있었다.

머리카락은 금발이지만, 염색을 한 게 틀림없어 보였다. 머리의 정수리 부분이 검은색이라 푸딩 같았다. 그런 그녀는 금방이라도 폭발할 듯한 표정을 짓고 있었다. 즉, 사소한 계기만 있어도 바로 폭발할 것 같았다.

다른 학생들과 비교하자면…….

"제9영속, 노기. 무기는 무명천사 〈희열독아(喜悦毒牙)〉, 바질리스크

영장은 〈휘위영장(輝威靈装) 63번〉."
엔젤 더스트

"저기~."

방금 들은 소개에서 부자연스러운 점을 발견한 엠프티가 손을 들었다.

"예, 미끼 씨. 왜 그러죠?"

"성은 알겠는데, 이름은 어떻게 되시죠?"

"⋯⋯."

삐친 것처럼 고개를 돌린 노기를 대신해, 리코스가 입을 열었다.

"그녀의 이름은 아이아이다."

"아이아이."

리코스는 고개를 끄덕인 후, 다시 한 번 그녀의 이름을 입에 담았다.

"노기 아이아이."

"⋯⋯재미있는 이름이군요!"

교실의 분위기가 아까보다 더 얼어붙었다. 쿠루미조차 「이 ○○○이 대체 무슨 소리를 하는 거지?」라고 말하는 듯한 표정을 짓고 있었다.

"뭐? 내 이름이 재미있어⋯⋯?"

아이아이는 불쑥 그렇게 중얼거렸다.

"⋯⋯저기, 죄송해요."

"나중에 건물 뒤편으로 따라와."

"히이이이이이이익!"

엠프티는 쿠루미의 팔에 매달렸다. 그러자 쿠루미는 귀찮다는 듯이 그녀를 팔에서 떼어냈다.

"출석번호 23번."

그 뒤를 이어, 한 층 더 기묘한 외모를 지닌 소녀가 자리에서 일어났다. 약간 갈색을 띤 머리카락과 홀쭉한 몸을 지녔으며, 얼굴을 붕대로 감아서 가리고 있었다.

일어설 때의 움직임 또한 붕대 때문에 앞이 안 보여서 그런지 어딘가 엉거주춤했다. 복장은 이 장소와 어울리지 않는 환자용 잠옷 차림이었다. 그 파란색 잠옷에서는 청결한 느낌이 들기는 했지만, 교실이라는 장소와는 너무 어울리지 않았다.

"……제6영속, 폴스 프록시. 무명천사 〈불가시지(不可視指)〉, 영장…… 〈허공영장(虛空靈裝) 91번〉."

그녀는 담담하게 일어서더니, 담담하게 고개를 숙인 후, 담담하게 앉았다.

"어디 아픈…… 걸까요?"

엠프티가 귓속말로 물었지만, 쿠루미는 아무런 반응도 보이지 않으며 그녀를 노려보고 있었다.

증오스럽다는 듯이.

지긋지긋하다는 듯이.

……엠프티는 그게 약간 불가사의하게 느껴졌다.

"출석번호 27번."

리코스의 호명에 검은 머리카락을 뒤편으로 간단히 모아 묶은 소녀가 소리를 내지 않으며 자리에서 일어났다. 개조한 남색 세일러 교복을 입고 있었으며, 치마도 짧아서 그런지 노출이 과한 것처럼 느껴졌다. 또한 교복 앞섶 사이로 언뜻 보이는 검은색 레이스 같은 것은 원래 갑옷 안에 받쳐 있는 미늘 속옷이 틀림없어 보였다.

드세 보이는 표정, 한 점의 방심도 존재하지 않는 날카로운 눈매, 허벅지가 드러날 때마다 언뜻언뜻 보이는 무시무시한 수리검…… 그야말로 여자 닌자 그 자체였다.

꽤 강해 보였다. 엄청, 무척, 꽤, 강해보이지만…… 뭐랄까, 적에게 잡혀서「큭, 죽여라……」라고 말할 것 같은 위태로운 분위기가 느껴졌다.

"제7영속, 사가쿠레 유이. 무기는 무명천사 〈칠보행자(七寶行者)〉. 영장…… 〈은형영장(隱形靈裝) 34번〉. ……잘 부탁해."

그녀는 무뚝뚝한 어조로 그렇게 말한 후, 바로 자리에 앉았다.

"……적에게 잡히면,「큭, 죽여라」라고 말할 것 같은 분이군요."

"……읔!"

쿠루미가 그렇게 중얼거린 순간, 엠프티는 반사적으로 자신의 옆구리를 꼬집어서 웃음을 참았다.

"……."

하지만 날카로운 시선을 받고 말았다. 웃음을 참았는데 딱히 의미가 없었다. 그리고 방금 그 말을 한 사람은 쿠루미인데— 물론 쿠루미도 날카로운 시선을 받고 있었다. 하지만 그녀는 개의치 않았다.

"출석번호 29번."

"그녀는 결석이랍니다."

쿠루미가 그렇게 말하자, 엠프티는 고개를 갸웃거리다……
곧 굳어버렸다.

그녀다. 쿠루미와 격전을 벌이고 패해서 거품처럼 사라진 그녀 말이다.

아카코마치와 리코스는 교실을 둘러보더니, 그녀가 없다는 것을 확인하고 고개를 끄덕였다.

"출석번호— 없음. 편의상 29번이라고 하지."

"저 말이군요."

엠프티의 옆에 앉아있던 쿠루미가 자리에서 일어났다.

그리고 그녀는 요염한 목소리로, 자기소개라는 이름의 폭탄을 투하했다.

"제3영속, 토키사키 쿠루미. 천사 〈각각제(刻刻帝)〉. 영장—
〈신위영장(神威靈裝) 3번〉."

이번에는 단순히 술렁인 정도가 아니었다.

교실 안이 얼어붙었— 아니, **시간이 정지됐다.**

"······천사? **무명**천사가 아니라요?"

토나미 후루에가 머뭇거리면서 손을 들더니, 아카코마치에게 질문을 던졌다. 그러자 아카코마치는 목을 빙글빙글 회전시킨 후, 그 물음에 대답했다.

"네. 토키사키 쿠루미의 무기는 천사. 몸에 두른 영장은 신위영장. 즉— 틀림없는 정령입니다."

다른 이의 숨소리조차 들릴 정도로, 묵직한 침묵이 찾아왔다.

분위기가 불온하기 그지없었다. 엠프티는 몰랐지만, 아무래도 변덕 삼아 자신을 주워온 이 토키사키 쿠루미라는 소녀는 이 개성이 풍부한 소녀들 중에서도 손꼽히는— 그야말로 경외의 대상이라 할 수 있는 존재 같았다.

엠프티는 반응을 살피듯 주위를 둘러보았다.

다들 동요한 채 주위에 있는 이와 시선을 교환했다. 유일하게 창이라는 소녀만이 전혀 동요하지 않은 채 쿠루미를 지그시 쳐다보다— 엠프티와 시선이 마주쳤다.

이내 숲속에서 곰과 딱 마주친 듯한 느낌을 받은 엠프티는 무심코 고개를 돌렸다.

한편, 토키사키 쿠루미는 방긋 웃으면서 자신과 시선이 마주친 이들을 향해 매번 손을 흔들어줬다.

"……그딴 소리를 어떻게 믿냐고."

노기 아이아이가 어이없다는 어조로 그렇게 중얼거리자, 몇몇 소녀들이 그 말에 동의했다. 다른 이들은 쿠루미와 시선이 마주치는 것조차 두려워하는 것 같았다.

리코스는 또다시 손뼉을 치면서 이 자리에 있는 이들의 주목을 모았다.

"이걸로 총 열 명이 모였군."

"저, 저기, 저는 소개를 안 해도 되나요?"

엠프티가 머뭇거리면서 손을 들었다.

"필요 없다."

리코스는 지긋지긋하다는 듯한 뉘앙스가 풀풀 풍기는 어조로 그렇게 말했다.

"하, 한 명만 따돌리는 건 좋지 않다고 생각하는데요!"

"하아, 알았어요. 으음, 이름이 어떻게 되죠?"

"엠프티! 예요! 아, 한 번 그렇게 불린 후로 편의상 그 호칭을 쓰고 있어요."

"영장은…… 없는 것 같군요."

"영장이 뭔지 잘 모르겠지만, 아마 없을 거예요!"

엠프티는 가슴을 쫙 펴며 그렇게 말했다.

"이 녀석, 진짜로 갓 태어난 애네……."

노기 아이아이는 어이없다는 투로 그렇게 중얼거렸다.

"갓 태어났다고요? 저는 아마 열일곱…… 정도일 거라고 생각하는데요."

엠프티가 고개를 갸웃거리자, 노기 아이아이는 「아……」
하고 중얼거리며 머리를 감싸 쥐었다.

"저기 말이죠, 엠프티 양. 저희는, 인간이 아니에요."

토나미가 머뭇거리면서 그렇게 말했다.

"예, 그건 알고 있는데요……."

엠프티는 고개를 갸웃거렸다. 그러자 토나미는 한숨을 내
쉬었다.

"자세한 설명은 토키사키 쿠루미 양에게 부탁드려도 될까
요?"

"예? 싫어요. 귀찮단 말이에요."

"알면 설명해주세요! 부탁이에요!"

엠프티가 어깨를 흔들었지만, 쿠루미는 고개를 획 돌렸다.

"—우리는, 인간이 아니라고."

노기 아이아이가 중얼거렸다. 그 말을 들은 순간, 엠프티
는 그대로 굳어버렸다.

"그래요. 저희는 준정령이에요. 옛날에는 인간이었지만,
지금은 이 인계에서 살고 있는 생명체죠. 저희가 살기 위해
필요한 것은 심장이 아니라 세피라이며, 그것보다 더 필요한
건…… 바로 꿈이에요."

토나미는 노기 아이아이의 뒤를 이어 그렇게 말했다.

"……꿈……?"

그녀는 상냥한 미소를 지으며 고개를 끄덕였다.

"목적의식, 이라고나 할까요. 저희의 육체는 존재하는 것 같지만 실은 존재하지 않죠. 그러니 생각을 멈추면 단순한 망령에 지나지 않아요."

"망령……인가요."

"이러고 싶다, 저러고 싶다, 이렇게 되고 싶다 — 그런 꿈이 없으면 저희들, 준정령은 살아갈 수 없는 거예요. 배는 고프지 않지만, 맛있는 것이 먹고 싶다고 바라지 않으면 살아갈 수 없어요. 예쁜 옷으로 자신을 꾸미고 싶다면, 노래를 부르고 싶다면, 그러고 싶다고 계속 바라야만 하는 거죠. 그리고—."

이사미가 자신만만한 미소를 지으면서 자리에서 일어나며 외쳤다.

"싸움 없이는 살아갈 수 없는 준정령도 있어! 우리처럼 말이야!"

"맞아. 서로를 죽일 듯이 싸우고 또 싸우며, 서로의 생명을 갉아먹지 않으면, 살아있다는 실감이 점점 옅어져."

타케시타 아야메의 뒤를 이어, 사가쿠레 유이가 말했다.

"—그렇게 살아있다는 실감이 옅어지다보면, 그 끝에 기다리는 건 소멸이야. 우리는 서로의 꿈을 잡아먹으면서 살아가는 생명체거든."

"으음. 그, 그럼…… 혹시 여러분은……."

엠프티가 리코스를 쳐다보자— 인형은 고개를 끄덕이면서 늠름한 목소리로 말했다.

"이 자리에 있는 열 명은 서로를 죽이기 위해 모였다."

엠프티는 소리 없는 절규를 터뜨렸다.

"이건 전쟁이다."

리코스가 고했다.

"이건 사투예요."

아카코마치가 말했다.

"마지막까지 살아남기에 걸맞은 자를 뽑기 위해……."

리코스는 말했다.

"여러분은 열심히 서로를 죽이도록 하세요."

아카코마치는 고했다.

리코스는 가방 안에서 보석 같은 것을 조심스레 꺼냈다. 그것은 커다란 야구공만 했다. 하지만 보석이라고 하기에는 형태가 기묘했다. 뭐랄까, 조그마한 파편을 접착제로 붙인 듯한…… 그런 느낌이 들었다.

"마지막까지 살아남은 한 사람에게는 이 제10영역의 지배자 인『돌마스터』님께서 이 세피라를 내려주실 거다."

"와아……."

누군가가 감탄 섞인 숨을 내뱉었다.

"저기, 세피라가 뭔가요?"

엠프티는 쿠루미에게 물었다. 쿠루미는 잠시 생각한 후,

엠프티의 가슴을 손가락으로 찔렀다. 그러자 손가락이 가슴에 쏘옥 파묻혔다.

"꺄, 꺄앗?"

엠프티는 당황하면서 그런 소리를 냈지만, 쿠루미는 무시했다.

"세피라란 정령에게 있어 심장이나 다름없답니다. 아뇨, 심장 그 자체라고 해도 되려나요. 저희는 저 조그마한 결정을 통해 영력을 만들어내고 있죠."

"그럼 그게 없으면—."

"그야 죽죠."

"……어, 그럼 혹시 저 빅사이즈 세피라는……."

엠프티가 불길한 예감을 느끼며 그렇게 중얼거리자, 아카코마치가 태연한 어조로 말했다.

"이 세피라는 준정령 백 명이 지닌 세피라의 파편을 모은 것입니다. 즉, 이 세피라를 얻은 자는 백 명분의 힘이 지니게 되는 거죠."

"백 명……."

다들 숨을 삼키면서 주위를 살피는 가운데, 까딱하면 이 자리에서 바로 싸움이 시작될 것처럼 투지가 급속도로 이 교실 안을 가득 채워갔다.

"—이 힘을 손에 넣고 싶다면, 자신이 강자라는 걸 증명해라. 그게 그분의 말씀이다."

"이런 걸 한때의 장난을 위해 내놓다니…… 믿기지 않아."

아야메가 그렇게 중얼거리자, 아카코마치가 고개를 회전시키면서 그 말을 부정했다.

"그분에게 있어서 이 일은 장난이 아닙니다. 진심이시죠. 이 세피라를 손에 넣음으로써, 승리자는 그분과 대등한 싸움을 벌일 수 있습니다. 그분이 살아남기 위해서는 이럴 수밖에 없는 거죠."

"아하, 우리와 같은 처지인 거네."

─살기 위해서는 싸워야만 한다. 살기 위해서는 사투를 벌여야만 한다. 압도적인 실력 차가 존재해서는 안 된다. 그래선 삶의 충실감을 느낄 여지가 없기 때문이다.

"다들 동의한 것 같군. 반대하는 이는 조용히 이 교실에서 나가면 된다."

리코스는 근엄한 태도를 취하며 그렇게 말했다.

단 한 명도 교실에서 나가지 않았다. 심약해 보이는 토나미와, 싸움이 어울리지 않을 듯한 이부스키 파니에도 말이다.

"저기, 인형 씨. 싸움은 어떻게 시작할 거야? 준비~ 시작! 하면 일제히 싸우면 되는 거야?"

파니에가 물었다.

"반대! 반대예요! 아마 그렇게 했다간 제가 그 싸움에 휘말려서 따끔한 맛을 보게 될 것 같단 말이에요!"

불길한 예감이 든 엠프티는 즉시 손을 치켜들면서 그렇게 외쳤다.

아카코마치는 그런 엠프티를 무시하면서 대답했다.

"그렇게 했다간 순수한 실력을 겨룬다기보다 운에 좌지우지될 가능성이 크니, 그럴 수는 없습니다. 5분마다 한 명씩이 교실을 차례차례 나서도록 하죠. 순서는 제비뽑기로 정하겠습니다."

"흐유, 그럼 가능한 한 빨리 나간 쪽이 유리하겠네. 매복해 있다가 나오는 녀석을 하나씩 처리하면 되잖아."

파니에가 그렇게 말하자, 이사미를 제외한 모든 이들의 시선이 쿠루미에게 집중됐다. 이사미만은 유일하게 아야메를 쳐다보고 있었다. 쿠루미는 밝게 웃으면서 입을 열었다.

"그럼 가능한 한 빠른 순서를 노려야겠군요. 순서가 뒤로 밀릴수록 저를 노리는 사람이 늘어날 것 같으니 말이죠."

"저, 저기! 저희는 일찍 보내주시면 감사하겠어요!"

엠프티가 필사적으로 어필했지만, 인형은 무시했다.

"얌체짓은 못할 것 같군요."

"저희한테 있어서는 심각한 문제란 말이에요!"

아카코마치는 손을 집어넣을 수 있는 종이 상자를 꺼냈다.

"변변찮은 거라 죄송하지만, 이걸로 순서를 정하겠습니다."

준정령들은 차례차례 제비를 뽑았고, 엠프티는 기도를 드리며 쿠루미가 제비를 뽑는 광경을 지켜보았다—.

그 결과…….

"꼴찌라니! 꼴찌라니요! 쿠루미 씨, 제비 운이 너무 없는 거 아니에요?!"

"시끄럽군요, 빈껍데기 양. 뭐, 저는 다른 분들이 언제 덤비든 전혀 상관없답니다."

"제 목숨은 고려하고 있는 건가요?"

"그럴 리가요."

"너무해요!"

사가쿠레 유이는 그런 두 사람을 곁눈질하며 자리에서 일어났다.

"그럼, 내가 첫 번째군."

이 자리에 있는 모든 이들이 그녀를 쳐다보았다. 사가쿠레 유이가 엠프티를 힐끔 쳐다보자, 그녀는 화들짝 놀라며 쿠루미에게 찰싹 달라붙었다.

"세피라는 내가 차지하겠어."

교실 문을 연 사가쿠레 유이는 그대로 모습을 감췄다.

그 모습을 본 쿠루미는 엠프티에게 귓속말로 이렇게 말했다.

"당신, 저에게 도움이 될 생각은 없나요?"

"그렇게 하면 저는 살아남을 수 있나요?"

"최대한 선처를 해보죠."

엠프티로서는 꽤 불안한 대답이었지만, 지금은 그 말에

매달릴 수밖에 없었다.

"뭐, 뭘 하면 되죠?"

"간단하답니다. 다른 분들이 이 교실을 나가기 전에 물어보기만 하면 되요. 어떤 소망을 품고 있으며, 어떻게 싸워나갈 것인지를 말이에요. 다행이 당신이 무력한 존재라는 건 이 자리에 있는 이들 모두가 알고 있으니…… 어쩌면 마음을 열지도 몰라요."

"……해볼게요."

엠프티는 자리에서 일어나더니, 다른 학생들을 둘러보았다. 순서를 생각해보면, 가장 먼저 말을 걸어봐야 할 이는 두 번째로 교실을 나서기로 되어 있는 창이라는 이름의 소녀였다.

"저, 저기……."

"……."

엠프티가 말을 걸자, 창이 그녀를 쳐다보았다.

"ㅡㅡㅡㅡㅡㅡ아."

사람은 시선을 받기만 해도 죽을 때가 있다. 엠프티는 그것을 실감했다. 그녀의 손이 몸에 닿는 순간, 자신은 그대로 짓이겨질 거라는 확신이 들었다.

미움을 받고 있지 않다기보다, 엠프티에게는 철두철미하게 관심이 없었다. 하지만 상대방이 눈곱만큼이라도 자신에게 호기심을 가진다면, 그때야말로 자신은 죽고 말 거라고 엠프티는 생각했다.

"……아무 것도 아니에요……."

엠프티가 그렇게 말하며 물러서자, 창은 더 이상 그녀에게 관심을 가지지 않았다.

바로 그때, 웃음소리가 들렸다. 고개를 돌려보니, 토나미 후루에가 엠프티를 향해 손짓을 하고 있었다. 엠프티는 잘 됐다고 생각하며 그녀의 옆자리에 앉았다.

"아, 안녕하세요."

"태어나자마자 이런 사태에 휘말리다니, 정말 힘들겠군요."

"아, 예. 엄청 힘들어요. 저기…… 제가 갓 태어났다는 걸 어떻게 안 거죠?"

"저를 비롯한 준정령은 자신의 영력권(靈力圈) 안에서 하루하루를 살고 있어요."

"영력……권이라고요?"

"으음, 알기 쉽게 설명하자면 말이죠, 여기에 만두가 하나 있어요."

"예."

토나미는 책상에 만두를 올려놓았다. 그리고 아무것도 들고 있지 않은 손을 말아 쥐더니, 다시 펼쳤다. 그러자 손바닥 위에는 흰색 만두가 놓여 있었다.

"자, 이걸로 두 개가 됐네요."

"어? 마술인가요?"

"아뇨. 영력으로 만두를 만든 거예요. 영력권은 저희가 만드는 결계이며, 그 안에서 저희는 말 그대로 전지전능하죠. 바라는 걸 만들어내고, 바라는 상황을 만들어낼 수도 있어요—"

토나의 설명에 엠프티는 허둥지둥 손을 말아 쥐었다.

"……으음~, 카스텔라 나와라, 카스텔라 나와라, 카스텔라 나와라! 달콤하고, 부드럽고, 안이 촉촉한 카스텔라 나와라!"

손을 펼쳤다.

나오지 않았다.

"안 나오는데요."

"예. 방금 같은 마술을 펼치기 위해서는 몇 가지 조건을 만족시켜야만 한답니다. 이렇게 재현할 수 있는 것은 근처에 똑같은 게 있거나, 주위 배경 속에 **있어도 이상하지 않은 것**만이죠. 예를 들어, 이 교실에서는 교과서나 분필을 만들어낼 수 있어요. 하지만, 나이프는 무리죠. 그건 교실에 있어선 안 되는 거니까요."

"아하……."

"또한, 저희가 지닌 영력의 크기에 비례해 만들어낼 수 있는 물건도 달라져요. 엠프티 양은 아마 아직 아무 것도 만들어낼 수 없는 레벨이겠죠. 굳이 따지자면, 교실의…… 먼지 정도는 만들 수 있으려나요?"

"먼지 레벨인가요?!"

토나미는 쿡쿡 웃으면서 고개를 끄덕였다.

"그래서 다들 엠프티 양이 갓 태어났다는 걸 안 거예요. 적어도 영력권으로 몸을 감쌀 수 없다면, 제가 살짝 때리기만 해도 죽으니까요."

"어, 어떻게 하면 그 영력권이라는 걸 펼칠 수 있나요?!"

"그걸 알면 이 사투에 참가하게 될 걸요? 영력권을 발생시킬 수 있다는 건 어엿한 준정령이라는 뜻이니까요. 금세 무명천사와 영장을 얻을지도 몰라요."

토나미가 그렇게 말하자, 엠프티는 낮은 신음을 흘렸다.

"으, 으윽. 하지만……."

"영력권을 펼치지 못하면 확실히 위험하지만, 어쩌면 엠프티 양은 지금 상태인 편이 안전할지도 몰라요."

"토나미 후루에, 당신 차례입니다."

아카코마치가 토나미에게 말을 걸었다. 그러자 토나미는 미안하다는 듯이 미소를 지으면서 자리에서 일어났다.

"그럼 저는 먼저 실례할게요. 잘 있어요, 엠프티 양."

"아, 예. 잘 가요~."

엠프티가 손을 흔들자, 토나미는 배시시 웃으면서 마주 손을 흔들었다.

이제부터 싸움에 임하는 사람답지 않았다. 마치— 방과 후가 되었으니 집으로 돌아가려 하는 학생 같았다.

엠프티는 그 모습을 보며 탄성을 터뜨린 후, 다음 준정령에게 다가갔다.

"당신한테 해줄 이야기는 없어요."

타케시타 아야메는 엠프티가 말을 걸자 딱 잘라 그렇게 말했다.

"너, 너무 그렇게 말하지 말아 주세요."

"쿠루미라는 여자가 뭐라도 캐내라고 당신에게 시킨 거죠?"

"아, 아닌데요?"

아야메는 차가운 눈길로 쿠루미를 노려보았다. 쿠루미는 시치미를 떼는 듯한 표정으로 창밖을 쳐다보고 있었지만, 아야메의 시선은 눈치챘을 것이다.

"역시 저 여자가 정령일 리 없어요."

"정령……과 준정령은 다른가요?"

"완전히 다른 존재야!"

갑자기 끼어든 이는 바로 히지카타 이사미였다. 아야메는 짜증 섞인 표정으로 그녀를 노려보았지만, 이사미는 천연덕스러운 표정으로 끼어들었다.

"그, 그런가요?"

"그건 준정령 이외의 정령도 있다는 거잖아!"

"그렇……겠죠."

"그 중 하나가 바로 토키사키 쿠루미라는 거야!"

"……최초의 존재 중 한 명. 가장 먼저 이 세계에 존재했던 생명체. 우리는 이 세계에 우연히 흘러들어온 존재에 지나지 않아."

아야메가 그렇게 말하자, 엠프티는 고개를 갸웃거렸다.

"흘러들어…… 왔다고요?"

"그래. 여기는 인계(隣界). **옆 세계**야. 그렇다면, 그 옆에는—."

"거기가 바로 우리가 있던 세계야. 이 기억도, 상식도, 아마 거기서 살 때 손에 넣은 거야. 너도 아마 마찬가지일걸?"

"……그렇구나……."

엠프티는 가슴에 손을 올리고 자기 자신에 대해 생각했다.

아무것도 떠올리지 못하더라도, 하다못해 이름 정도는 알고 싶다.

엠프티는 아야메와 이사미를 쳐다보며, 그런 소망을 빌었다.

"내 생각에는 다들 죽어버린 거라고 생각해."

이부스키 파니에는 앳된 얼굴과 어울리지 않는, 잔혹한 상상을 태연하게 입에 담았다.

"죽었다고요……?"

"응. 그러니까 여기는 천국이나…… 지옥 같은 장소일 거야. 파니에나 딴 애들이나 이름 말고는 생각이 나지 않지만, 그래도 엄청 괴로운 삶을 살았다는 건 기억해. 그래서 죽고 싶지 않다는 소원을 빌었던 것도 기억나."

사고를 당한 걸지도 모른다.

괴롭힘을 당한 끝에 죽음을 선택한 걸지도 모른다.

어쩌면 느닷없이, 불쑥 살해당한 걸지도 모른다.

"여기서는 영력권만 사용할 수 있다면 매일 같이 케이크도 먹을 수 있고, 살도 찌지 않아. 정말 좋은 곳이라니깐."

"그럼 왜 싸우는 거죠?"

이부스키 파니에는 움직임을 멈추고 말했다.

"—싸우지 않으면, 죽거든."

엠프티는 그 말을 듣고 고개를 갸웃거렸다. 싸우기 때문에 죽는다면 몰라도, **죽기 때문에 싸운다**는 건 명백하게 이상하다는 생각이 들었다.

"그런 게 아냐. ······으음~, 파니에의 생각으로는 내일쯤부터 시작될 거라고 봐. 그러니까 내일부터 열심히 살아남아."

파니에는 그렇게 말한 후, 인형의 지시에 따라 교실을 나섰다.

"내일부터, 시작돼······?"

엠프티가 쿠루미를 쳐다보았다. 이야기를 몰래 훔쳐듣고 있었는지 쿠루미는 엠프티를 향해 손을 흔들었다.

"저, 저기. 안녕하세요, 폴스 씨."

"······."

그녀는 아무 말 없이 고개를 반대쪽으로 돌렸다.

"이야기를 좀 나누고 싶은데요."

침묵.

폴스는 5분 동안 입도 뻥긋 하지 않은 후, 자리에서 일어서더니 그대로 교실을 나섰다.

"아하하하하! 차였네~."

"차이다뇨! 그런 적 없거든요?! 저 사람이 수줍음이 많은 것뿐이에요!"

"잘은 모르겠지만, 그렇지는 않을 것 같은데 말이야!"

"그냥 무시당했을 뿐이라고."

셰리 무지카와 노기 아이아이가 엠프티에게 말을 걸었다.

"셰리 씨……."

"어차피 우리한테도 말을 걸 생각이었지?"

"뭐, 나…… 이 몸의 중요한 비밀을 이야기해줄 생각은 눈곱만큼도 없지만 말이야."

"아이아이 씨……."

"인마! 나를 그 이름으로 부르지 말라고~! 노기! 노~기~라고 불러!"

노기는 엠프티의 볼을 꼬집으며 마구 흔들어댔다. 쿠루미는 그 광경을 보더니 배를 잡고 깔깔 웃었다.

"아야야야야야! 죄송해요! 죄송해요! 무심코 이름으로 불렀어요!"

"그건 그렇고, 우리한테 물어볼 게 있는 거지?"

"그게…… 세피라라는 건 대체 뭔가요?"

"우리의 목숨이자 힘의 원천이야. 나도, 이 녀석도, 그리고 너도 가지고 있지."

노기는 손가락으로 가슴을 두드렸다.

"뭐, 정확하게 말하자면 우리가 가지고 있는 건 파편이지만 말이야."

"파편……?"

"진정한 세피라를 가지고 있는 건 최초의 존재…… 정령만이야. 우리가 가지고 있는 건 그것의 파편 같은 거지."

"차이점이 있나요?"

"단순한 파편도 크기에 따라 힘의 크기가 달라. 진정한 세피라가 지닌 힘은 우리가 어찌할 수 있는 수준이 아닐 거야……."

노기는 팔짱을 끼며 잠시 생각에 잠기더니, 문득 생각이 난 것처럼 입을 열었다.

"그래. 예를 들자면 **재해 같은 거야.** 우리가 인간 레벨에서 버둥거리고 있는데, 태풍 같은 게 나타나서 전부 다 박살 내 버리는 거지."

"……하지만 나도, 그리고 아이아이도 진짜 정령을 본 적은 없어."

"어, 쿠루미 씨는……."

토키사키 쿠루미.

이 자리에 있는 준정령과는 그야말로 격이 다른, 진정한 정령.

"나는 저 녀석이 정령이라는 걸 인정 못해."

"그래? 나는 진짜라고 생각하는데 말이야."

노기는 세리의 말을 듣더니 인상을 찡그렸다.

"인마, 쟤가 진짜라면 우리가 절대 당해내지 못할 상대일 거라고."

―정령의 힘은 이곳에 존재하는 준정령과는 차원이 다르다. 격이 다른 정도가 아니다. 종족이 다르다. 스타트 지점이 다르다. 다루는 힘 자체가 명백하게 다른 것이다.

"뭐, 도미니언 급까지 있다면 어떻게 될지도 모르지만 말이지……."

"아, 맞아요. 도미니언은 뭔가요? 열중했다간 친구를 잃기 십상인 카드게임 같은 건가요?"

"그런 게 아냐. ……어느 날을 기점으로 모든 정령들이 이곳에서 사라졌어. 원래부터 정령이 없었던 영역도 있었지만, 아무튼 전원이 깨끗하게 모습은 감추더니 **건너편 세계**로 갔다는 소문이 돌기 시작했어. 즉, 이 인계는 느닷없이 무주공산이 된 거지."

신의 부재.

왕의 퇴위.

그것은 왕위 쟁탈전의 시작을 뜻한다.

"현재, 이 인계를 지배하고 있는 건 준정령이면서도 **정령**

에 한없이 가깝다고 여겨지는 녀석들이야. 그게 바로 도미니언이지."

"아하~, 그렇군요."

엠프티는 고개를 끄덕였다.

"하지만 저 세피라 덩어리를 차지하면— 그 녀석들에게 필적하는 힘을 손에 넣을 수 있어."

셰리는 자신을 쳐다본 이들이 오한을 느낄 만한 표정을 지었다. 엠프티는 그 표정을 보고 무심코 질렸지만, 노기는 자신만만한 웃음을 흘렸다.

"……그렇지~. 하아, 저 세피라는 아까 여기 있었던 녀석들을 전부 몰살시키고 손에 넣을 가치가 있다는 거야."

"펴, 평화적인 방법으로 소유자를 결정하는 건……."

"평화적인 방법으로 결정할 수 있을 것 같아?"

엠프티도 불가능할 거라고 생각했다. 아까 인형은 저 세피라가 준정령 백 명분이라고 말했다. 백 명의 힘을 얻을 수 있다니, 그녀들이 이렇게 의욕을 불태우는 것도 당연했다.

"아, 내 차례네. 그럼 나중에 보자."

"다음은 나구나. ……어이, 꼴찌로 온 자칭 정령! 꼭 살아남으라고. 너는 내가 죽여줄 테니까 말이야."

"어머, 어머. 기대하고 있겠어요."

쿠루미는 웃음을 흘리면서, 교실을 나서는 노기를 쳐다보았다.

—그 후, 엠프티는 마지막 차례인 쿠루미의 곁으로 다가 갔다.

"딱히 도움이 될 만한 정보는 얻지 못했군요. 정말 아무 짝에도 쓸모가 없는걸요."

"아뇨. 저한테 있어서는 매우 도움이 되는 정보를 얻었어요. 뭐, 쿠루미 씨가 가르쳐 주지 않은 탓이지만요."

"숙녀는 말이 많으면 안 되는 법이랍니다."

"그런데, 쿠루미 씨는 진짜로 정령인가요?"

엠프티는 마지막으로, 쿠루미에게 질문을 던졌다.

누구나 다 인정하는 최강자이자, 종족 자체가 다르다는 말마저 듣는 정령.

진짜로 그런 정령 중 한 명인지를 물어본 것이다.

"예. 그렇답니다. 저는— 진짜 정령이에요."

그녀는 태연한 어조로 그렇게 대답했다. 거짓말을 하고 있는 것 같지는 않지만, 엠프티는 쿠루미의 거짓말을 꿰뚫어 볼 수 있을 만큼 그녀와 오랜 시간을 함께 보내지는 않았다.

엠프티는 「흐음~」 하고 낮은 신음만 흘렸다. 함부로 캐내려고 했다간, 쿠루미가 순식간에 총을 꺼내 들어서 자신의 뇌에 구멍을 낼 것 같았다.

하지만, 이것만은 물어봐야 한다.

"……왜 이 싸움에 참가하기로 마음먹은 거죠?"

이야기를 듣자하니, 정령들은 이미 엄청난 세피라를 소유하고 있다고 한다.

그렇다면, 저것을 얻어봤자 의미가 없을 것이다.

"정령들 또한 각자가 다른 상황에 처해 있답니다. ⋯⋯저는 힘을 좀 과하게 낭비했거든요. 보조 전원 삼아 저 세피라를 손에 넣을 생각이죠. 이래봬도 정령이라 그 정도는 식은 죽 먹기거든요."

"흐음, 그런가요."

"토키사키 쿠루미 님, 시간이 됐습니다."

"예."

자리에서 일어난 쿠루미는 총을 손에 쥐었다. 그리고 교실 밖으로 나가기 직전, 엠프티에게 말을 걸었다.

"그럼 가죠, 목격자 씨."

"아, 예⋯⋯ 좋아요. 가죠."

교실을 나가기 직전, 엠프티는 리코스와 아카코마치가 자신들을 뚫어져라 쳐다보고 있는 것을 알아챘다. 그러고 보니 저 인형들은 대체 뭘까, 하고 엠프티는 생각했다.

그 누구도 저 인형들이 혼자서 움직이고, 웃음을 터뜨리는 것을 불가사의하게 여기지 않던데⋯⋯ 혹시 저게 『돌마스터』라는 도미니언의 힘인 것일까?

리코스와 아카코마치는 아무도 없는 교실 안에서 또렷한

목소리로 입을 열었다.

"출석 아홉 명, 결석 한 명, 대리 한 명."

"그대들, 준정령이라 불리는 자들이여. 무명천사와 함께 적을 쓰러뜨리는 살육장치여—."

"갈망과 희망, 절망과 소망을 몸에 두르고, 미친 듯이 춤추어라."

"피와 혼을 전부 바쳐라. 신의 자리에 이를 길을 만들어라."

"자— 저희의 전쟁을 시작하죠."

정적.

침묵.

이윽고, 짝, 짝, 짝 하고 산발적인 박수 소리가 들렸다.

○노기 아이아이

교실을 나선 순간, 엠프티는 쿠루미의 등 뒤에 딱 달라붙었다.

"왜 그러죠?"

"그, 그게, 싸움은 이미 시작된 거죠?"

"예."

"기습을 당하는 걸 걱정하지는 않는 건가요?"

"물론 하고 있어요. 그저…… 이 타이밍에 저를 습격할 상대는 한 명뿐이라는 걸 알고 있거든요."

"그게―."

누구죠, 라고 물으려던 순간, 쿠루미는 엠프티의 등을 움켜잡더니 창문을 걷어차 부수면서 복도에서 벗어났다.

"누―?"

다음 순간, 쿠루미와 엠프티가 방금까지 있었던 장소가 **물컹**, 하면서 녹아내렸다.

"구우우우우우웃?!"

"눈을 감고 숨을 멈추는 편이 나을 거예요~."

녹아내린 복도에서 맹렬한 기세로 연기가 발생했다. 엠프티는 반사적으로 눈을 감고, 자신의 몸이 허공을 가르는 감각에 휩싸였다.

쿠루미는 한 손으로 엠프티를 잡은 채 허공을 날고 있는 것 같았다. 솔직히 말해, 온몸에 가해지는 중력 때문에 여성스럽지 못한 행동을 취하게 될 것만 같았다.

"토, 토할 것…… 같아요."

"지금 토하면 확 집어던져 버릴 거예요!"

쿠루미는 엠프티가 중얼거린 말을 듣자마자 태클을 걸었다. 그와 동시에 공중으로 떠오르는 느낌이 사라졌다.

엠프티는 머뭇거리면서 눈을 떴다.

새파란 하늘— 자신을 한 손으로 움켜잡은 쿠루미, 그리고 눈앞에 있는 이는…….

"아이아이 씨……?"

"노기라고 부르라고 했잖아!"

보랏빛 액체가 흘러나오는 창을 쥔 노기 아이아이였다.

"역시 나는 네가 정령이라는 게 믿기지 않아. ……그리고 딴 애들은 너를 그냥 지켜보기로 작정한 것 같거든."

정령을 자처하는 쿠루미의 실력은 미지수다. 그렇기에 다른 여덟 명은 「방관」을 선택했다. 그리고 노기도 그 선택이 옳다고 생각한다.

하지만 그런 물러터진 선택 따위는 개나 주라고도 생각했다.

"그러니, 내가 상대해주마, 자칭 정령!!"

노기 아이아이의 외침과 함께, 교복 위에 영력으로 만들어진 눈부신 영장이 형성됐다.

"어머, 어머, 어머."

"자, 잠깐만 기다리세요. 설마, 이렇게 좁은 탑 꼭대기 같은 데서 싸울 건가요?! 하다못해 좀 더 안전한 장소에서……!"

"삐걱거려라— 〈바질리스크〉!"

그녀의 창이 낮게 울리는 소리를 내며 날아왔다.

—노기 아이아이는 빌어먹을 이름을 자식에게 붙이는 빌어먹을 부모 사이에서 태어났다.

살아남았다는 표현이 어울릴 만큼, 그녀의 어린 시절은 비참하기 그지없었지만, 고등학생이 되자 부모에게 저항할 수 있을 정도로 힘이 세졌다.

혼자서 살아가자고 생각했다. 사랑이나 우정 같은 것과는 인연이 없는 존재로서 살아가자고 진심으로 소망했다.

그 결의가 때로는 고독을 자아낼 때도 있지만, 보통은 평온함과 차분함을 가져다줬다.

불량배라며 손가락질을 당하기는 하지만 말이다.

그것은 자신이 선택한 삶이었다. 그러니 개의치 않았다.

그래도, 이름만큼은 싫었다. ……딱히 자신의 이미지에 맞지 않는 귀여운 이름이라서 싫은 게 아니었다. 부모님이 자신에게 기대를 품으며, 자신에게 희망을 걸며, 뭔가를 맡기기 위해 붙인 이름이라면, 그 어떤 이름이든 괜찮았을 것이다.

그렇다. 그럼 괜찮았을 것이다.

어머니는 술에 취한 채 「너한테 그런 이름을 붙인 경위는 생각나지 않는다」고 말했다. 아마 노래 구절 같은 걸 그대로 따다 붙인 게 아니겠냐며 말하더니, 깔깔 웃어댔다.

그 날, 그녀는 주저 없이 가출했다.

어머니가 소중히 여기던 비싼 가방을 팔아서 손에 넣은 돈으로 어디서 묵을지 생각하고 있을 때, 그녀는 인계에 흘러들어왔다.

정신을 차리고 보니, 이곳에 있었던 것이다.

사탕과자처럼 달콤하고, 니코틴처럼 해로운, 이 인계에 떨어진 것이다.

사실 노기 아이아이는 방금 이야기한 기억을 가지고 있지 않다. 그녀가 떠올린 것은 이름, 손에 쥐어져 있던 것은 무명천사라 불리는 무기, 그리고 영장이라 불리는 갑옷뿐이었다.

현실에 비하면, 이곳은 천국이나 다름없었다.

싸우면 일용할 양식을 얻을 수 있다. 이기면 살아남을 수 있다. 건너편 세계에서는 아무리 싸워도 양식을 얻을 수 없었고, 이긴들 아무 것도 얻지 못했다.

과거 같은 것은 잊었고, 떠올릴 생각도 없다.

……하지만, 이름만큼은 버리지 못했다. 부모님을 사모하는 감정은 없다. 하지만 이 이름은 자신이 유일무이한 존재라는 것을 증명해주는 증거인 것이다.

그것 이외에는, 아무 것도 없다.

가족의 얼굴도 잊었고, 가족을 향한 정도 없다. 누군가를 필요로 하지도 않으며, 누군가가 자신을 필요로 하지도 않는다.

그러니, 제 아무리 비웃음을 사더라도 이름을 바꿀 생각은 없다. 그녀가 정한 자신의 룰은 단 하나. 자신의 이름을 비웃은 자는, 반드시 죽인다.

노기 아이아이는, 그러기로 결심한 것이다.

아이아이가 창을 고쳐 쥐며 쇄도한 순간, 그제야 엠프티도 이 공격이 「사투」의 시작을 알리는 봉화라는 것을 이해했다. 먼저 교실을 나섰던 준정령들은 다들 실랑이^{장난}를 멈추더니, 이쪽을 주시하고 있었다.

"성급한 분이군요."

"한 50년 정도는 기다려줬으면 했어요!"

쿠루미는 자신을 향해 날아오는 독을 간단히 피했다. 피부에 닿으면 피부가 타들어갈 테고, 눈에 닿으면 실명하는 데다, 5분 안에 죽음에 이를 정도로 강력한 독이지만, 피해버리면 아무런 의미도 없다.

"얕보지 말라고!"

바닥을 향해 낙하해야 할 액체가 복잡한 궤도로 휘어지면서 다시 쿠루미를 향해 날아오더니, 그녀가 걸친 영장을 스치고 지나갔다.

"추적 기능도 달렸다니, 참 편리하겠군요……!"

쿠루미는 엠프티를 옆구리에 낀 채 지면을 향해 낙하했다. 엠프티는 비명을 지르면서도 기절은 하지 않았다. 그리고 빙글빙글 회전하는 경치 때문에 구역질이 나는데도 필사적으로 참았다.

액체로 된 뱀이 시속 200킬로미터나 되는 속도로 밀어닥쳤다.

피했다. 피했다. 피했다.

저것은 스치기만 해도 독이 온몸에 퍼져나가 죽고 마는 독니다. 쳐다본 이들을 돌로 만들어버리는 전설의 괴물, 뱀의 왕 바질리스크의 이름에 걸맞은 무명천사지만…….

"〈자프키엘〉—!"

낙하하는 쿠루미의 등 뒤에 거대한 시계판이 출현했다. 그 문자판에서 분침이 떨어지더니, 쿠루미는 그것을 손에 쥐었다. 엠프티는 그것을 보며 놀라워했다.

"이게 뭔가요?"

쿠루미는 그 말에 대답하지 않으며 혼잣말을 중얼거렸다.

"한 손으로 싸우려니 불편하네요. 역시 그냥 놔버리는 게—."

"봐주세요! 놓을 거면 하다못해 상공 30센티미터 정도에서 부탁드릴게요!"

"아아, 정말 귀찮군요! 너무 귀찮아서 확 **죽어버리고 싶을 지경이에요!**"

"어?"

"뭐?"

엠프티가 말릴 틈도 없었다. 쿠루미는 자신의 관자놀이에 총을 대더니, 주저 없이 방아쇠를 당겼다.

탕, 하고 총성이 울려 퍼졌다. 노기와 엠프티는 그 광경을 보고 아연실색했다.

그리고 피가 흘러나오지 않는다는 걸 먼저 눈치챈 사람은 바로 엠프티였다.

"〈자프키엘〉— 【첫 번째 탄환】알레프."

낙하하던 쿠루미의 육체가 방금까지와는 반대 방향으로 움직이며 가속했다.

"아닛……?!"

정신을 차리고 보니, 뱀 같은 미소를 머금은 쿠루미가 노기의 코앞에 있었다.

"추적 기능은 좋지만, 발치를 살피는 편이 좋지 않을까요?"

쿠루미는 순식간에 노기의 특성을 간파했다. 추적 기능은 무기인 무명천사가 아니라 노기 자신의 힘이었다. 인간의 사고속도로 추적하고 있었기 때문에, 쿠루미가 가속하면서 펼친 움직임에 대응하지 못한 것이다.

게다가 노기는 아까부터 같은 장소에 머물며 거의 움직이지 않았다. 총 네 번 정도 움직이기는 했지만, 그것도 〈바질리스크〉가 직선으로 움직이고 있을 때였다.

"뱀과 당신이 협공을 펼친다면 더 좋았을 텐데 말이죠. 아니면 하다못해 그러지 않는 이유라도 만들어 두는 편이 좋았을 거예요."

쿠루미는 당황한 노기의 얼굴을 쳐다보며 비아냥거리는 듯한 미소를 지었다.

"—흥, 그런 이유를 만들 필요가 지금까지는 없었거든."

……솔직하게 고백을 하자면—.

엠프티는 이 순간까지, 그녀들이 말하는 『전쟁데이트』의 의미를 진지하게 생각해 보지 않았다.

싸울 거라고, 상처 입을 거라고는 생각했다. 그리고 너무 아프고 괴로워서, 울음을 터뜨릴 거라고도 생각했다.

하지만, 그것이 이 소녀가 할 수 있는 상상의 한계였다.

총소리가 푸른 하늘에 울려 퍼졌다.

그것이 쿠루미가 노기를 총으로 쏜 소리라는 것을 엠프티가 이해하는 데는 약간 시간이 걸렸다.

피가 뿜어져 나왔다.

영장이 바스라지듯 사라졌다.

그리고, 소녀가 추락했다.

"잠깐⋯⋯⋯⋯!"

엠프티는 반사적으로 손을 뻗었다. 하지만 쿠루미에게 안긴 상태에서 손을 뻗어봤자 노기에게 닿을 리가 없다. 노기는 여전히 약간 놀란 듯한 표정을 짓고 있었다.

추락했다.

쿠루미도 그녀를 쫓듯 낙하했다.

노기는 차 한 대 다니지 않는 도로에 드러누워 있었다.

"⋯⋯아⋯⋯."

엠프티는 그녀가 살아있다는 그 기적 같은 사실을 확인하고 경악했다. 그리고 지면에 발을 대자마자 허둥지둥 노기에게 뛰어갔다.

"저, 저기, 괜찮으세요?"

"······괜찮아 보이냐? 젠장······."

"—이걸로, 제가 정령이라는 걸 인정해 주시겠어요?"

쿠루미가 그렇게 묻자, 노기는 뻔뻔한 미소를 지으며 대답했다.

"싫어."

"그런가요."

쿠루미는 단총으로 노기를 겨눴다. 그러자 노기는 미소를 지으면서 그 총구를 노려보았다.

"잘 가세요, 노기 양."

"시끄러워. 확 죽어버리라고."

또다시 총성이 울렸다. 쿠루미의 탄환은 노기의 세피라를 정확하게 박살냈다.

"어······?"

엠프티는 얼어붙은 것처럼 꼼짝도 하지 않았다. 총을 쏠 줄은 몰랐다. 그럴 거라고는 예상조차 하지 못했다. 이것은 목숨이 걸린 게임이지만, 어디까지나 게임이다. 재기불능이 되면 그 시점에서 탈락한 것이나 마찬가지인 것이다.

"왜, 쏜 거죠?"

쿠루미는 그 물음에 매정하기 짝이 없는 표정을 지으며 대답했다.

"바보 같은 질문을 하지 말아 주세요. 그야 물론 살아있기 때문이죠."

"하지만……!"

"일시적으로 전투불능 상태가 되면 패배한 거라고 생각하나요? 재기불능에 의한 패배를 누가 인정하죠? 그걸 인정하게 만들기 위해서는 죽일 수밖에 없어요. 한쪽이 죽음에 이른 후에야, 승자가 결정된답니다."

알고 있다.

이성적으로는 그 말이 옳다. 아니, 본능적으로도 그게 옳다는 사실을 엠프티도 이해하고 있다. 그렇다. 자연의 섭리에 비춰보더라도 옳다. 이 게임의 룰에 입각해서 보더라도 그 편이 옳다.

하지만, **옳기 때문에 잘못됐다.**

"그래도…… 그래도, 잘못됐어요. 분명 잘못됐단 말이에요."

"……헛소리를 하는군요. 그런 물러터진 견해를 가지고 있는 걸 보면, 꽤 행복한 삶을 살았나 보네요."

쿠루미는 냉혹한 눈빛으로 엠프티를 쳐다보았다.

"아니에요! ……아닐, 거예요."

그렇다. 아니다. 물러터진 생각이라는 건 알고 있다. 위선으로 가득 찬, 짜증나는 박애주의에 불과하다는 것도 알고 있다.

알고 있지만, 이렇게 외칠 수밖에 없었다. 왜일까. 마음속에 존재하는 냉철한 무언가가 고개를 갸웃거렸다. 자신은 이런 소리를 할 인간(아, 지금은 준정령인가)인 걸까.

상대가 한 치의 주저도 없이 사람을 죽이는 존재라는 것을 알고 있는데, 왜 자신은 이런 말을 하는 걸까 하고 엠프티는 생각했다.

죽을지도 모르는데 말이다.

왠지, 그녀에게는 할 말을 다하지 않으면 직성이 풀리지 않았다.

쿠루미가 노려보자— 엠프티는 그녀를 마주 노려보았다. 엠프티는 왠지 질 것 같지 않았다. 결국 쿠루미는 고개를 돌리면서 화난 듯한 어조로 이렇게 중얼거렸다.

"……빨리 이곳을 벗어나죠. 여기는 공기가 좋지 않군요."

엠프티는 더 이상 쿠루미를 규탄하지 않았다. 그녀도 이게 잘못된 행동이라는 건 알고 있다. 알고 있지만, 그녀는 싸움을 선택했을 뿐인 것이다.

엠프티는 그 사실을 안 것만으로도 충분했다.

"아, 예……."

엠프티는 마지막으로 방금까지 노기가 있던 곳을 쳐다보았다. 세피라가 부서진 노기는 이미 한 줄기 바람과 함께 소실되었다.

왜 마음이 아픈 걸까.

사이가 좋기는커녕, 노기와는 겨우 5분 정도 이야기를 나눴을 뿐이다. 그녀의 희망도, 소망도, 절망도, 아무것도 모른다.

소녀는 자신들을 죽이려 하다, 도리어 자신이 죽었다.

아마, 이 게임에서는 죽이는 것도, 죽임을 당하는 것도 당연지사이리라.

하지만, 그런데도 차마 버릴 수 없는 게 있었다.

바늘처럼 심장에 꽂힌 그것은 엠프티에게서 한사코 떨어지지 않았다.

◇

○타케시타 아야메

공간이 일그러질 정도로 새된 소리를 내며, 히지카타 이사미의 일본도가 타케시타 아야메의 화살을 쳐냈다. 하지만 여전히 아야메의 모습은 보이지 않았다.

"아야메는 여전히 숨기만 하네!"

이사미는 즐거운 듯한 목소리로 그렇게 외쳤다. 그러자, 어딘가에서 아야메의 목소리가 들려왔다.

"그게 내 전술이야. 참견하지 마."

"참견할 생각 없어. 아야메 나름대로 전력을 다해 싸우는 거니까, 나는 전혀 개의치 않아!"

"……짜증이 확 치솟네."

"왜?!"

이사미가 의문에 찬 목소리로 그렇게 외쳤지만, 아야메는 깔끔하게 무시하고 또다시 화살을 날렸다. 세 발의 화살은 커브, 슈트, 드라이브 등, 다양한 궤도로 변화하면서 이사미를 노렸다.

"아하하하하! 역시 너와 싸우는 건 즐겁다니깐!"

"그래? 나는 눈곱만큼도 즐겁지 않으니까 빨리 죽어. 지금 바로, 이 자리에서 죽으란 말이야."

"매정하네!"

궤도가 어떻게 변하든, 그 화살들이 자신을 노린다는 사실에는 변함이 없었다. 이사미는 화살들이 영력권에 들어온 순간, 바로 감지하면서 화살을 요격했다.

"그것보다 말이야~!"

"뭐야?"

"―저 자칭 정령, 손쉽게 이겨버렸네!"

"그래. 강한 것 같아."

두 사람은 전투를 벌이면서 잡담이나 다름없는 이야기를 나눴다. 수백 번도 넘게 싸우며, 진심으로 서로의 목숨을 노렸지만, 그래도 결판이 나지 않았기 때문일까.

서로의 목숨을 노리며 다투는 상황과, 별것 아닌 잡담을 나눌 여유가 두 사람에게는 동시에 존재했다. 그 사실이 불가사의하게 여겨지지는 않았다.

"미지의 실력을 지닌 것 같아!"

"그래도 알아낸 게 몇 가지 있어. 적과 떨어져 있을 때에는 총으로 싸우고, 근접한 상황에서도 신체 능력을 향상시킨 다음 총으로 백병전을 벌였어."

"원거리전과 근거리전, 양쪽에 전부 대처할 수 있는 거구나! 대단하네!"

"나로선 성가신 상대야. 너한테도 마찬가지겠지만 말이지."

"뭐, 나나 아야메라면 문제없어! 나는 강하고, 아야메도 강해. 저렇게 거리 안 따지고 싸울 수 있다며 뻐기는 녀석들에게는 지지 않아!"

"……."

"왜 그래?"

"하아, 나는 역시 네가 싫어."

"너무해~!"

격렬한 감정이 실린 화살이 날아왔다. 그 격렬한 감정을 기분 좋게 받아내며…….

히지카타 이사미는 이 순간이 영원토록 계속되기를 소망했다. 투쟁은 힘들고, 괴롭고, 아프며, 승리를 통해 느끼게 되는 것은 안도감뿐이다.

하지만 아야메와의 싸움은 아무리 상처를 입더라도 즐거웠다. 너무 즐거워서, 계속 결판을 미뤄온 듯한 느낌이 들었다.

자신이 아야메에게 미움을 받고 있다는 것은 알고 있다.

고지식한 그녀는 분명 자신의 이 가벼운 태도를 영원히 이해하지 못할 것이다.

이사미는 그 점이 약간 쓸쓸했다. 하지만, 거짓말은 하고 싶지 않았다.

하지만, 그래도—.

아아, 이 환희에 찬 시간이 영원히, 영원히 이어지면 좋을 텐데.

남에게는 말하지 못할 소망을 가슴에 품으며, 이사미는 크게 소리를 질렀다.

"이얏호—————!"

……아아, 정말 시끄럽네. 타케시타 아야메는 그렇게 생각하면서 혀를 찼다. 빌딩 세 개, 그리고 열 개가 넘는 창문 너머에 있는 이사미는 콩알만 하게 보일 정도 작았지만, 아야메는 그렇게 작더라도 눈에 보이기만 하면 얼마든지 표적으로 삼을 수 있었다.

수백 번이 넘는 싸움 끝에, 그녀는 이 거리를 획득했다.

그녀와 자신의 거리감.

서로를 죽이기 위해 싸우면서도, 친목을 다진다고 하는 이율배반. 뜨뜻미지근한 물에 몸을 담그고 있는 듯한 기분 좋은 느낌, 그리고 짜릿한 스릴에 빠져들었다.

하지만, 그것도 곧 끝난다.

오늘 이 자리에서 결판을 내고, 더 높은 곳으로 올라갈 것이다. 이것은 이사미와 자신이 한 맹세다. 서로가 강해지고 싶다는 소망을 품었다. 그러기 위해, 둘 다 겁먹지 말고 싸우자고 생각했다.

솔직히 말해, 아쉽다는 감정이 마음속에 존재하지 않는다면 그것은 거짓말일 것이다.

하지만, 한편으로 이기고 싶다는 소망을 품고 있는 자신 또한 내면에 분명 존재했다.

'건너편 세계에 있을 때에도, 그녀와 아는 사이였을까?'

친구였을까, 혹은 라이벌이었을까. 아니면 스쳐 지나갈 때 인사 정도만 나누는 사이였을까.

그런 얼토당토않은 생각을 하고 있는 스스로에게 화가 치밀었다.

타케시타 아야메 또한 과거를 모른다. 하지만 어렴풋한 기억, 그리고 다른 준정령들과의 대화를 통해, 자기 자신이라는 존재를 어느 정도 이해했다.

건너편 세계에 있는 일본이라는 나라에서 살던 여고생일 것이다. 자신이 왜 이런 곳에 있는 건지는 알 수 없다. 어쩌면 다른 누군가가 자신을 여기로 데려온 것인지도 모른다.

하지만, 이제 와서 그런 것은 아무래도 상관없다. 과거에 미련은 없으며, 하루하루를 살아가는 것만으로도 벅찼기 때문이다.

이 인계에 온 후부터 그랬던 걸까. 아니면 원래 그랬던 걸까.

아야메는 항상, 언제나, 굶주려 있었다. 갈망하고 있었다. 활을 쏠 때에는 마음을 비우지만, 화살이 명중했을 때에는 비정상적인 고양감을 느꼈다.

자신은 그 순간을 위해 살아간다고 말할 수 있을 정도였다.

하지만, 겨우겨우 손에 넣은 건너편 세계의 책을 읽으면 말로 설명할 수 없는 충족감을 느꼈다.

사랑 이야기가 담긴 책을 특히 좋아했다. 제아무리 서투른 사랑도, 사랑이라는 감정을 어딘가에 두고 온 자신에게는 매력적으로 보였다.

누군가에게 사랑을 받고, 사랑을 한다는 것은 대체 어떤 감정일까.

언젠가 그것을 알고 싶다고 생각했다.

하지만, 그러기 위해서 자신이 하고 있는 일은 누군가를 죽이고, 누군가와 싸우는 것이다.

싸우고, 죽이며, 더 높은 곳으로 올라가려 한다……. 그러면서 쭉 살아왔다. 오랫동안 싸운 준정령도 있고, 찰나와도 같은 시간동안 만났을 뿐인데도 기억에 새겨진 준정령도 있다.

아아, 그리고 보니…… 자신과 같은 옷을 입은 자도 있었다는 게 생각났다. 하지만 그 자의 얼굴은 마치 안개라도 낀 것처럼 생각이 나지 않았다.

그러다보니, 결국 그녀의 주위에 남아있게 된 이는 단 한 명뿐이었다.

히지카타 이사미.

하지만 그런 상황도 곧 끝을 맞이할 것이다. 이 싸움은 누구 한 명이 죽을 때까지 계속되는 것이다. 그러니, 이번에야말로 둘 중 한 명은 죽고 말리라.

……괜한 생각은 사고회로를 흐트러지게 한다.

아야메는 이사미와 싸우면서 그런 식으로 머릿속이 흐트러지는 게 싫었다. 순수하게 기쁨만을 추구하며, 히지카타 이사미와 싸우고 싶었다.

—뭐야, 네가 무슨 사랑에 빠진 소녀야?

그런 냉정한 속삭임에는 귀도 기울이지 않으며, 그 열광에 몸을 맡겼다.

활을 쐈다. 몇 번이나 명중했고, 몇 번이나 막혔다. 그리고 그때마다 서로의 나쁜 점을 지적했다.

그 덕분에, 히지카타 이사미 이외의 준정령과 싸울 때에는 화살이 너무나 간단히 명중해서 당황했다. 강함을 추구하며 강해질수록, 세피라에서 뿜어지는 빛 또한 강해지는 것이 느껴졌다.

그렇게 힘만을 정신없이 추구한 결과, 초대장을 받았다.

도미니언이 된다면 얼마나 엄청난 힘을 얻을 수 있을까. 얼마나 엄청난 힘을 지닌 채, 이 세상을 응시할 수 있을까.

타케시타 아야메는 그것이 알고 싶었다.

그게 알고 싶어서, 화살을 쐈다.

그녀가 숨기고 있는 본심은 단 하나다. 그 환희를, **함께 나누고 싶은** 상대가 존재하는가.

예를 들어, 히지카타 이사미 같은 사람이⋯⋯.

—어이없네.

아야메는 그 생각에 뚜껑을 덮었다. 이뤄질 수 없는 희망에 매달릴 생각은 없다. 지금은 그저 상대를 죽이기 위해 싸워라. 히지카타 이사미의 가슴에 화살을 박아라.

그렇게 해야만, 하는 것이다.

혼신의 힘을 실어 날린 화살이 드디어 히지카타 이사미의 방벽을 무너뜨렸다.

"아니⋯⋯?!"

지금까지 히지카타 이사미에게 숨겨왔던, 비장의 카드. 아야메는 전력을 다해 화살을 날리는 것을 의도적으로 봉인했다.

언젠가, 그녀와 서로를 죽이기 위해 싸울 때— 이제까지와 마찬가지의 속도로 화살을 쏴서, 이사미가 대응할 수 있도록⋯⋯.

언젠가, 그녀가 자신의 화살에 충분히 대처할 수 있다고 인식하도록⋯⋯.

"큭⋯⋯!"

아야메는 또다시 활을 쐈다. 아까와는 차원이 다른 속도로 날아오는 화살에 이사미도, 그녀의 영력권도 대처하지 못했고, 결국 그녀의 영장은 찢겨나갔다.

비겁하다고 비웃고 싶으면 비웃어라. 비난하고 싶으면 비난해라. 타케시타 아야메는 오늘, 이 날, 이 순간을 위해, 모든 것을 쥐어짜낼 것이다—!

"아하하하하하! 끝내주네! 역시 아야메는 최고야! 질 수야 없지!"

이사미가 큰 목소리로 그렇게 외치자, 아야메는 마음 한편으로 안도했다.

"……뭐, 네가 비겁하다고 말할 거라고는 나도 생각하지 않았어."

그래도 너무 기분 좋아하는 것이 아닐까.

아야메는 그런 생각을 하면서 입가에 옅은 미소를 머금었고—.

"그래서 생각한 건데 말이야! 이 승부, 잠시만 미루면 안 될까?!"

"뭐?"

다음 순간, 표정이 딱딱하게 굳었다.

◇

○셰리 무지카

"불~타~라~. 불~타~라~. 불~타~올~라~라~!"

그 느긋한 어조와는 달리, 주위는 업화로 뒤덮여 있었다. 셰리 무지카가 쥔 무명천사 〈세크메트〉는 햇빛을 끌어 모으더니, 사방의 건물을 갈가리 찢으며 불태웠다.

"와아아아아아! 우와아아아아! 이제 다 싫어어어어어어어어어어엇!!"

이부스키 파니에는 울부짖으며 부리나케 뛰고 있었다. 그녀의 무명천사 〈탈로스〉는 셰리가 날린 일격을 맞고 허무하게 『녹아』버렸다. 영장도 8할 가량이 파손된 그녀는 도약도 하지 못하며 하염없이 도망 다니고 있었다.

자신만만한 표정으로 덤벼들었던 파니에가 공포를 느끼며 점점 얼굴을 일그러뜨리는 광경은, 여러모로 좀 그렇지만 셰리에게 있어서 유쾌한 콩트 같았다.

"미~안~하~지~만~! 마~무~리~할~게~!"

궁지에 몰려 있던 파니에의 얼굴은 그 말을 듣자마자 절망으로 물들었다.

"자, 잘못했어! 사, 살려……!"

"싫~어~!"

〈세크메트〉의 일격이 파니에에게 정통으로 꽂혔다. 살려, 까지만 말한 순간, 파니에의 온몸에 쏟아진 햇빛이 티끌 하나 남기지 않고 그녀를 태워버렸다.

"마무리했네."

셰리는 손을 털며 그렇게 말했다. 하지만 다음 순간, 처절한 살기와 함께 바람을 가르는 소리가 들렸다.

"……윽!"

하지만, 셰리 무지카 역시 수많은 싸움을 치러 온 강자였다. 여유부리고 있는 자신을 아까부터 노리고 있던 이가 있다는 사실은 이미 알고 있었다.

업화의 벽을 간단히 찢고, 찢고, 반쯤 녹아내리면서도 찢으며, 칼날이 셰리에게 쇄도했다.

"얕보지 마!"

셰리는 무명천사 〈세크메트〉로 간신히 그 칼날을 막아냈다.

전율이 그녀의 위장을 압박하고, 피부를 자극했다. 방금, 자신은 생과 사의 경계에 섰다는 것을 실감했다.

"토나미…… 후루에!"

"예. 안녕하세요."

한참 떨어진 곳에서 차크람을 던진 소녀가 배시시 웃고 있었다.

"여전히 악랄하네~!"

"아하하, 진짜로 악랄한 건 제가 아니라 당신 아닐까요? 목숨을 구걸하는 상대를 불태워버렸잖아요."

입가는 웃고 있지만, 토나미의 눈동자는 차갑기 그지없었다. 물론 상대방을 죽이는 것이 룰이라 죽였다고 하면 그만이겠지만 말이다.

"평소에는 이렇게까지는 안 해. 그러는 너도 세피라를 손에 넣고 싶을 뿐이잖아?"

"예, 그건 그래요."

도려낸 세피라는 다소 시간이 걸리지만 자신의 양분으로서 흡수할 수 있다.

셰리도, 토나미도, 그러면서 살아왔다. 준정령을 잡아먹으며, 지금까지 싸워온 것이다.

"관둬. 이부스키 파니에의 세피라 같은 걸 먹어봤자 소화 불량에 걸릴걸?"

"방금 그 준정령과 아는 사이인가요?"

둘은 잡담을 나누면서 계속 상대방의 속내를 읽으려 했다. 정보를 원하기는 하지만, 빈틈을 보일 수는 없다.

또한, 빈틈을 보이더라도 그게 진짜 무의식적으로 드러낸 빈틈일까, 아니면 일부러 빈틈을 드러내서 상대의 공격을 유도하는 걸까—.

둘은 그런 미로 같은 생각에 빠진 상태에서 잡담을 계속 나눴다.

"요즘 들어 이름이 좀 알려진 애야. 뭐, 나와 비슷해."

"문제아라는 건가요?"

"딩동댕~!"

셰리는 깔깔 웃었다.

준정령들은 하나같이 건너편 세계의 기억이 결여되어 있었다.

하지만 셰리처럼 어렴풋이 뭔가를 기억하는 이도 있고, 인계에 올 때 가지고 있던 책을 계기로 다양한 것들을 기억해내는 이도 있었다.

자기소개 때 말했다시피, 셰리에게는 남동생과 여동생이 있었다. 숫자는 생각나지 않는다. 그녀가 매정해서 기억 못 하는 게 아니라, 생각이 나지 않을 만큼 많았던 거라고 생각한다. 자신의 소행이 나쁜 걸로 볼 때, 저쪽 세계에서는 **그렇고 그런 짓**이 용납되는 마을 같은 데서 태어났으며, 착취를 당했던 것이리라. 물론 이쪽 세계에는 남동생도, 여동생도 없다.

굶어죽은 여동생이 있었다. 갓난아기일 때 죽어서 성별도 알 수 없는 이도 있었다. 부모님은 없었던 것 같다. 있었다고 해도 생각이 나지 않을 만큼 문제가 많은 사람이었을 것이다.

셰리는 이쪽 세계가 천국이라고 생각했다. 아니, 어쩌면 진짜 천국일지도 모른다.

그렇게 달콤한 케이크를 먹어본 건 처음이었다.

그렇게 폭신폭신한 침대에서 자본 것도 처음이었다.

아무리 케이크를 먹어도 충치가 생기지 않고, 배가 부르거나 고프지도 않으며, 추위나 더위도 없다.

항상, 언제나, 인생이 즐겁다.

그러니 계속 죽이자. 죽이기만 하면, 자신은 이 상냥한 세계에 계속 있을 수 있는 것이다.

그렇기에, 자신과 같은 냄새를 풍기던 이부스키 파니에는 일찌감치 해치우고 싶은 상대였다.

그녀와 자신은 비슷한 존재이기에, 상대가 얼마나 비겁한 수를 동원해 모략을 꾸밀지 예측조차 할 수 없었다. 그래서 그녀를 가장 먼저 해치우기로 했다.

하지만 문제는 바로 이 토나미 후루에다.

그녀에게서도 자신과 같은 냄새가 났다. 게다가 이부스키 파니에보다 몇 수는 위다. 상황적으로 볼 때 기습은 불가능하며, 정면대결을 펼치더라도 이길 수 있을지 없을지 알 수 없다. 설령 이기더라도, 다음 싸움을 치를 힘은 남아있지 않을 것이다.

하이에나에게 잡아먹히는 최후는 싫다. 게다가, 그녀 또한 남아있다.

"저기, 토나미 양. 나와 손을 잡지 않을래?"

"손을 잡자고요? 그다지 좋은 생각은 아니군요."

"그럴까? 너도 그 **자칭 정령**을 봤잖아?"

"……"

토나미는 침묵에 잠겼다. 그렇다. 그녀 또한 이번 게임에 있어 최악이자 궁극의 비정상적인 존재를 본 것이다.

"정령들은 이 세계의 섭리를 만든 존재라잖아? 즉, 우리가 필사적으로 다루고 있는 이 힘의 원천이지? 걔들이 얼마나 엄청날지 상상해본 적 없어?"

"……있어요."

제5영속에 속한 셰리는 불꽃을 사용한다. 같은 영속인 준정령과 싸우더라도 지지 않을 자신이 있다.

하지만 상대가 **불꽃 그 자체**라면, 대체 어떻게 싸워야 이길 수 있을까.

"만약, 만약에 말이야. 걔가 진짜 정령이고, 심심풀이 삼아 이 데스 게임에 참가한 거라면 어떻게 될 것 같아? 우리는 저항조차 제대로 못해본 채, 흔적도 남기지 못하고 이 세상에서 사라질 거야."

"그렇겠죠. 제3영속이라면…… 그림자였던가요?"

"제3영속은 애초에 그 수가 적어. 나도 두세 번밖에 싸워본 적이 없으니깐."

제1(빛), 제4(얼음), 제5(불꽃), 제8(바람), 제9(소리), 제10(물질)이 준정령 중 80퍼센트 이상을 차지한다. 남은 준정령들은 대부분 제2(정보), 제6(봉인), 제7(변화)에 속하며, 제3영속─ 그림자를 조종하는 이는 매우 적고, 1퍼센트도 채 되지 않는다.

"그림자 이외에도 뭔가가 있을 텐데, 그것조차 확실치 않죠."

제3영속에 속하는 준정령과의 전투 경험은 토나미도 적다. 그리고 더 큰 문제는 제3영속의 준정령들은 하나같이 **약했다**. 뭘 하려고 하는 건지, 뭘 한 건지, 그것조차도 알 수 없었다.

"나도 그래. 그러니까 말이야. 그 둘을 해치우기 위해 손을 잡자."

"둘? ……아하, 엠프티 양도 해치울 건가요?"

"그래. 그 애도 분명 뭔가가 있다고 나는 생각하거든."

"저는 그렇지 않다고 생각해요. 그 애는 아마 함정이겠죠.^(페이크) 만약에 대비해 없애자는 의견에는 반대하지 않지만, 괜한 짓을 하다 쓸데없이 실수를 범하는 건 사양하고 싶네요."

"오오, 의외로 의견이 갈렸네. 어떻게 한담~?"

"……당신과 손을 잡겠어요. 그럼 저희의 목표는 토키사키 쿠루미인 건가요?"

"목표는 한 명 더 있어. 단순히 위협적인 애가 하나 더 있잖아?"

셰리는 빙긋 웃으면서 한층 더 큰 폭발이 발생한 쪽을 쳐다보았다. 토나미의 표정이 일그러진 것은 공포 때문일까, 아니면 증오 때문일까.

"비스킷 스매셔……"

"역시 그렇지? 저 핼버드, 전에 본 적이 있어."

"약점은 뭐죠?"

토나미가 그렇게 묻자, 셰리는 굳은 표정으로 미소를 지었다.

"그걸, 이제부터 찾으러 갈 거야."

◇

○사가쿠레 유이

사가쿠레 유이는 여자 닌자다. **건너편 세계**에 있을 때, 자신이 어떤 존재였는지는 생각나지 않는다. 하지만 이 인계에서 자신이 맡은 역할이 무엇인지는 잘 알고 있다.

정보를 모아서 『공주』에게 전한다. 그녀의 칼로서, 혹은 손발로서 소임을 다한다.

그것이 존재의의이며, 그것만이 기쁨이었다.

뭐, 어쩌면 건너편에서도 닌자였을지도 모른다. 아니면 노예처럼 뼈 빠지게 일하던 직장인이었을까. 고등학생 여자아이가 대체 뭘 어쩌다 그런 인생을 살게 된 건지 짐작조차 되지 않는다.

제멋대로에, 항상 여유가 넘치고, 노는 걸 좋아하며, 특이

한 짓만 해대는, 그야말로 『공주』라는 호칭에 어울리지 않는 준정령이지만, 그녀의 실력과 미모는 진짜배기다.

이 제10영역의 문제점은 도미니언인 『돌마스터』가 절대로 모습을 드러내지 않는다는 점이다. 지배자들끼리 대화를 나눌 때에도 항상 인형을 통해서만 참가한다.

『그건 옳지 않은 짓이잖아? 그러니까 정체를 조사해줬으면 해~.』

공주의 명령은 절대적이며, 목숨을 걸고 임무를 수행하는 것도 당연하다.

그녀는 닌자이기에, 전투에서 승리를 거두는 것에 집착하지 않는다.

이 데스 게임에 참가하기는 했지만, 적당한 타이밍에 도망칠 생각이었다. 도주경로 또한 이미 정해뒀다.

도망칠 생각이었다. 그럴 생각이었는데, 그녀는 현재 궁지에 몰렸다.

—인계에는 열 개의 영역이 있다. 누구도 본 적이 없는 영역이 있는가 하면, 다수의 준정령이 모여 있는 영역도 있다. 싸움이 벌어지는 영역이 있는가 하면, 도미니언들이 맹약을 체결해서 결코 싸우지 않는 영역도 있다.

말쿠트에서 강자란, 싸워서 승리하는 힘을 지닌 자를 가리킨다. 그렇기 때문에 다양한 준정령에 관한 소문이 돌고 있었다.

—정령에게 필적하는 힘을 지녔다.

—준정령 백 명이 덤볐지만, 단 한 명도 살아 돌아오지 못했다.

대부분은 소문을 좋아하는 준정령이 퍼뜨린, 신빙성 없는 괴담이다. 하지만 그 괴담 중에도 드물게 진실이 존재한다.

일격에 모든 것을 가루로 만들어버리는 소녀가 있다. 무엇이든 박살내는 모습은, 마치 **비스킷을 부수는 것처럼 손쉬워보였다**— 등의 소문처럼 말이다.

"하아, 하아, 하아……!"

첫 번째 순서가 되었을 때, 자신은 운이 좋다고 믿었다. 〈이즈나〉는 방어력은 낮지만 자신의 모습을 감춰주는 능력을 지녔다. 한순간의 빈틈을 놓치지 않고 기습을 가해, 상대의 목을 베는 것이 사가쿠레 유이의 상투수단이다.

물론, 사가쿠레는 창이 누구인지 알고 있다. 비스킷 스매셔— 최근 들어 급격하게 두각을 드러내고 있는 준정령이다.

비스킷처럼 상대를 박살내기 때문에— 같은 악몽 같은 농담을 듣고 코웃음이나 쳤던 과거의 자신이 원망스러웠다.

핼버드를 한 번 휘둘렀을 뿐인데, 세계 자체가 산산이 부서졌다.

사가쿠레가 모습을 감춘 상태에서 감행한 기습은 분명 성공했다. 하지만, 그저…… 성공하기만 했다.

창의 영장인 〈브리니클〉이 기묘한 특성을 지닌 건지, 아니면 그저 방어력이 뛰어나기 때문인지는 모르겠지만, 사가쿠레가 날린 혼신의 발차기는 상대방에게 겨우 생채기만 냈다. 원래 목뼈를 박살내거나 찢어발길 정도의 위력을 지녔을 텐데 말이다.

그리고 기습을 눈치챈 창은 맹렬한 기세로 핼버드를 휘두르기 시작했다.

화들짝 놀란 사가쿠레는 반사적으로 몸을 숙였다. 엄청난 소리를 내며 날아온 핼버드가 방금까지 자신의 머리가 있던 장소를 가르고 지나갔다.

모든 공격이 하나같이 빠르고, 무거우며, 날카로웠다.

숨으려고도 했지만, 몸을 숨길만 한 장소가 차례차례 박살났다. 영장으로 모습을 감추면 되지만, 그럴 틈이 없었다. 그러니 아무튼 도망칠 수밖에 없다. 하지만 그녀의 추적 속도는 어마어마하게 빨랐다.

아니, 속도가 빠르다기보다, 영력의 탐지 범위가 비정상적일 정도로 넓었다.

"사냥개의 후각은 인간의 1억 배나 된다던데……."

그녀의 영력 탐지 능력도 어쩌면 다른 준정령에 비해 1억 배는 뛰어날지도 모른다.

아무튼 우선 그녀와 거리를 벌려야만 한다······!

몇 가지 작전이 머릿속에 떠오른 사가쿠레는 그 중에서 가장 확실하다고 여겨지는 작전을 선택했다.

"저도식(詛濤式)— 계륵공선(鷄肋空蟬)!"

◇

창은 서늘한 냉기를 느꼈지만, 아무런 충격도 받지 않았다는 것을 이해하자마자 바로 돌진했다.

"간다."

그녀는 담담한 목소리로 그렇게 말하면서 핼버드를 휘둘렀다. 그것은 사가쿠레 유이의 몸을 『비스킷처럼』 박살— 낸 줄 알았다.

"끝······나지, 않았어?"

창은 고개를 갸웃거렸다. 준정령이라면 누구나 가지고 있는 세피라의 파편이 없었다. 게다가 손에서 느껴진 감촉이 이상했다. 준정령을 박살냈을 때와는 감촉이 달랐던 것이다. 평소에는 비스킷을 부순 것 같았다면, 방금은 크래커를 부순 것만 같았다.

즉, 가짜인 것이다.

창이 그 사실을 눈치챘을 즈음, 사가쿠레는 이미 안전한 지역으로 대피한 후였다.

◇

아무리 그녀가 사냥개에 버금가는 후각을 지녔더라도, 완전히 모습을 감춘 사가쿠레를 찾아내는 것은 어렵다. 하지만 빠르든 늦든 언젠가 발각될 것 또한 사실이다.

사가쿠레는 10분 후에는 그녀가 자신을 찾아낼 거라고 예상했다.

"……5분이면 충분해."

그녀는 손에 쥔 연필로 지금까지 모은 정보를 종이에 적은 후, 영장을 주저 없이 찢었다.

"〈이즈나〉— 가라."

영장의 일부가 흰 족제비로 변했다. 그 동물은 사가쿠레가 내민 종이를 물더니 재빨리 이 자리에서 벗어났다.

"……완전하지는 않지만, 지금까지 모은 정보는 전부 전달했어."

사가쿠레는 안도의 한숨을 내쉬었다. 하지만 영력을 나눈 바람에 약간이지만 자신의 모습을 감추는 힘이 흐트러졌다. 흐트러졌다는 것은 곧 상대에게 포착 당한다는 것을 뜻했다.

"하지만, 상대가 어느 방향에서 다가올지는 알고 있어."

사가쿠레는 숨을 가다듬은 후, 자신의 무기인 〈칠보행자〉를 고쳐 쥐었다.

"후퇴가 아니라 공세를 펼치며 맞선다면…… 아직 방법은 있어."

심호흡.

주저 없이 건물 뒤편에서 뛰쳐나간 사가쿠레는 창과 대치했다. 그리고 그대로 정면에서 돌진을 감행했다.

그녀는 당연히 요격 태세를 취했다. 사가쿠레는 소매에서 커다란 수리검 일곱 개를 꺼냈다.

창의 눈썹이 약간 찌푸려졌다. 그녀는 명백하게 당황했다. 사가쿠레가 자신의 공격이 통하지 않는다는 것을 알면서도 정면에서 돌진을 감행했기 때문이리라.

하지만, 창은 공격을 할 수밖에 없었다. 공격 이외에 대처할 방법을 모르기 때문이다.

"〈칠보행자〉― 【항마(降魔)】."

창이 상대를 박살낼 생각으로 휘두른 일격은 허무하게도 허공을 갈랐다.

"……윽!"

일곱 개의 거대한 수리검이 창의 주위에 전개됐다. 그와 동시에 사가쿠레는 인(印)을 맺으면서 무명천사의 힘을 발동시켰다. 창의 시각, 청각, 후각, 미각, 촉각― 오감과 초감각― 직감, 그리고 마지막으로 영력 그 자체도 일시적으로 봉인했다.

그 어떤 준정령이든 일시적으로 완전히 무력화시키는 이 힘은 사가쿠레 유이에게 있어 비장의 카드였다. 상대가 대

마을에 종소리가 울려 퍼졌다.

쿠루미는 이 종소리가 이번 게임의 일시적인 종료를 알리

는 신호라는 사실을 엠프티에게 가르쳐줬다.

"협정 같은 거죠. 야습만큼은 금지되어 있답니다."

"그걸 어기면 어떻게 되죠?"

"물론 페널티를 받는답니다. 미수로 그칠 경우에는 경고,

야습으로 상대를 해치운 준정령은 이 게임의 주최자에게 숙

청을 당하게 **되어 있죠**."

"하지만~, 그게 의미가 있나요? 이기면 충신, 지면 역적이

라는 말도 있잖아요~."

"그렇게 되지 않도록, 인형들이 감시를 하고 있어요. 아무

리 야습을 하더라도, 그녀에게는 이길 수 없거든요."

쿠루미가 웃음을 흘리자, 엠프티는 고개를 갸웃거렸다.

"으음, 죄송한데 정리를 좀 해봐도 될까요?"

"예. 얼마든지 하세요."

"쿠루미 씨는 정령이고, 다른 준정령들보다 강하죠?"

"물론이죠."

"그리고, 이 게임을 관리하고 있는 건 도미니언이라 불리

는 준정령들고요?"

"그래요."

"준정령이 만든 룰에 정령이 따르는 건가요? 어? 좀 이상

하지 않나요? 다른 준정령들이 룰에 따르는 건 이해해요.

책을 세울 수 있으니, 처음 싸운 상대에게 써서는 안 되는

기술인 것이다.

그런 기술을 이 자리에서 쓰게 될 줄이야.

게다가, 죽이는 게 아니라 그저 도망치기 위해서……!

하지만 살아남는 것이 무엇보다 중요했다. 애초부터 자신

은 이 싸움에 진짜로 참가한 게 아니다. 끝까지 살아남을

생각은 없다. 자신에게 있어 중요한 것은 단 하나이며, 그것

은 창과 싸우는 게 아니다.

정령을 자칭한 소녀, 토키사키 쿠루미는 새로운 조사 대

상이 됐다. 하지만 그것보다도 이 데스 게임에서 빠져나가는

것을 우선했다.

서둘러라, 서둘러라, 서둘러라! 그녀가 감각을 되찾기 전

에, 조금이라도 더 먼 곳으로—!

"…………어?"

갑자기 다리에 힘이 들어가지 않았다. 고개를 돌려 사태

를 파악한 사가쿠레는 바로 이해했다. 그리고 이 상황을 순

순히 받아들였다.

1미터 정도 떨어진 후방에 두 동강이 난 자신의 허리 아래

부분이 있었다.

그리고 앞쪽을 보니, 지면에 창의 핼버드가 꽂혀 있었다.

아마 투척을 한 것이리라.

그런 어이없는 공격으로 이렇게 간단히 자신의 몸을 파괴

한 것을 칭찬해야 할까, 아니면 절망해야 할까.

"숨통, 끊어줄까?"

일본어 잘 하네, 같은 어이없는 생각을 한 사가쿠레는 쓴 웃음을 지었다.

임무를 수행하다 보면 이런저런 일도 있고, 목숨을 잃은 준정령(친구)은 셀 수도 없을 만큼 많다.

게다가 인계에서의 죽음은 죽음이 아니다— 라고 일컬어지고 있다. 원래 육체라는 것은 이 세계에 있어 있으나 마나 한 것이다. 죽으면 건너편 세계로 되돌아가거나, 혹은 빈껍데기(엠프티) 같은 존재로 되돌아갈 뿐이다.

게다가 사가쿠레 유이는 확신을 가지고 있었다.

이 자리에서 죽더라도, **다음 기회가 있다**는 확신 말이다.

"……부탁한다."

그 말을 입에 담은 순간, 사가쿠레의 세피라가 도려내졌다. 그리고 사가쿠레가 고맙다는 말을 할 틈도 없을 정도로 순식간에 그녀의 의식은 끊어졌다.

"……극상……."

세피라를 삼킨 창은 만족스럽다는 듯이 몇 번이나 고개를 끄덕이더니, 그 자리에서 벌러덩 드러누웠다. 그대로 잠든 그녀는 목숨이 오고 가는 싸움의 한복판에 있는 이처럼 보이지 않았다.

하지만 그녀와 사가쿠레의 싸움을 본 준정령들 중 그 누

구도 창에게 덤비지 않았다.

잠든 호랑이를 일부러 깨울 만큼 어리석은

◇

어느새, 오렌지색 빛이 하늘을 물들이기 시작

"아이아이 씨와 싸운 후에는 별일 없었네요. 칭 감은 사람과도 좀 토닥거리고 말았잖아요."

엠프티는 느긋한 어조로 그렇게 말했다. 아무ᅡ 이 게임에 꽤 적응한 것 같았다. 쿠루미가 노기 ᅥ 쓰러뜨린 후에는 붕대로 얼굴을 가린 폴스인지 소녀가 그녀를 공격했다.

폴스는 붕대로 쿠루미의 다리를 옭아매서 그대로 댕이치려고 했다. 하지만 쿠루미가 상황을 간단히 그녀가 쏜 탄환에 정통으로 맞고 만 폴스는 결국 도망

"첫날이니까 말이죠."

쿠루미는 차분한 어조로 말했다.

"어? 내일도 하나요?"

"예. 내일도, 모레도 한답니다. 단 한 사람만이 남을 지 말이에요."

그렇게 중얼거린 쿠루미의 얼굴에는 약간 어두운 기어려 있었다.

이해한다고요. 하지만……."

바로 그때, 쿠루미는 방긋 웃으면서 엠프티의 입술에 자신의 검지를 댔다.

차가우면서도 기분 좋은 감촉에 엠프티는 무심코 입을 다물었다.

"변덕을 부리고 있는 거랍니다. 룰을 지키지 않으면 재미가 없으니까요."

"……."

쿠루미는 웃고 있었다. 하지만 그 표정은 손가락과 마찬가지로 차가웠으며, 왠지 이 세상과 동떨어져 있는 듯한 느낌이 들었다.

"당신도 제 변덕 덕분에 살아있다는 걸 잊지 마세요."

엠프티는 아무 말 없이 몇 번이나 고개를 끄덕였다. 그 모습을 보고 만족했는지, 쿠루미는 엠프티의 입술에서 손가락을 뗐다. 변덕 덕분에 살아있다는 것은, 변덕 때문에 죽을 수도 있다는 것을 뜻하리라.

◇

"……여기가 좋겠군요."

"예? 여기 말인가요?"

쿠루미는 흔해빠진 단독주택 앞에서 멈춰 섰다. 엠프티가 뭘 하나 싶어서 쳐다보고 있자, 쿠루미는 태연하게 그 집의 현관문을 열고 안으로 들어갔다.

"자, 잠깐만요, 쿠루미 씨. 쿠~루~미~씨~! 여기는 남의─!"

쿠루미의 뒤를 쫓으며 집 안으로 들어온 엠프티는 경악했다.

텅 비어 있었다. 현관 너머에는 아무 것도 없는 공간이 펼쳐져 있었다.

"집 안은 존재하지 않아도 되죠. 겉모습만 존재하면, 마을로서 성립할 테니까요. 그렇잖아요? 이 마을에서 살고 있는 이는 없으니까요."

"아하하……."

엠프티는 그 말에 납득하면서도 고개를 갸웃거렸다.

"뭐, 이래선 불편할 테니 내부를 어느 정도 만드는 편이 좋겠죠."

쿠루미는 그렇게 말하면서 몸을 웅크리더니, 발밑의 새하얀 공간에 손을 댔다. 마법이라도 쓰려는 걸까. 그럼 역시 주문을 외우는 걸까. 아니면 이 공간 정보를 재조합하는 마술적 언어를 사용하려는 걸까.

"에잇."

쿠루미가 느긋한 목소리로 그렇게 외치자, 엠프티는 낙담했다.

하지만 다음 순간, 새하얀 공간이 변하기 시작했다. 색채를 띠었고, 인테리어가 배치되더니, 사람이 생활하기에 걸맞은 공간이 만들어졌다.

"이제 쉬도록 하죠."

"아, 예. 목욕 안 할 건가요? 괜찮다면 같이 해요!"

엠프티가 손을 휘저으며 그렇게 말하자, 쿠루미는 노골적일 정도로 인상을 찡그렸다.

"됐어요. 당신이나 해요."

쿠루미는 퉁명한 어조로 그렇게 대답했다.

"아, 예. ……안녕히 주무세요."

쿠루미는 집 안쪽에 있는 침실로 보이는 방에 틀어박혔다. 엠프티는 그런 그녀를 보며 잠시 고개를 갸웃거렸지만, 일단 목욕을 하기로 했다. 욕실의 불을 켠 후, 뜨거운 물을 욕조에 받았다. 쿠루미는 목욕을 안 해도 괜찮은 걸까. 괜찮을 것이다. 그 사람은 정령이니까, 씻지 않아도 냄새가 나지 않는 것이리라.

"정령은 목욕을 안 해도 되는 구나~. 좋겠네~."

엠프티는 혼잣말을 하면서 흰색 원피스를 벗었다. 속옷도 흰색이었다. 대체 자신은 흰색을 얼마나 좋아하는 걸까, 하고 엠프티는 생각했다. 색채가 좀 더 다양해도 괜찮지 않을까 하는 생각이 들었다.

그때 문득, 거울 앞에 처음 보는 사람이 서 있다는 것을 눈치챘다.

"……아!"

……아니다. 이 사람이 바로 나인 것이다. 처음으로 자신의 얼굴을 봤다. 그 얼굴은 눈에 익지 않았다. 예를 들면, 흰색으로 덧칠한 도화지 같았다.

뭐가 그려져 있는지 알 수 없지만, 뭔가가 그려져 있다는 것만 알 수 있다.

이곳에 있는 것은 흔하디 흔한, 어디에나 있을 법한, 원래라면 배경의 일부로서 매몰되어야 할 소녀에 지나지 않았다.

"……나는 누구?"

―대답이 없었다. 빈껍데기를 위한 대답이 준비되어 있을 리가 없었다.

"……어디서 왔어?"

―대답이 없었다. 기억이 없는 자신에게는, 과거 또한 없는 것이다.

"……왜, 여기에 있는 거야?"

―기억이 없고, 과거가 없다는 것은, 곧 자기 자신이 존재하지 않는다는 것을 뜻했다.

울고 싶어졌지만, 참았다. 일단, 그것부터 하기로 했다.

"좋아. 목욕이나 하면서 나쁜 일은 전부 잊어버려야지!"

과거의 자신은 목욕을 싫어했을지도 모르지만, 그건 사소한 문제다. 그도 그럴 것이, 자신은 빈껍데기이니, 긍정적으로 생각할 수밖에 없는 것이다.

다행스럽게도 물은 잘 나왔다. 역시 쿠루미, 노고를 치하하노라…… 라고 마음속으로 거만한 말투로 중얼거렸다. 쿠루미가 자신의 마음속을 읽는다면 주저 없이 죽이려 들 거라는 생각이 들었다.

몸을 씻은 후, 욕조에 발을 담갔다.

"아~~~~~~~~~~~~~~~~~~~~~~~."

잘 가, 지금까지의 나.

어서 와, 오늘부터의 나.

아무튼 내일도 살아갈 수 있을 것 같아요. 목욕 최고!

"……으음, 나는 정말 쉬운 애라니깐."

앞날은 여전히 깜깜했다. 그러니 지금은 차분하게 자기 자신을 돌아보자.

기억이 없다. 인간이 아니라 준정령이다. 자신을 아는 이는 없다(아마도). 데스 게임…… 전쟁에 휘말렸다. 믿을 사람은 토키사키 쿠루미라는 정령 뿐―.

"하아……."

그리고 지금 당면한 문제는 토키사키 쿠루미가 왜 자신을 데리고 다니는 건지 모른다는 점이다.

미끼로 쓸 거라고 말했지만, 왠지 미끼로도 써먹지 못할 듯한 느낌이 들었다.

애초에 딱 봐도 「이 녀석은 약하다」는 게 훤히 드러나는 자신을 대체 어떻게 써먹으려는 걸까.

……의문을 풀기 위해서는, 거기에 대입할 식이 필요하다.

그러나 그 식을 모르니, 풀 방법이 없다.

아무리 생각을 해봤자 답이 나오지 않을 것 같았기에, 엠프티는 생각을 포기했다.

"내일은…… 살아남을 수 있을까……?"

내일도 이렇게, 목욕을 하면서 이런저런 생각을 할 수 있을까.

아니면, 노기 아이아이처럼— 먼지가 되어, 사라져버릴까.

목욕을 마치고, 다시 속옷을 입었다. ……내일은 새로운 속옷을 입고 싶다. 그리고 흰색 원피스는 때가 잘 타니, 새 옷을 장만하고 싶다…….

아무튼, 기분이 상쾌해진 엠프티는 불을 끄러 욕실을 나섰다.

사람이 살지 않기 때문일까. 마을은, 집은, 어디든 정적으로 가득 차 있었다.

엠프티는 자기 전에 쿠루미에게 잘 자라는 인사를 하자고 생각했다.

"만약 『저에게, 잘 자라는 인사도 하지 않는 무뢰배를 먹여 살릴 의무는 없어요』 같은 소리를 하기라도 하면 곤란하잖아……."

그렇게 중얼거리면서 침실을 슬며시 들여다봤지만…… 쿠루미가 없었다.

마을에 종소리가 울려 퍼졌다.

쿠루미는 이 종소리가 이번 게임의 일시적인 종료를 알리는 신호라는 사실을 엠프티에게 가르쳐줬다.

"협정 같은 거죠. 야습만큼은 금지되어 있답니다."

"그걸 어기면 어떻게 되죠?"

"물론 페널티를 받는답니다. 미수로 그칠 경우에는 경고, 야습으로 상대를 해치운 준정령은 이 게임의 주최자에게 숙청을 당하게 **되어 있죠**."

"하지만~, 그게 의미가 있나요? 이기면 충신, 지면 역적이라는 말도 있잖아요~."

"그렇게 되지 않도록, 인형들이 감시를 하고 있어요. 아무리 야습을 하더라도, 그녀에게는 이길 수 없거든요."

쿠루미가 웃음을 흘리자, 엠프티는 고개를 갸웃거렸다.

"으음, 죄송한데 정리를 좀 해봐도 될까요?"

"예. 얼마든지 하세요."

"쿠루미 씨는 정령이고, 다른 준정령들보다 강하죠?"

"물론이죠."

"그리고, 이 게임을 관리하고 있는 건 도미니언이라 불리는 준정령들고요?"

"그래요."

"준정령이 만든 룰에 정령이 따르는 건가요? 어? 좀 이상하지 않나요? 다른 준정령들이 룰에 따르는 건 이해해요.

구도 창에게 덤비지 않았다.

잠든 호랑이를 일부러 깨울 만큼 어리석은 자는 없었다.

◇

어느새, 오렌지색 빛이 하늘을 물들이기 시작했다.

"아이아이 씨와 싸운 후에는 별일 없었네요~. 붕대를 칭칭 감은 사람과도 좀 토닥거리고 말았잖아요."

엠프티는 느긋한 어조로 그렇게 말했다. 아무래도 그녀도 이 게임에 꽤 적응한 것 같았다. 쿠루미가 노기 아이아이를 쓰러뜨린 후에는 붕대로 얼굴을 가린 폴스인지 뭔지 하는 소녀가 그녀를 공격했다.

폴스는 붕대로 쿠루미의 다리를 옭아매서 그대로 벽에 내동댕이치려고 했다. 하지만 쿠루미가 상황을 간단히 뒤집더니, 그녀가 쏜 탄환에 정통으로 맞고 만 폴스는 결국 도망쳤다.

"첫날이니까 말이죠."

쿠루미는 차분한 어조로 말했다.

"어? 내일도 하나요?"

"예. 내일도, 모레도 한답니다. 단 한 사람만이 남을 때까지 말이에요."

그렇게 중얼거린 쿠루미의 얼굴에는 약간 어두운 기색이 어려 있었다.

한 것을 칭찬해야 할까, 아니면 절망해야 할까.

"숨통, 끊어줄까?"

일본어 잘 하네, 같은 어이없는 생각을 한 사가쿠레는 쓴웃음을 지었다.

임무를 수행하다 보면 이런저런 일도 있고, 목숨을 잃은 준정령^{친구}은 셀 수도 없을 만큼 많다.

게다가 인계에서의 죽음은 죽음이 아니다— 라고 일컬어지고 있다. 원래 육체라는 것은 이 세계에 있어 있으나 마나 한 것이다. 죽으면 건너편 세계로 되돌아가거나, 혹은 빈껍데기^{엠프티} 같은 존재로 되돌아갈 뿐이다.

게다가 사가쿠레 유이는 확신을 가지고 있었다.

이 자리에서 죽더라도, **다음 기회가 있다**는 확신 말이다.

"……부탁한다."

그 말을 입에 담은 순간, 사가쿠레의 세피라가 도려내졌다. 그리고 사가쿠레가 고맙다는 말을 할 틈도 없을 정도로 순식간에 그녀의 의식은 끊어졌다.

"……극상……."

세피라를 삼킨 창은 만족스럽다는 듯이 몇 번이나 고개를 끄덕이더니, 그 자리에서 벌러덩 드러누웠다. 그대로 잠든 그녀는 목숨이 오고 가는 싸움의 한복판에 있는 이처럼 보이지 않았다.

하지만 그녀와 사가쿠레의 싸움을 본 준정령들 중 그 누

책을 세울 수 있으니, 처음 싸운 상대에게 써서는 안 되는 기술인 것이다.

그런 기술을 이 자리에서 쓰게 될 줄이야.

게다가, 죽이는 게 아니라 그저 도망치기 위해서……!

하지만 살아남는 것이 무엇보다 중요했다. 애초부터 자신은 이 싸움에 진짜로 참가한 게 아니다. 끝까지 살아남을 생각은 없다. 자신에게 있어 중요한 것은 단 하나이며, 그것은 창과 싸우는 게 아니다.

정령을 자칭한 소녀, 토키사키 쿠루미는 새로운 조사 대상이 됐다. 하지만 그것보다도 이 데스 게임에서 빠져나가는 것을 우선했다.

서둘러라, 서둘러라, 서둘러라! 그녀가 감각을 되찾기 전에, 조금이라도 더 먼 곳으로—!

"……………어?"

갑자기 다리에 힘이 들어가지 않았다. 고개를 돌려 사태를 파악한 사가쿠레는 바로 이해했다. 그리고 이 상황을 순순히 받아들였다.

1미터 정도 떨어진 후방에 두 동강이 난 자신의 허리 아래 부분이 있었다.

그리고 앞쪽을 보니, 지면에 창의 핼버드가 꽂혀 있었다. 아마 투척을 한 것이리라.

그런 어이없는 공격으로 이렇게 간단히 자신의 몸을 파괴

"어?"

침대 위, 침대 밑, 옷장 안, 그 어디에도 없었다.

혹시, 자신을 버리고 도망친 걸까. 아니, 그럴 리가 없다.

"·················."

천장 너머에서 희미한 목소리가 들렸다.

그제야 엠프티는 떠올렸다. 그러고 보니, 이 집은 이층집이었다. 쿠루미는 영력권이라는 것을 넓히면서 2층도 만든 걸지도 모른다.

계단을 올라갔다. 천천히…… 소리를 내지 않으면서…….

"……으…… 흐흑……!"

누군가의 방인 것 같았다. 문이 열려 있었다. 어두운 복도를 조용히 나아가 문틈을 들여다본 순간, 그 광경을 보았다.

보고 만 것이다.

"아아…… 으…… 으…… 으흑……!"

이를 악물었는데도, 오열이 흘러나왔다. 뭔가를 움켜쥘 수밖에 없었던 건지, 베개를 두 손으로 꽉 끌어안고 있었다.

토키사키 쿠루미가, 울고 있었다.

그 광경은 엠프티에게 있어, 세계가 뒤집힐 만큼 충격적이었다.

그녀는 웃고, 화내고, 가학적인 표정을 짓기도 한다.

하지만 울지는 않는다. 너무 웃다 눈물을 흘릴지는 몰라도, 슬퍼서 이렇게 울부짖을 리는 없다.

엠프티는 겨우 한나절 만에 그런 일종의 신뢰를 마음속에 품었다. 그리고 지금 이 순간, 그 환상이 산산조각 났다.

쉴 새 없이 눈물이 샘솟았다. 꽉 깨문 입술에서는 피가 배어나왔다. 아마 쿠루미 본인도 자신의 의지로는 눈물을 참을 수 없는 것이리라.

비탄과 격정, 절망, 그리고 그 이상의 무언가, 옳고 그름을 떠나 온갖 감정이 뒤섞여 있었다.

왜 울고 있는 건지는 모른다. 그저, 남들의 이목을 피할 수 있는 장소에서 이렇게 울어야만 할 정도로, 무언가가 그녀를 뒤흔들어 놓은 것이다.

—나중에 생각해보면, 바로 이 순간…….

그녀에 대한 인식이 바뀌면서, 최종적으로 그런 결단을 내리게 되었던 거라고 엠프티는 생각했다.

엠프티는 조용히 그 자리를 벗어났다. 침실은 쿠루미가 이용할 것 같기에, 거실에 있는 소파에서 자기로 했다.

그녀는 눈을 감았다. 쿠루미가 냉혹하게 노기 아이아이를 쏴 죽이던 광경, 그리고 방금 본 흐느끼는 모습을 떠올렸다.

둘 다 엄연한 쿠루미다. 그녀가 지닌 여러 측면에 지나지 않는다.

냉혹하게 상대를 쏴 죽인 것을, 엠프티는 아직도 납득하지 못했다.

하지만, 아아, 하지만—.

방금 본 눈물이 그녀가 지닌 또 하나의 측면이라면, 타인에게 보여주기 위한 거짓된 모습이 아니라면—.

그녀가 저지른 살생을 납득하지 못하더라도, 제아무리 잔혹한 표정을 짓더라도, 그리고 자신을 미끼라고 공언했을지라도…….

그래도, 엠프티는 토키사키 쿠루미의 곁을 떠날 생각은 없다.

이미 결심했다.

이 기묘한 초조함과 이러지도 저러지도 못할 체념으로 마음속이 가득 찰 때까지, 그녀와 함께 하자.

자신을 거둬준 은혜보다, 조금 더 많이, 그녀에게 보은하자.

엠프티는 그런 건방진 생각을 하면서, 잠에 빠져들었다.

다음날 아침.

엠프티는 잠에서 깨어난 쿠루미를 향해 미소 지었다.

"좋은 아침이에요, 쿠루미 씨."

"……무슨 일, 있나요?"

쿠루미가 미심쩍은 눈길로 쳐다보자, 엠프티는 또다시 미소를 지었다.

"집에 있던 빵을 구워봤어요."

"흐음……."

"그리고 커피도 끓였어요. 역시 일본인의 아침은 커피로 시작되잖아요."

"……그렇지는 않을 것 같은데 말이죠……."

쿠루미는 그렇게 말하면서 커피에 설탕을 넣더니, 엠프티를 힐끔 쳐다보았다. 그녀는 빵을 씹어 먹고 있었다.

"신기하네요. 딱히 배가 고프지도 않은데, 빵이 정말 맛있어요."

"저희는 빵을 먹는 게 아니라, 빵을 먹었다는 사실을 먹고 있을 뿐이랍니다."

"……?"

쿠루미는 엠프티가 이해하지 못했다는 확신을 가졌다.

"……준정령은 꿈이 없으면 살 수 없어요. 이것은 비유가 아니라, 엄연한 사실이죠."

쿠루미는 천천히 그 잔혹한 사실을 입에 담았다.

"많은 소녀들이 이 인계로 흘러들어 온답니다. 그리고 그들 중 다수가— 꿈을 지니지 못한 채 사라져 버리죠. 뭐, 어쩔 수 없겠지만 말이에요."

"……왜, 사라지는 거죠?"

"이유는 몰라요. 다만, 이 세계에서의 육체의 비중이 **건너편의 세계**보다 가벼운 건 틀림없죠. 먹지 않아도 배고프지 않고, 잠을 자지 않아도 죽지 않으며, 나이도 먹지 않는답니다. 진짜로 불로불사인거죠."

"불로불사……."

"하지만 오랫동안 아무 것도 하지 않았다간 정신이 깎여 나가고 만답니다. 그래서 여기서는 육체보다 정신이 생사에 크게 관여하죠. 그리고 가장 중요한 것이 바로『꿈』이에요."

무언가를 하고 싶다. 해내고 싶다. 이런 존재이고 싶다. 이러고 싶다.

순수한 욕망, 별것 아닌 희망.

혹은 거무튀튀한 소망이라도 상관없다. 그런 것들을 통해 목표를 가지게 된 마음은 삶에 대한 강한 의지를 자아내는 것이다.

거꾸로 말해, 그것이 없다면…….

"여기서 그저 살기만 하는 것은 정말 편하답니다. 하지만 그런 나태함을, 이 인계는 용납하지 않죠."

"나태―."

꿈이 없고, 삶을 갈구하지도 않으며, 그저 존재하기만 하는 것만으로 만족한다면…….

"육체가 부서지고, 마음도 망가진 끝에― 타인과 격리된 존재가 되어서, 마지막에는 사라져버리고 만답니다."

"아하하……."

그거 정말 큰일이겠네요, 라고 엠프티는 생각하며 고개를 끄덕였다. 그리고 고개를 끄덕인 순간, 전율이 그녀의 등을 타고 흘렀다.

『내일쯤부터 시작될 거라고 봐.』

그것은, 그 말은, 분명, 싸우지 않으면 죽는다…… 처럼, 방금과 비슷한 이야기를 하다가 이부스키 파니에가 중얼거린 말이었다.

"—왼손을, 보세요."

"……………아."

엠프티는 숨을 쉴 수 없었다. 방금 느낀 평온함이 뿌리째 사라졌다. 그렇다. 꿈을 가지고 있지 않다. 꿈을 가질 수 있을 리가 없다. 기억을 잃은 자신 또한, 예외는 아니었다.

"아아아아아아아……!"

새된 목소리로 절규를 토했다. 왼손이— **반투명하게 되었다.** 금방이라도 사라질 것 같았다. 자기 자신이라는 존재가 금방이라도 사라질 것만 같았다……!

"자, 진정하세요. 아직 왼손만 그렇게 됐잖아요."

"하하, 하지만! 하지만—!"

"원래대로 되돌아올 거랍니다."

"왼손이 사라졌………… 어, 되돌아온다고요? 되돌아왔어요!"

한순간 사라졌던 왼손이 간단히 원래대로 되돌아왔다. 하지만 잠시 후, 또 왼손이 사라지려 했다.

"그러니 꿈을 품으세요. 그러면 왼손도 완전히 되돌아올 거랍니다."

참새의 지저귐이 들려올 것 같지만, 생물이 없기 때문에 조용한 아침—.

빈껍데기 아가씨는 머뭇거리다 물었다.

"……아무 것도 기억나지 않는데도요? 특기가 뭔지도 모르는데도요? 게다가 목숨이 걸린 데스 게임에 참가하고 있는데도요? 장래의 꿈 같은 걸 생각하라는 건가요?"

토키사키 쿠루미는 구김 없는 미소를 지으면서 대답했다.

"예, 그래요."

무모하다. 무모한 데도 정도라는 게 있다. 하지만— 할 수밖에 없다.

"이 데스 게임이 끝날 즈음, 빈껍데기는 진정한 허무가 되겠죠. 그 전에 꿈을 찾았으면 좋겠군요."

……침묵.

심술궂은 표정을 짓고 있던 토키사키 쿠루미를 보니, 부아가 치밀지만…….

할 수밖에 없다. 최선을 다해 볼 수밖에 없다.

"……알았어요. 해볼게요."

"긍정적이군요."

"아하하하하. 긍정적으로 생각하지 않으면 못해먹을 상황이니까요!"

반쯤 자포자기하기는 했지만, 조금씩, 조금씩, 자신의 텅 빈 그릇도 다양한 것들로 채워지고 있었다.

그것은 결코 절망만이 아니다. 기쁨도, 즐거움도, 앞으로 나아가고자 생각하는 희망도, 조금은 존재하는 것이다.

"그나저나 쿠루미 씨, 오늘은 어디에 갈 건가요?"

"글쎄요…… 엠프티 양은 원하는 게 있나요?"

"자유와 기억, 그리고 안전을 원해요."

"공교롭게도 그런 건 팔지 않죠. 그것들 외에는 없나요?"

아무래도 그런 개념적인 것을 거론하라는 게 아닌 것 같았다. 엠프티는 잠시 생각에 잠겼다가, 문득 소매가 더러워진 옷을 쳐다보았다.

"아…… 옷이나 속옷 같은 게 필요해요. 불에 타거나 싸움에 휘말리면서 좀 더러워졌거든요."

안 그래도 새하얀 옷인지라 얼룩이나 때가 확연하게 눈에 띄었다.

"제 옷이라도 괜찮다면 빌려드릴게요."

"어?"

쿠루미의 옷이라면, 고딕하고 롤리타스러우며, 시꺼먼데다 암흑 속에서 찬란히 빛나는 바로 그 옷이다.

"……아니, 그건 좀…… 너무, 황송하다고나, 할까……"

엠프티가 머뭇거리면서 입에 담은 대답에 만족했는지, 쿠루미는 어쩔 수 없군요, 라고 중얼거리면서 고개를 끄덕였다.

"그럼 쇼핑몰에 가보도록 하죠. 거기라면 각종 의류가 있을 거예요."

"어, 쇼핑몰? 그런 곳도 있나요?"

"예. 접객을 하는 점원도 있답니다."

"그, 그거 정말 좋네요! 하지만 점원이 있다고요? 이 세계에 생물은 준정령밖에 없다면서요?"

"로봇 같은 게 있으니 아무 문제없답니다."

"게다가 돈은—."

"이 세계에서 돈은 코 푸는 휴지보다도 쓸모가 없죠."

"크레이지 세기말!"

엠프티는 기억이 없는데도 묘한 지식만은 탁류처럼 쉴 새 없이 샘솟았다.

○『돌마스터』

집밖으로 나가자, 인형 두 개가 서 있었다. 오른쪽은 붉은색, 왼쪽은 푸른색을 주축으로 한 고스로리 의상을 입고 있었다. 바이올린과 플루트를 쥐고 있는 걸 보면, 연주를 할 수 있을지도 모른다.

"안녕하세요." "안녕하세요."

새되지만, 왠지 저 인형들에게 어울리는 듯한 목소리였다.

「예, 안녕하세요」라고 엠프티는 마주 인사했다.

"무슨 일이죠?"

하지만 쿠루미는 언짢은 표정을 지으며 그렇게 말했다. 그러나 인형은 표정 하나 바꾸지 않으며 이렇게 말했다.

"어제 전투에서 노기 아이아이가 토키사키 쿠루미에게, 이부스키 파니에가 셰리 무지카에게, 사가쿠레 유이가 창에게 살해당했어요."

엠프티는 그 사실을 알고 있었는데도 살해당했다는 말을 들으니 마음이 아팠다. 이부스키 파니에는 인형을 안고 있던 앳된 외모의 여자아이였다. 사가쿠레 유이는…… 가장 먼저 교실을 나섰던 여자 닌자 같은 용모의 여자아이였던 것으로 기억한다.

"감투상(敢鬪賞)인 메달이에요." "자, 받으세요."

"……됐어요."

쿠루미가 금방이라도 인형을 걷어찰 것 같을 정도로 짜증이 났다는 걸 엠프티는 목소리를 통해 파악했다. 겨우 하루 만에 자신이 쿠루미의 복잡한 감정표현을 파악하기 시작했다는 사실에 엠프티는 약간 놀랐다.

"그런가요." "유감이군요."

"정령의 진정한 힘을 오늘이야말로 보여주신다면." "정말 기쁠 거예요."

단조롭고 새된 목소리― 엠프티도 말로 형용할 수 없는 무언가가 끓어오르는 것을 느꼈다.

"……예. 전초전은 끝났답니다."

"오늘, 표적이 될 게 틀림없으니." "각오 단단히 하세요."

"그렇겠죠."

한순간, 쿠루미는 자애심으로 가득 찬 눈빛을 머금었다. 어느새, 그녀는 손에 단총을 쥐고 있었다.

"그 총은." "뭐죠?"

"정령답게 변덕을 부려볼까 해서 말이죠. 다음에는 저를 짜증나게 하지 않는 인형을 보내줬으면 좋겠군요. 이 영역의 지배자 씨."

인형들은 반사적으로 뒤편으로 몸을 날리려고 했지만, 이미 한 발 늦었다. 그들이 죽은 이유는 재앙이라 할 만한 존재에게 너무 다가갔기 때문이리라.

하다못해, 목소리만으로 된 존재였다면 죽지는 않았을 것이다.

두 인형은 연달아 산산조각이 나더니, 흉측한 사체만을 이곳에 남겼다.

"으으, 아침부터 무시무시한 광경을 봤어요……."

인형이 박살난다고 해서 피나 살점이 사방으로 튀지는 않는다.

하지만 인간의 형태를 한 존재가 산산조각 나는 광경을 보고 기분이 좋을 리가 없다.

"그런데, 이러면 상대방이 화내지 않을까요?"

"화가 난들 아무 것도 못할 거예요. 저는 정령이니까요."

「자, 가죠」 하고 쿠루미가 걸음을 내디뎠다. 엠프티는 「나무아미타불」이라고 중얼거리면서 부서진 인형을 향해 합장을 한 후, 허둥지둥 쿠루미의 뒤를 따랐다.

둘은 쇼핑몰까지 느긋하게 걸어갔다.

습격은 없었다. 엠프티는 싸움에 휘말려 죽을까봐 걱정됐지만, 그것보다 더 걱정이 된 것은 바로 왼손이었다.

다행이 아프지는 않았다. 그저 아까부터 사라졌다 다시 나타나기를 반복하고 있었다. 그 기묘하기 그지없는 상실감을 견뎠다. —하염없이, 견딜 수밖에 없었다.

"쿠루미 씨도 쇼핑몰에서 살 게 있나요?"

"딱히 없어요. 저는 패션에는 관심이 없거든요."

"에이, 미인인데 패션에 관심이 없다니 정말 안타깝네요."

엠프티가 그렇게 말하자, 쿠루미는 눈을 동그랗게 떴다. —그 후, 진심으로 즐겁다는 듯이 웃음을 흘렸다.

"예, 그래요. 저는 미소녀죠."

자기가 한 말 때문에 더 웃음이 나는 것인지, 쿠루미는 손으로 입을 가렸다.

……뭐, 즐거워 보이니 다행이다.

긍정적으로 생각하기로 한 엠프티는 서서히 보이기 시작한 쇼핑몰을 바라보았다.

옅은 핑크색과 흰색으로 된 모자이크 타일에 뒤덮여 있는 쇼핑몰은 동화에 나오는 신비한 성을 연상케 하는 형태였다.

이 성에 오면 누구나 마법의 은총을 받을 수 있단다, 그 어떤 소녀라도 신데렐라가 될 수 있단다, 라고 말하며 손짓을 하고 있는 것 같았다.

"성……이라고요? 제 눈에는 묘비 같아 보이는군요."

"그, 그렇게 보이기도 해요! 그래도 이제부터 들어가야 할 곳인데 불길한 연상 좀 하지 말아줄래요?! 젠~장~!"

확실히 묘비처럼 보이기는 했다. 왕을 모신 거대한 무덤 같았다. 만약 그렇다면 저 안에 들어가려 하는 자신들은 도굴꾼일까.

쿠루미는 웃으면서 입을 열었다.

"원래 이 말쿠트는 어느 정령의 영지(領地)였어요. 그러니 저희는 모두 다 불법침입자인 거죠."

"아, 그렇구나. 쿠루미 씨는 정령이니까 다른 정령을 알겠군요."

그 말에 쿠루미는 잠시 딱딱하게 얼어붙더니, 천천히 고개를 저었다.

"유감스럽게도 다른 정령들에 대해서는 알지 못한답니다."

"흐음……."

이 인계를 만든 이는 정령이다. 토키사키 쿠루미는 그 중 한 명이라고 한다. 세계를 뜻대로 만드는 것은 어떤 기분일까.

엠프티는 아무도 없는 세계에서 아무도 없는 마을을 만드는 소녀를 멍하니 상상했다.

정령의 거대한 힘을 두려워한 나머지, 그 누구도 세계에 침입하지 않았다. 그곳은 그야말로 엄숙한 성역, 찬란히 빛나는 강철 마을.

"외로웠겠네요."

엠프티는 침울한 목소리로 그렇게 중얼거렸다.

◇

○히지카타 이사미

히지카타 이사미는 과거의 기억을 전부 잃어버린 타입의 준정령이다. 보통 소녀들은 그 점을 신경 쓰기 마련이다.

자신은 건너편 세계에서 대체 어떤 삶을 살았을까? 대다수의 준정령은 그것을 알고 싶어 한다. 싸움을 통해 존재 그 자체를 갈구하는 소녀도 마찬가지다. 또한 셰리처럼 달콤한 과자를 갈구하기도 하며, 혹은 타케시타 아야메처럼 책을 갈구하기도 한다.

갈구하는 것은 사람에 따라 다르지만, 그것이 머나먼 건너편 세계와 이곳을 이어주는 유일한 실마리다.

히지카타 이사미는 그런 어려운 것을 갈구하지 않았다.

이 인계에 온 후, 사람을 베면 이 세계에서 살아갈 수 있다는 것을 알았다.

그렇기에 벤다. 그저 그뿐이다.

식사도, 수면도, 몸치장도, 그리고 오락조차 필요 없다.

그럴 필요가 없는 것이다. 그럴 시간에 검을 휘두르는 편이 낫다. 수행조차도 귀찮다며 사람을 베고 베고 또 베던 이사미는 문득 멈춰 섰다.

—어? 혹시 자신은 이미 망가지고 만 게 아닐까.

아하, 그래서 자신에게 말을 거는 이가 없는 것이다. 낯익은 이들이 점점 사라지는 것이다.

자신이 죽이고 있으니, 당연했다.

친구를 가지고 싶다. 아니, 필요 없다. 그런 생각은 하지 마라. 어차피 언젠가 서로에게 칼을 겨눠야 할 사이인 것이다.

조금 쓸쓸해졌다. 베는 것 이외에는 아무 것도 하지 못하는 자신이 왠지 비참하게 느껴졌다.

……하지만, 역시 강한 준정령과 마주서면 가슴의 두근거림을, 설렘을, 격한 고동을, 억누를 수가 없다.

그래서 히지카타 이사미는 타케시타 아야메를 좋아한다. 미움 받고 있다는 것은 알지만, 그래도 그녀를 좋아한다. 그리고 기왕이면 그녀와는 단둘만이 남은 상황에서 마지막으로 사투를 벌이길 소망한다.

그녀에게 버금갈 정도로 강한 정령이 있겠지만—

그녀보다도 강한 준정령도, 분명 있겠지만—.

오랫동안 싸우고 또 싸워왔던 그녀만큼은 역시 특별했다.

그래서 그녀와 손을 잡아서 안도했다.

"좋아~. 우리 둘에서 저 녀석들을 해치워 버리자!"

"어머? 저 불쌍한 빈껍데기 소녀도 해치우는 거야?"

아야메는 미간을 살짝 찌푸렸다. 흐음, 꽤 올곧다니깐— 하고 이사미는 생각했다. 언뜻 보면 냉정해 보이지만, 사실 그녀는 상냥하고 양심적인 소녀다. 자신처럼 칼이나 휘둘러 댈 줄만 아는 쓰레기와는 다르다고 이사미는 생각했다.

"그래. 저 녀석은 적이잖아."

이사미는 태연한 어조로 그렇게 말했다. 적과 아군을 너무나도 빠르게 구분 지었다. 그 안에 동정 같은 것이 끼어들 여지는 없으며, 그저 적으로 여기며 베기만 했다.

그것이 이사미의 방식이자, 생존법이었다.

그렇기에, 이사미는 아야메가 빈틈을 보인다면 지금 바로 주저 없이 벨 것이다. 애초에 그녀는 적이며, 지금은 이유가 있어서 죽이려 들지 않을 뿐이다.

하지만, 아야메에게 있어 이사미와 전장에서 나누는 별것 아닌 대화는 이 가혹한 세계에서의 유일한 구원이었다. 솔직히 말해, 그게 있었기 때문에 지금까지 살아남을 수 있었으며, 세피라를 모아서 강해질 수 있었다고 해도 과언이 아니다.

준정령은 꿈이 없으면 살 수 없다. 그렇다면, 아야메의 꿈은— 언젠가, 무기를 쥐지 않고, 따뜻한 햇살 아래에서 이사미와 별것 아닌 대화를 나누고 싶다. 그저, 그뿐이라고 생각한다.

현실주의자인 이사미가 들으면 어이없다는 듯이 웃음을 터뜨릴 것이다.

그래도 죽이기 전에, 죽기 전에, 하다못해 이 꿈만은 알려주고 싶다……고 아야메는 생각했다.

'……뭐, 그런 꿈을 가지고 있으면서 이사미를 죽이려 하는 나도 어딘가가 망가진 애일지도 몰라.'

아야메는 이런 생각을 하면서도 죽고 싶지 않다며 삶을 갈망하는 자신이 어리석기 짝이 없다는 생각이 들었다.

하지만, 한편으로 이사미가 몇 번이나 되풀이해서 한 말 또한 이해는 되었다.

"기왕이면 아야메와는 마지막에 단둘이 남아서 사투를 벌이고 싶거든!"

"흐음, 그래? ……나도, 그러고 싶어. 마지막 순간까지 즐기고 싶네."

이사미가 눈을 동그랗게 떴다. 아야메는 그런 그녀를 보니 왠지 웃음이 났다.

"자, 가자. 그 두 사람, 쇼핑몰에서 놀고 있어."

"그래! 응…… 가자. 정령이든, 준정령이든 상관없어. 스러져가는 생명은 다 똑같거든. 기합 바짝 넣는 거야— 〈잇폰 다타라〉!"

◇

쇼핑몰에 도착하자, 눈앞에 기묘한 광경이 펼쳐졌다. 점원이 있었다. 하지만 그 점원은 마네킹 같았다. 얼굴은 있지만 눈이 없으며, 코도 없고, 입도 윤곽만 존재하는데다, 귀에도 구멍이 뚫려 있지 않았다.

마네킹 같다. 아니—.

"진짜 마네킹이네요."

『어서 오십시오. 찾으시는 물건이 있으신지요?』

"안녕하세요~. 옷을 마련할까 하는데, 혹시 추천할 만한 거라도 있으신가요? 보다시피 저는 새하얗거든요. 순진무구하달까, 순수한 그런 느낌이에요. 그러니까 이미지 체인지를 할 수 있을 만한 옷을—."

『어서 오십시오. 찾으시는 물건이 있으신지요?』

"……할 줄 아는 말은 이게 다인가 보네요."

엠프티는 쿠루미를 흘겨보며 그렇게 말했다. 그러자 쿠루미는 입술에 손을 대면서 기품 있는 웃음을 흘렸다.

"어머나, 방금 그 유쾌한 일인극을 좀 더 보여주시지 않겠어요?"

"됐어요!"

엠프티는 씩씩거리면서 눈에 들어온 가게에 들어갔다.

『있지, 어느 게 더 잘 어울리는 것 같아?』

『뭐든 괜찮지 않아?』

『그러지 말고~, 나한테 어울리는 옷을 네가 찾아줬으면 좋겠어!』

……쿠루미는 조그마한 귀울림을 듣고 얼굴을 찡그렸다. 버렸다고 생각했던 것들이 떠오르면서, 쿠루미의 머리를 옥죄어들었다.

"저기, 쿠루미 씨~. 이거, 저한테 어울리나요?"

엠프티가 속옷 차림으로 불쑥 모습을 드러내자, 쿠루미는 무심코 당황했다.

순진무구한 미소를 짓고 있는 그녀를 본 쿠루미는 약간의 짜증과 죄책감을 느끼는 것과 동시에, 마음이 뜯겨나가는 듯한 느낌을 받았다.

"……아…… 전부…… 괜찮아 보이는군요."

"그런 의견은 여러모로 곤란한데 말이죠……. 기억이 없는 만큼 어느 게 저한테 어울리는지 모르겠거든요."

엠프티가 속옷을 번갈아 쳐다보며 비교하자, 쿠루미는 빙긋 웃으면서 심술궂은 소리를 했다.

"저게 더 어울리지 않을까요? 어린애 같아서 잘 어울릴 것 같은데 말이죠."

"바, 방금 해선 안 되는 말을 했죠?! 잠깐만 기다려 보세요!"

엠프티는 어른스러운 느낌이 물씬 나는 속옷을 고르더니 탈의실에서 갈아입은 후, 힘차게 커튼을 걷었다.

"자, 쿠루미 씨. 어떤가…… 까앗?!"

어느새 쿠루미도 옷을 벗어던진 채 속옷 차림으로 있었다.

"자, 뭔가 할 말이 있나요?"

위아래 전부 천 면적이 극도로 작은 검은색 속옷이었다. 또한 팬티의 사이드 부분에는 끈이 달려있는데다, 안쪽이 비쳐 보이는 부분도 많아서 알몸이나 다름없다고 해도 과언이 아니었다.

그야말로 요염 그 자체였다. 고등학생이 풍길 만한 색기가 아닌데다, 고등학생이 입어도 될 속옷이 아니었다. 엉덩이가 훤히 드러나 있고, 비치는 부분이 많아서 가려진 부위가 거의 없었다.

차라리 알몸인 편이 덜 야하지 않을까, 하고 엠프티는 생각했다. 가게 안에서 당당하게 옷을 벗은 것도 문제라는 생각이 들었다. 그리고 마지막으로 한 생각은 입에 담을 수밖에 없었다.

"저기, 한 마디 해도 될까요?"

엠프티가 손을 들면서 그렇게 말하자, 속옷 차림인 쿠루미가 팔짱을 끼며 고개를 끄덕였다. 그녀는 속옷 차림일 때도 여전히 거만했다.

"예. 말해 보세요."

"보여줄 상대도 없는데, 그런 야시시한 속옷을 입는 건 여러모로 문제가 있다고 생각해요."

사춘기 남자아이가 이 모습을 봤다면 바로 늑대가 될 게 틀림없다.

아마 여자아이라도 위험할 것이다.

"속옷이라는 건 여성의 무기예요. 숙녀라면, 이 정도 속옷은 소화해줘야 하지 않을까요?"

"숙녀는 이런 속옷을 입지 않을 것 같은데요······. 이제 됐어요."

이유는 모르겠지만, 졌다는 기분이 마구 들었다.

"제가 이겼군요."

쿠루미는 새초롬한 표정으로 그렇게 말했다.

◇

"―기동. 제1, 제2, 제3사격 준비. 장전. 측정. 〈크로토스〉."

계단통 구조인 쇼핑몰에서 준정령 한 명이 낙하를 시작했다.

표적은 2층, 여성의류 매장에서 느긋하게 옷을 갈아입고 있는 엠프티와 토키사키 쿠루미다.

그리고 또 한 명의 준정령은 신중하게 표적을 노리고 있었다.

그 준정령과 낙하 중인 준정령의 표적은 동일하다. 하지만 그 둘이 서로를 완벽하게 엄호하는 콤비네이션을 펼칠 수 있을 리가 만무했다.

그렇다면— 차라리 두 사람은 동시에 쿠루미 일행을 노리기로 했다. 둘 중 한 명이 쿠루미를 죽일 수 있다면 그걸로 충분하다고 생각하면서 말이다.

단순히 전력으로 봤을 때 이쪽이 두 배다. 게다가 일방적으로 습격을 하는 것이니 이쪽이 압도적으로 유리했다.

물론, 다른 준정령— 남은 넷…… 셰리, 토나미, 창, 폴스가 끼어들 가능성도 있다. 특히 셰리와 토나미는 완벽하게 사냥감을 해치울 준비를 하고 있을 것이다. 하지만 그런 위험을 감수하지 못할 정도로 유약한 성격이었다면, 둘은 지금까지 살아남지 못했을 것이다.

"짧은 인생, 짧은 목숨, 화끈하게 피었다가 화끈하게 지는 거야! 후회나 망설임 같은 건 눈곱만큼도 없는 인생을 살아 주겠어!"

그녀는 웃으면서 자신의 무명천사를 고쳐 쥐었다.

◇

쇼핑을 한다기보다 여러 옷으로 갈아입으며 노닥거린 쿠루미와 엠프티는 쇼핑몰을 느긋하게 거닐었다. 엠프티는 눈에 들어온 가게에 들어가자며 쿠루미를 불러 세웠지만, 그녀는 매번 무시했다.

"정말~! 쿠루미 씨, 왜 그러는 거예요?"

"저희는 이곳에 놀러온 게 아니에요."

"예? 그럼 뭘 하러 온 건데요?"

쿠루미는 고풍스러운 총을 손에 쥐고 머리 위를 올려다보았다.

"기습을 당하기 위해서랍니다."

애초에 쿠루미가 이 쇼핑몰에 온 이유는 싸우기 위해서였다. 남은 준정령 여섯 명 중 네 명이 둘씩 그룹을 만들었다는 것은 어젯밤에 조사를 해서 파악해뒀다.

그리고 창과 폴스는 다른 이들과 절대 손을 잡지 않을 거라는 확신을 가지고 있었다.

쿠루미는 안다. 철저하게 조사한 것이다. 열 명의 준정령이 벌이는 데스 게임은 이번으로 열세 번째. 참가자들이 어떤 준정령이고, 어떤 영속에 속하며, 어떤 입장에서, 어떤 식으로 이 싸움에 임할 것인가—.

토키사키 쿠루미는 약하다. 아니, 물론 약하지는 않다. 정령이라는 것만으로도 다른 준정령과는 차원이 다르다. 하지만, 그래도 약한 것이다.

손에 쥔 것은 단총 한 자루뿐이다. 그리고 사용 가능한 능력 또한 【알레프】를 비롯해 얼마 안 된다. 그 이상의 능력을 이 몸으로 구사하는 것은 불가능하다.

엘로힘도 만전의 상태와는 거리가 멀었다. 겉보기에는 멀쩡해 보이지만, 준정령들의 격렬한 공격을 얼마나 막아낼 수 있을지는 짐작조차 할 수 없었다.

하지만 그녀는 애초부터 그런 식으로 살아왔다. 참고, 견디며, 조사한다. 그리고 표적을 정한 후, 상대를 철저하게 궁지에 몰아넣어서 살아남았다.

온다, 하고 쿠루미의 직감은 속삭였다.

이 쇼핑몰은 계단통 구조다. 즉, 기습을 한다면 외곽 부분을 걷고 있는 지금이 절호의 기회다.

그녀들이 이 기회를 놓칠 리가 없다.

그녀는 낙하하고 있는 준정령을 쳐다보았다. 그녀를 보고도 놀라지는 않았다. 전부 예정대로다.

그렇다. 예정대로 낙하한 이는—.

"〈크로노스〉—【나선시(螺旋矢)】!"

"어서 오세요, 타케시타 아야메 양. 숙녀가 옷을 갈아입고 있을 때 습격하지 않은 점은 칭찬해 드리죠."

쿠루미는 낙하하고 있는 타케시타 아야메를 향해 미소를 짓더니, 이미 방아쇠에 손가락을 건 단총으로 그녀를 겨눴다.

순식간에 둘의 시선이 뒤엉켰다.

아야메는 상대가 기습을 예측하고 있었다는 사실에 경악하면서도 화살을 쐈다. 그 화살은 라이플 탄환처럼 나선을 그리며 직선으로 날아갔다. 회전 때문에 속도가 느리기는 하지만, 영장을 관통하기에는 충분한 파괴력을 지닌 이 화살을—.

쿠루미는 몸을 살짝 비틀어서 간단히 피했다.

"큭……!"

다른 화살은 영력으로 부스트를 걸어서 발사 속도를 높일 수 있지만, 회전을 통해 위력을 높인 【스피라】는 영력으로 부스트를 걸면 조준이 흐트러진다. 아무리 속도가 빨라지더라도 명중하지 않으면 아무런 의미도 없는 것이다.

하지만, 아야메의 역할은 이 층, 이 장소에서 쿠루미의 발을 묶는 것이다.

아야메는 공중에서 급히 몸을 정지시키면서 연달아 화살을 쐈다.

"꺄아아아아아아아아아아아아아!"

엠프티는 비명을 지르며 허둥지둥 도망 다녔다.

한편, 쿠루미는 도망치는 것은 고사하고 여성의류매장의 옷걸이를 움켜쥐더니, 아야메를 향해 집어던졌다.

수많은 옷이 허공을 가르면서 아야메의 시야를 가렸다. 그 뒤를 이어 한 발의 총성이 울렸다. 상대도 표적인 아야메의 위치를 정확하게 파악하지 못했는지, 그 총알은 그녀의 몸을 스치지도 않았다. 하지만 총성이 쿠루미의 위치를 알려줬다.

그녀는 틀림없이, **유효 공격 범위 안**에 있다……!

"이사미, 지금이야!"

아야메가 소리쳤다. 그 직후, 굉음이 울려 퍼지더니 5층에서 바닥을 부수며 히지카타 이사미가 모습을 드러냈다.

"〈잇폰다타라〉아아아아아아아앗!"

순수한 괴수를 연상케 하는 포효. 주위 일대를 뒤엎어버리는 차원이 다른 폭력. 히지카타 이사미의 무명천사는 특수한 능력을 지니지 않았다. 이것은 어디까지나 순수한 공격이다. 그저 모든 것을 베고 베고 또 베어서, 회피와 방어를 허용하지 않는 참격결계인 것이다.

그 어떤 정령일지라도 이 공격 앞에서는 무사할 수 없다.

"—어, 없잖아?!"

"뭐……?!"

이사미가 당황한 목소리로 그렇게 말하자, 아야메는 그대로 얼어붙었다. 머릿속이 혼란에 빠지기 직전, 그녀는 한 발의 총성을 떠올렸다.

그렇다. 그녀는 분명— **총으로 자기 자신을 쏴서 힘을 얻는다**!

"아야메, 녀석들은 어디 있는 거야?!"

"지금 찾고—."

아야메는 문득 위쪽을 쳐다보았다. 두 팔을 활짝 펼친 쿠루미가 이쪽을 향해 낙하하고 있었다.

"위야……!"

그렇게 외친 직후, 판단이 잘못됐다는 사실을 깨달았다. 낙하하고 있는 것은 토키사키 쿠루미와 비슷한 옷을 입은 **마네킹**이었다!

잘못 말했다고 주저 없이 외치려다— 눈치챘다. 이사미가 자신의 말에 따라 **위쪽을 올려다보고 있었다.** 하지만, 문제는 그게 아니라…….

"뒤쪽—."

이사미의 그림자에서 한 소녀가 기어 나왔다. 이사미의 참격결계를 타도할 수단은 크게 두 가지로 나뉜다.

하나는 결계가 닿지 않는 거리에서 결계를 부술 정도의 파괴력을 지닌 공격을 날린다.

다른 하나는, 공격을 날리지 못하게 하는 것이다.

"충고를 드리자면…… **손을 잡는다**는 것의 의미를 조금 더 중요시했어야 한다는 생각이 드는군요."

아무리 서로를 잘 알더라도, 진심으로 서로에게 끌리고 있을지라도…….

그런 점들과 협공이라는 행위는 완전히 별개다. 수많은 연습, 수많은 대화, 수많은 실패만이 협공의 위력을 증폭시켜 주는 것이다.

1+1이 −가 되는 경우는 흔하니까 말이다.
^{마이너스}

"우, 아, 아아아아아아아아아아아아아아아아아앗!"

이사미는 뒤를 돌아보자마자 그림자에서 기어 나온 무언가를 베려 했다. 그런 그녀의 표정은 비장하기 그지없었다.

그것은 **이미 늦었다**는 것을 본능적으로 이해하고 있기 때문일까. 아니면—.

생각을 중단시키려는 듯이, 총성이 울려 퍼졌다.

총탄이 세피라에 정확하게 박혔다. 무너지는 소녀의 눈에서, 생명의 빛이 순식간에 사라져갔다.

"이사, 미……!"

—그러나, 이사미가 쿠루미를 움켜잡았다.

"쏴…… 쏴아아아아아아아앗!"

주저하지 않았다. 인생 최고의 집중력을 발휘해, 최고의 일격을 날릴 것을 약속했다.

"〈크로토스〉—【스피라】!"

그 순간, 쿠루미조차 예측하지 못한 현상이 일어났다.

지면이 흔들렸다. 엠프티는 비명을 질렀고(매번 그랬듯이), 이사미와 쿠루미의 안색이 변했다.

"『인계편성(隣界編成)』…… 하필 이럴 때……!"

인계에는 정령이 존재하지 않는다. 하지만, 그런데도 정령이 위용을 떨치고 있는 것은 저쪽 세계에 존재하면서도 때때로 인계에 막대한 영향을 끼치기 때문이다.

언제, 어느 타이밍에 그런 일이 일어날지는 알 수 없다. 규

모도, 어떤 변화일지도 예측할 수 없다.

……일설에 따르면, 정령의 감정이 크게 흔들렸을 때에 일어난다고 하지만, 그것도 확실치는 않다.

대지가 갈라졌다.

검은 기둥이 세계를 유린할 듯이 솟아올랐다. 그 기둥에서 검처럼 날카로운 가시가 수없이 자라났다.

아무래도 이번 현상은 **언짢은 심경**에서 비롯된 것 같았다.

"아얏?! 안 돼, 잠깐……!"

붕괴된 바닥이 기울어지기 시작하자, 엠프티는 점점 미끄러지며 떨어졌다. 그녀는 뻥 뚫려 있는 빌딩의 중심 부분으로 향하고 있었다. 방금까지는 그곳에 아무 것도 없었지만, 지금은 검은 기둥이 생겨나 있었다.

"꺄아아아아아아아아아아아아!"

비명을 지른 엠프티와 쿠루미의 시선이 마주쳤다. —쿠루미는 이사미에게 잡혀 있어서 꼼짝도 할 수 없다. 그런데도 엠프티는 반사적으로 그녀를 향해 손을 뻗었다.

정상으로 돌아온 사고회로가 이렇게 말했다.

『도와줄 리가 없잖아.』

알고 있다. 알고 있지만, 자신은 너무나도 약한 생물이기에, 손을 뻗을 수밖에 없었다.

"당, 신—!"

놀랍게도……

쿠루미 또한 닿을 리가 없는 손을 뻗었다. 그녀의 눈에는 희미한 동요가 어려 있었다. 미끄러지면서 죽음의 구멍을 향해 낙하 중인 엠프티는 그 모습을 보고 만족했다.

정말 안이하고, 쉽게 흔들리는 마음이다.

그녀는 그저, 손을 뻗어줬을 뿐인데—

낙하한다.

마치, **갓 태어났을 때** 같다고 엠프티는 생각했다.

곧 충격이 밀려올 것이다. 단숨에 숨통이 끊어지는 편이 나을 법한 높이다. 머리부터 떨어지는 편이 나을까. 엠프티는 그런 생각을 하면서 눈을 감았다. 이제 곧 충격이 밀려올 것이다. 최악의 경우는 어중간하게 살아남는 것이다. 고통 속에서 허우적댄다면 분명 괴로울 것이다.

곧 충격이 밀려올 것이다. 각오를 할 수 있을 리가 없다. 너무 무서워서 울고 싶었다. 충격이 밀려올, 테지만…….

"어……라?"

아무리 기다려도 충격이 밀려오지 않았다. 엠프티는 머뭇거리면서 눈을 떴다.

그리고 바로 그 순간, 엠프티는 상상을 초월하는 충격을 맛보고 말았다.

"설마……!"

엠프티가 이 높이에서 떨어진다고 죽을 리가 없다는 것을 쿠루미는 알고 있다. 고통을 좀 느끼거나 충격만 받고 말 것이다. 하지만, 저 가시는 위험하다.

저 가시는 정령의 심상(心象) 그 자체다. 그것에 휘말렸다가 돌아오지 못한 준정령들도 많다. 올바른 감정으로 형성된 것이라면 몰라도, 그릇된 감정이라면―. 아래쪽을 쳐다보니, 아니나 다를까 엠프티의 모습은 보이지 않았다.

이사미는 이미 숨을 거뒀다. 한편, 아야메는 아직 충격에서 벗어나지 못했다. 그런데도 전사로서의 본능 때문인지 활에 화살을 걸고 있었다.

하지만, 쿠루미의 단총이 약간 빨랐다.

총성.

쿠루미가 쏜 총탄이 아야메의 세피라를 꿰뚫었다.

"크, 윽―!"

본격적으로 건물이 붕괴되기 시작했다. 그뿐만 아니라 상공에서 활활 타오르는 불꽃이 쏟아져 내렸다.

"……예상대로지만, 타이밍이 정말 나쁘군요."

쿠루미의 두 눈은 다음 습격자를 포착했다.

―셰리 무지카. 그리고, 토나미 후루에.

"생긴 건 반반하지만, 둘 다 방심할 수 없는 상대죠. ……아무래도 도망칠 수밖에 없을 것 같군요."

이길 수 없는 싸움은 아니다. 토키사키 쿠루미의 힘은 만능 그 자체이며, 용도 또한 폭넓다. 단 두 가지 능력만 사용할 수 있는 지금 상황에서도 **어떻게든 이길 수 있을 거라는** 낙관적 전망을 할 수 있을 정도로 말이다.

하지만, 쿠루미는 이것이 도박이라는 것을 이해하고 있었다.

아무리 자신이 유리할지라도, 지지 않을 거라는 확신을 가질 수 있더라도, 싸움에 절대적이라는 것은 존재하지 않는다.

이 쇼핑몰에서 벌어진 싸움에서는 반드시 이길 거라고 확신했다. 기습을 해올 타케시타 아야메, 그리고 아야메의 라이벌이자 그녀와 손을 잡고 함께 자신을 노릴 히지카타 이사미.

아야메의 신호에 맞춰, 위나 아래, 혹은 옆에서 이사미가 공격을 해올 것이다.

절대적이라고 해도 과언이 아닌 참격결계를 피하기 위해서는 【알레프】로 몸을 가속시켜 한참 떨어진 곳으로 도망칠 수밖에 없다.

쿠루미가 노기 아이아이와 싸우며 그 탄환을 사용하는 광경을 아야메라면 목격했을 것이다.

그래서 아야메는 이사미에게서 눈을 떼며 주위를 살폈다. 그리고 쿠루미가 미리 자신과 비슷한 옷을 입혀둔 후 발로 걷어차서 허공으로 날린 마네킹을 쿠루미로 착각했다.

단 한순간, 상대를 속이기 위해 그 모든 일을 벌였다. 그리고 또 하나의 힘을 숨기기 위해서 말이다.

토키사키 쿠루미는 후퇴하기로 결심했다.

……엠프티는 귀환할 수 있을까. 저 가시에 삼켜진 후, 빠져나온 준정령은 얼마 되지 않는다.

쿠루미는 그녀를 잃는 것이 아쉽다는 생각이 들었다. 그것은 이기적이며, 자기기만적인 소망이지만—.

관두자. 지금 생각해야 할 것은 이게 아니다. 슬슬『그녀』가 움직일 때가 된 것이다.

정령의 힘으로도 과연 그녀에게 이길 수 있을까.

아니, 이겨야만 한다. 무슨 수를 써서라도 말이다. 그러지 않으면— 영원히 구원받지 못한다.

"……이사미……."

세피라가 파괴된 아야메는 자신이 패배했다는 걸 이해했다. 회한과 절망, 그리고 체념에 가까운 감정이 샘솟았다. 하지만 자신이 할 수 있는 것은 눈물을 흘리는 것뿐이다.

언젠가 그녀와 싸워도 되지 않는 날이, 그저 느긋하게 이야기만 나눠도 되는 날이 올지도 모른다고, 그런 덧없는 희망을 품은 적도 있다.

자신은 왜 그 꿈을 버리고 만 걸까.

"……다음에는, 하다못해 싸우지 않아도 되는 관계였으면 좋겠네."

그런 말을 중얼거리면서, 눈을 감았다.

"—그 꿈을, 이뤄줄게."

최후의 순간, 아야메는 소원을 말하지 말았어야 했다고 생각하며 후회했다.

◇

○□□□□

눈을 뜨자, 그곳은 학교 교실이었다. 하지만 어제 방문했던 교실과는 달랐다. 건물은 낡았으며, 어제 갔던 교실보다 왠지 친숙한 느낌이 들었다. 하지만 문제점이 하나 있었다.

교실이 반쯤 파괴되어 있었다. 모든 책상이 파괴되거나 쓰러져 있었으며, 본연의 역할을 다할 수 있을 멀쩡한 의자는 단 하나도 없었다.

엠프티는 그게 왠지 슬프다고 생각하다가— 경악했다.

손이, 자신의 손이 아니었다. 아까까지 입고 있었던 새하얀 원피스가 아니라, 갑옷 토시 같은 것을 착용하고 있었다. 그 뿐만 아니라, 멋대로 움직였다.

꿈속의 자신이 멋대로 움직이는 것처럼······.

누군가가 움직이고 있었다.

드르륵 하고 교실 문이 열렸다. 자신의 의지는 아니지만, 반사적으로 그쪽을 쳐다보았다.

두개골을 세게 강타당하고, 심장에 날카로운 칼날이 꽂힌 것만 같았다.

고통에 가까운 그런 충격이 온몸에 엄습했다.

눈앞에 있는 이는 비슷한 또래의 소년 같았다. 푸른빛이 약간 감도는 흑발, 그리고 호리호리한 몸을 지닌 그의 눈빛에는 공포가 어려 있었다.

자신은 아무렇지도 않게 뭔가를 날렸다. 문과 그 뒤편에 있는 창문이 박살나더니, 소년의 볼에서 피가 흘러나왔다.

'안 돼!'

절규를 터뜨렸다. 저항했다. 이것이 꿈인지 아닌지는 상관없다.

하지만 그는 안 된다. **그만큼은 절대 안 된다.**

다행히 방금 그 일격은 소년을 스치고 지나가기만 한 것 같았다. 볼에 가벼운 상처만이 났다. 그런데도 마음이 도려내진 것처럼 아팠다.

"—멈춰라."

자신의 입에서 멋대로 말이 흘러나왔다. 아니, 그렇지 않다. 자신은 그저 타인의 몸속에 있을 뿐이다— 엠프티는 그런 확신이 들었다.

왜냐하면 목소리가 완전히 달랐던 것이다. 체격이나 가슴 크기는 크게 다르지 않지만, 목소리와 손가락이 달랐다. 옷도 달랐다. 그리고 무엇보다, 자신이 자기 자신이 아니라는 느낌이 들었다.

　……소년은, 도망치려 하지 않았다.

　두려움을 느끼지 않는 건 아니었다. 유심히 보니 몸을 떨고 있었다. 다리도 약간 풀린 것 같았다. 눈동자에 공포가 어려 있었다. 그녀는 꽃을 꺾듯 간단히 저 소년을 죽일 수 있으며, 소년 또한 그 사실을 이해하고 있었다.

　하지만, 도망치지 않았다.

　그런 그의 눈동자에는 결의가 어려 있었다. 남자로서의 의지 같은 게 아니었다.

　무슨 일이 있더라도, 소중한 무언가를 지키기 위해, 그는 한 걸음도 물러서지 않았다.

　두서없는 대화가 시작됐다. 소년은 자신의 이름을 밝혔다. 이상하게도, 그의 이름은 들리지 않았다. 하지만 그건 딱히 중요하지 않다는 생각이 들었다.

　그가 그라는 사실이 중요하며, 이름은 부속품에 지나지 않는 것이다.

　이름을 지니지 못한 소녀는, 왠지 그런 생각이 들었다.

『나는…… 너, 너와 이야기를 나누러…… 왔어.』

『나는 너와 이야기를 나누고 싶어.』

『나는— 너를 부정하지 않아.』

그 말 한 마디 한 마디가 단비처럼 몸에 스며들고, 탄환처럼 자신을 꿰뚫는 듯한 느낌이 들었다.

자신이 울고 있는 건지, 아니면 자신이 빙의한 소녀가 울고 있는 건지도 알 수 없었다.

이야기를 나누고 싶다. 이 소년과, 그녀처럼 이야기를 나누고 싶다고 진심으로 생각했다. 마치 타들어가는 것처럼 마음이 뜨겁게 달아올랐다. 하지만, 그것은 결코 사라지지 않을 불꽃이자 흉터였다.

그 사실을 자각한 순간, 자신이 빙의한 이 소녀를 향한 살의마저 품었다.

왜 자신이 아닌 걸까. 왜 그녀가 선택된 걸까.

『—토카.』

그리고 그녀는 드디어 빈껍데기인 소녀를 넘어섰다.

이름이 없던 이 소녀에게는, 토카라는 이름이 생겼다. 저 소년이 지어줬다.

너무나도 단순한 이치였다. 예전 이름을 잊었다면, 새로운 이름을 누군가가 새겨주면 된다.

그저, 그뿐인 것이다.

그녀는 그 이름을 받아들였다. 「멋진 이름이지?」 하고 자랑스레 말했다.

희미해졌다. 뿌옇게 변했다.

손을 뻗었다. 하지만 아무리 뻗은들, 소년에게는 닿지 않았다. 영원히 닿지 않는다. 그런 느낌마저 들었다.

싫다. 그것만은 싫다. 충분히 이야기를 나누지 못했다. 더 이야기를 나누고 싶다. 아직 그의 미소를 보지 못했다. 그녀가 아니라, **자신**이—!

절규했다. 울부짖었다. 눈물이 샘솟았다. 알 수 있다. 기억에는 없지만, 이 감각은 잊지 않았다. 아니, 절대 잊을 수 없다.

활활 타오르는 불꽃처럼, 혹은 스며들어오는 물처럼, 혹은 뒷골목의 그림자처럼 어둑어둑한 정념(情念)이, 빈껍데기인 자신을 채워갔다.

아무 것도 없던 그녀에게, 명확한 지침 하나가 생겨난 것이다.

이 날, 그녀는————— **또다시** 소년을 사랑하게 됐다.

◇

눈을 떴다. 꿈에서 깨어났다. 이미 검은 기둥은 사라졌다. 아무래도 그것은 일시적인 것이라 금세 사라지는 것 같았다. 엠프티는 쇼핑몰 12층 홀에 대자로 드러누워 있었다.

아프지는 않았다.

엠프티는 왼손으로 지면을 짚고 몸을 일으켰다. 그러다 자신의 왼손이 사라졌다 다시 나타나기를 반복하고 있다는 걸 떠올린 그녀는 왼손을 꼼지락거렸다. 장래에 대한 불안은 남아있지만, 강렬한 마음이 가슴속에서 타오르고 있었다. 이제 이 왼손은 결코 사라지지 않을 거라는 확신이 들었다.

다른 이들이 『꿈을 가지라』고 말한 이유가 이제 이해됐다. 정확하게는 꿈이 아니라 사랑이지만, 그 사랑을 위해 살아남기를 바라게 되었다는 사실에는 변함이 없었다.

인계는 아름답다. 꿈을 지닌 준정령들이라면 이 아름다운 낙원 같은 공간에서 영원토록 끝나지 않는 춤을 계속 출 수 있을지도 모른다.

영원한 소녀가, 영원히 꿈을 되풀이할 수 있다면— 그것보다 행복한 일이 있을까.

하지만 건너편 세계는 어떠한가. 영원 같은 것은 없고, 흉측하게 발버둥치는 인류가 있을 뿐인 세계다.

아마 이쪽 세계가 훨씬 좋을 것이다. 여러모로 편리할 뿐만 아니라, 싸우지 않고도 살아남을 방법 또한 있을 것이다.

하지만, 이쪽 세계에는 그 사람이 없다. 그는 인계의 준정령이 아니라, 인간으로서 건너편 세계에서 살고 있는 것이다.

엠프티는 건너편 세계에 있는 그 사람을, 사랑하게 됐다.

만나고 싶다. 만나서 이야기를 나눠보고 싶다. 그냥 보기만 하는 것으로는 만족할 수 없다. 끌어안고 싶다. 곁에 있고 싶다. 냄새를 맡고 싶다. 눈동자를 응시하고 싶다. 손을 잡고 싶다. 목소리를 듣고 싶다—.

"……핥고 싶다, 는 여러모로 문제가 있겠지?"

문제가 있을 것 같았다.

아무튼, 그를 만나기 위해서는 어떻게 해야 할까. 엠프티는 그것만 생각했다.

이 세상이 아까보다 더 진한 색채를 띠고 있는 것 같았다. 어디에 가면 될지는 모르겠지만, 어디가 최종목적지인지는 정해졌다.

이것이, 나의 꿈_{엠프티}이다.

……자, 꿈속에서 본 상대를 사랑하는 소녀 모드는 슬슬 슬립 모드로 변경한 후, 현실을 인식하도록 할까.

"—죄송하지만 인질이 되어주지 않겠어요?"

저, 인질이 되었어요. 에헷.

인형을 통해 토키사키 쿠루미에게 메시지가 온 것은 쇼핑몰에서 전투를 치르고 두 시간이 지났을 즈음이었다.

"엠프티가 인질이 되었다고요?"

"그렇습니다."

"어머나, 알았어요. 장소는— 흐음, 거기군요. 예, 좋아요. 오후 일곱 시까지 그곳으로 가겠다고 전해주셨으면 합니다만, 부탁드려도 될까요?"

"그때는 방과 후입니다만?"

"인질이 잡힌 상황이잖아요. 그 정도는 눈감아 줘야 유능한 관리인 아니려나요?"

"……너무 폐는 끼치지 말아줬으면 좋겠군요."

토키사키 쿠루미는 인형을 배웅한 후, 웃음을 흘렸다.

"그녀를 인질로 삼은 건가요? 재미있는 생각을 하는 분이군요."

―한참동안 웃은 후, 얼음장처럼 차가운 증오가 쿠루미의 마음을 뒤덮었다.

인질이라…… 확실히 재미있는 생각이다. 그녀가 쿠루미에게 있어 그 정도로 소중한 존재라고 생각하는 걸까.

……어찌 보면 그것은 타당한 생각이다. 사실 그녀는 쿠루미가 소중히 여겨야만 하는 존재다. 여차할 때, 버릴 각오를 다져야 할지라도 말이다…….

그렇다면, 그 여차할 때는 과연 언제일까. 그때, 손을 뻗었던 것은 그녀에게 **미련**이 있기 때문이 아닐까.

생각이 흐트러졌다.

두 번 다시 돌아보지 않겠다고 맹세했던 괜한 과거가 마음속 깊은 곳에서 기어 나왔다. 안 된다. 아직 안 된다. 마음이여, 아직 녹으면 안 된다. 한심한 정에 휘둘리지 마라. 목적을 달성할 때까지, 비정해야 한다. 오만불손하게, 자신만만하게, 모든 것을 경멸하듯 웃어라. 그리고 이 웃음에 어울리는 존재가 되어라.

……어찌됐든 간에, 그녀가 유괴당한 덕분에 작전을 짤 수 있었다.

생각해라. 작전을 짜라. 그 여자에게 도달하기 위해 언젠가 해치워야만 하는 적이다. 겨우 이런 상황에서 고전 따위를 할 수는 없다.

그렇다. **진짜 토키사키 쿠루미라면 절대 고전하지 않을 것이다.** 이 힘으로 우아하게, 요염하게, 상대를 해치워라.

남은 세 시간 동안…….

토키사키 쿠루미는 생각에 잠겼다.

◇

○**토나미 후루에**

—어쩌다 집단 괴롭힘을 당하게 됐을까.

건너편 세계의 기억을 진하게 지닌 토나미 후루에는 그런 생각을 했다.

자신이 수수했기 때문일까. 시원찮았기 때문일까. 집단 괴롭힘을 부추기는 상대와 친분을 쌓지 않았기 때문일까. 아니면, 그저 우연히 선택됐을 뿐일까.

확실히 자신이 수수하고, 얌전하며, 눈에 띄지 않게 살아왔다는 것은 자각하고 있다.

처음에는 비웃음과 험담으로 시작됐다.

「촌스러워」, 「착각에 빠져 사네」, 「되게 착한 애인 척 하잖아」, 「완전 고지식해」, 「순진한 척 하네」, 「냄새나(물론 이건 중상모략이었다)」, 「더러워(마찬가지로 중상모략이었다)」, 「병균이 옮을 것 같아(이하 생략)」.

그것이 종잇조각을 던지는 걸로 발전했다.

좀 불쾌하기는 하지만, 토나미는 그냥 참기로 했다. 다른 애들을 괴롭힐 때와 마찬가지로 곧 관둘 거라고 그녀는 생각했다.

하지만 이번만큼은 어찌된 영문인지 점점 더 심각해졌다. 어깨를 치며 지나갔다. 이동수업하는 교실을 거짓으로 가르쳐줬다. 자신의 프린트를 누군가가 숨겼다. 매일같이 책상에 낙서가 되어 있었다.

그리고 드디어 화장실로 몰렸을 즈음, 이렇게 된 거 확 죽여 버리자고 생각하며 물이 가득 찬 양동이를 빼앗아서 끼얹은 후, 상대가 움츠러든 틈에 손에 쥔 대걸레로 세 명의 얼굴에 찌르기를 날린 건— 뭐, 좀 심했을지도 모른다. 코뼈가 부러졌을 테고, 안구가 상했을 테니, 안 그래도 쓰레기 같은 얼굴이 더 흉측해졌다.

그 후, 도망을 치다 구멍에 빠진 것까지는 기억하고 있다.

그때부터 인계에서의 생활이 시작됐다.

토나미 후루에는 인계에서 생활하면서 기쁨도, 슬픔도, 쓸쓸함도 느끼지 않았다. 그저 **이쪽 세계**에 적응했을 뿐이다.

부모님과 만날 수 없고, 클래스메이트와 만날 수도 없지만, 딱히 힘들지는 않았다.

건너편 세계나 이곳에서나, 그저 존재감 없이 살아왔으니까 말이다.

하지만…… 자신이라는 인간에게는 크나큰 결점이 있었다. 그것은 건너편 세계에서는 죄가 되지만, 인계에서는 중요시되는 기능이다.

토나미 후루에는 말로 형용할 수 없을 만큼 잔인했다. 셰리 무지카가 열악한 환경에서 자란 광기 어린 늑대라면, 토나미 후루에는 폭력성을 타고난 짐승이었다.

○엠프티(포박 당함)

정신을 차리고 보니, 눈앞에는 무시무시한 준정령이 둘이나 있었어요. 게다가 그녀들은 아니나 다를까(아마 그녀들에게 아무런 가치도 없을 자신을) 인질로 잡겠다지 뭐예요.

이것으로 상황 설명 종료.

시간대는 어느새 저녁때를 지나 밤에 접어들고 있었다. 즉, 이제 일시적으로 휴전에 들어갈 시간인 것이다. 하지만…….

어찌된 영문인지, 자신은 여전히 포박당해 있었다.

"……저기, 이 밧줄은…….."

"아, 고문 같은 건 하지 않을 테니 걱정하지 마세요."

토나미 후루에는 엠프티를 향해 미소를 지었다. 그런가요. 하지만 문제는 그게 아니라…….

"하아, 그건 감사하지만…… 저기, 양손이 저리니 이제 그만 풀어주실 수는…….."

"그럴 수는 없어요♪"

하아, 하고 엠프티는 한숨을 내쉬었다. 그녀는 현재 두 손이 등 뒤로 묶인 채 철제 기둥에 묶여 있었다. 아프고, 저린

데다, 꺼칠꺼칠한 밧줄 때문에 간지럽기까지 했다. 고문을 당하지는 않았지만, 꽤나 힘든 상태였다.

"원하면 고문을 해줄 수도 있거든~?"

셰리는 쾌활한 목소리로 그렇게 말하면서 엠프티를 향해 렌즈를 들었다. 그러자 렌즈에 의해 집중된 레이저가 엠프티의 볼을 스쳤다.

"아뜨……! 저기, 방금 엄청 뜨거웠거든요?! 제 볼, 무사한가요?!"

"인질한테 상처를 입히지 마세요. 저는 불필요한 폭력을 싫어한단 말이에요."

토나미는 셰리를 노려보며 그렇게 말했다. 그러자 셰리는 어깨를 으쓱하더니 태연한 어조로 「이 정도는 괜찮지 않아?」라고 대답했다.

"저, 저기, 제 얼굴은 괜찮나요? 저, 이래봬도 사랑에 빠진 소녀라 얼굴에 상처가 생기는 건 좀 그렇거든요."

"일단은 괜찮답니다. ……사랑?"

"일단?! 일단 같은 매우 애매하면서도 주관적인 말을 들었더니, 거울을 가지고 와달라는 애원을 하고 싶어지네요! 예, 저는 지금 사랑을 하고 있어요!"

토나미와 셰리는 서로를 쳐다보았다.

"설마, 토키사키 쿠루미를 사랑하는 건가요?"

"취향이 엄청 별나네."

"그 사람한테 그런 감정을 가지고 있지는 않다고요~!"

"……그럼 누구를 사랑하는 거죠?"

"죄송한데, 이름은 몰라요! 어찌된 영문인지 안 들렸거든요!"

"그럼! 어떻게 생겼어?! 이쪽 세계 사람이야?! 아니면 저쪽 세계 사람?!"

엠프티는 마른 침을 삼켰다. 그를 언급하려니 묘하게 멋쩍으면서 부끄러웠다.

"정령이 아니에요. 그러니까, 인계에 있는 분이 아니라고요! 평범한 인간 남자애! 고등학생! 그리고, 정령 같아 보이는 사람과 이야기를 나누던 사람……!"

순간 엠프티는 갑자기 말을 멈췄다. 눈앞에 있는 둘의 표정이 경악으로 가득 찼다.

"……저기, 왜 그러세요……?"

"믿기지 않아. 너, 진짜로 사랑에 빠졌구나."

셰리가 그렇게 말했다. 그녀의 눈은 선망으로 가득 차 있었다.

"진짜……군요."

토나미는 망연자실한 표정을 지으며 그렇게 말했다. 방금까지만 해도 무기질적이고 무시무시했던 두 사람이 갑자기 평범한 소녀처럼 느껴졌다.

"왜…… 그러세요?"

—완전히 밤이 되었다. 공장 천장에 달린 반쯤 고장이 난 전등에서 뿜어져 나오는 어슴푸레한 빛이 세 사람을 비췄다. 밖은 완전히 어두워졌으며, 인기척은 느껴지지 않았다.

"그 남자애는 말이죠. 준정령 사이에서는 일종의 전설이에요."

엠프티는 여전히 묶여 있었지만, 두 사람은 아까보다 훨씬 나긋나긋한 태도를 취하며 그녀에게 이야기를 해주기 시작했다.

"전설······?"

엠프티가 고개를 갸웃거리자, 셰리는 친밀한 어조로 입을 열었다.

"아까 전의 컴파일 때, 너는 기둥에 삼켜졌지?"

인계에는 수많은 전설이 있다. 소녀들 특유의 네트워크를 통해 순식간에 퍼져나간 소문이 전설이 되었다가, 곧 사라진다.

하지만 그 중에는 끈질기게 남아있는 전설도 있다.

"그 전설이 돌기 시작한 건······ 얼추 5년 전일 거야. 수많은 정령들이 인계를 지배하던 시대지. 바로 그때, 컴파일에 휘말린 어느 준정령이 이런 말을 했어. 『나, 사랑에 빠진 걸지도 모르겠어』라고 말이야."

"건너편 세계로 가는 정령이 늘어날수록, 그 말을 듣는 횟수도 늘어났어."

"아무래도 정령들은 건너편 세계에서 살고 있는 것 같아요. 하지만 마음에 강한 충격을 받거나, 엄청 기쁜 일이 일어나면 인계에 영향이 나타나죠."

"지금 이 순간 벌어진 일이거나 문득 생각난 강렬한 과거 등, 그 이유는 다양해. 아무튼 그 컴파일에 휘말렸다 살아 돌아온 준정령은 그것을 보고…… 대부분 사랑에 빠지고 말아."

"……그래서 여러 소문을 검토해본 결과, 아무래도 정령들은 전부 사랑에 빠진 게 아닐까 하고 추측되고 있어요."

"사랑— 어, 잠깐만요……. 그 사람을, 좋아하게 된 건가요? **저**의 그 사람을?!"

"벌써 자기 거라고 주장하고 있네요……."

"독점욕이 강한 여자는 미움 받는다는 건, 연애 경험이 전혀 없는 나도 알아!"

"마, 맙소사~! 맙소사———!"

엠프티는 머리를 움켜잡고 싶었지만, 손이 묶여있다는 사실을 떠올리고 그냥 버둥대기만 했다. 딱히 의미가 있는 짓은 아니지만 말이다.

"하아, 네 심정은 아니까 진정 좀 해."

셰리는 성가시다는 듯한 어조로 그렇게 말했다.

……혹시 자신 이외의 누군가가 그 체험을 한다면 어떻게 될까.

꿈이 없고, 어디로 향하면 좋을지 모르는데다, 이름조차 생각나지 않는 자신 같은 준정령이…….

그의 진지한 표정을 본다면, 그의 말을 듣는다면, 설령 그것이 자신에게 한 말이 아닐지라도 그의 진지함을 접한다면…….

그런다면…… 뭐, 한눈에 반해 버릴지도 모른다.

토나미는 온화한 미소를 지으며 말했다.

"그러니까, 되돌아온 준정령들은 대부분 사랑에 빠져서…… 살아가고자 하는 기력이 넘쳐흐르게 된다는 것 같아요. 『로스트』되지도 않는다더군요."

"아하~, 그렇군요. 그래서 왼손이 원래대로 돌아온 거네요……."

"왼손이 사라질 뻔했구나. 그게 원래대로 돌아오다니, 장난 아니네."

셰리는 감탄을 한 것처럼 고개를 끄덕이더니, 문득 쓸쓸한 듯이 하늘을 올려다보았다. 부서진 공장의 천장에는 구멍이 숭숭 뚫려 있었으며, 그 구멍을 통해 반짝이는 별이 잘 보였다.

물론 그 별은 가짜다. 그저 반짝거리고만 있을 뿐인, 전구보다 못한 것들이다.

제아무리 발버둥을 쳐본들, 저 별에는 도달할 수 없다.

"사랑이라는 게 그렇게 좋은 거야? 나는 잘 모르겠어."

"셰리 양도 저와 동지군요. 실은 저도 잘 모르겠어요."

토나미는 동의한다는 듯이 고개를 끄덕였다.

"분명 나는 사랑 같은 걸 할 여유가 없는 나라에서 자랐을 거야."

"분명 저는 겁쟁이라서 다른 누군가를 사랑하는 걸 금기로 여겼을 거예요."

두 사람은 함께 별을 쳐다보았다. 현재 상황만을 본다면 엠프티는 절대적 약자다. 이 두 사람은 전투 능력이 뛰어난 준정령이며, 엠프티 정도는 순식간에 이 세상에서 지워버릴 수 있을 것이다.

재가 될지, 갈가리 찢길지 정도의 차이는 있겠지만 말이다.

……하지만, 엠프티는 지금 느끼고 있는 감정이 기만이며, 어이없을 뿐만 아니라, 착각이라는 사실을 알면서도 생각하고 말았다.

이 두 사람이 불쌍하다고 말이다.

사랑을 하지 않기 때문이 아니다. 사랑이라는 감정을 이해하면서도, 그 감정에 관심을 가지지 않는 인간도 있을 것이다. 그것을 부정할 생각은 없다. 인간 이외의 존재를 사랑하는 인간도 잔뜩 있다. 그런 이들 또한 부정할 생각은 없다.

"토나미, 사랑이란 어떤 걸까?"

"셰리, 대체 어떤 걸까요?"

하지만, 그녀들은 사랑 그 자체를 모르는 것 같았다.

누군가가 무언가에 기울이는 아련하고 따뜻하며 한결같은

정열을 모른 채, 이곳에 흘러들어오고 말았다.

모르기 때문에, 그것이 보석처럼 귀중한 것인지, 아니면 땅바닥을 굴러다니는 돌멩이보다 못한 것인지도 판단할 수 없는 것이다.

……엠프티는 그런 그녀들이 불쌍하다고 생각했다.

파직……!

갑자기 공장의 조명이 연달아 부서졌다. 엠프티가 비명을 지르기도 전에, 주위는 어둠에 뒤덮여갔다.

"셰리."

"응."

하지만 두 사람은 그런 짤막한 말만을 입에 담았다. 두 사람에게는 그 말만으로도 충분했다.

방금까지 두 사람에게서 느껴지던 소녀 같은 분위기가 사라졌다. 분명 그녀들은 전사다운 표정을 짓고 있을 게 틀림없다.

"일단 말해둘게. 도망치려고 하면 죽어. 주저 없이 죽여버릴 거야."

"도망치려고 한 순간, 제 차크람이 당신을 반으로 깔끔하게 절단해줄 거예요."

"도, 도망 안 쳐요! 안 칠 테니까 안심하세요!"

엠프티는 일단 그렇게 말해뒀다.

두 사람이 천천히 자신에게서 멀어지는 게 느껴졌다. ……
이 공장은 언뜻 보면 구멍투성이라 침입하기 쉬워 보이지만,
사실 곳곳에 함정이 설치되어 있었다.

준정령들 중에는 다른 준정령에게서 벗겨낸 영장이나 무
명천사를 유지 및 개량하는 능력을 지닌 자가 있다고 한다.
그녀는 인계를 방랑하고 있으며, 필요로 하는 이들에게 그
런 것들을 팔고 있다고 한다. 당연히 그런 것들을 사용하
면, 약한 준정령도 전력을 대폭적으로 강화할 수 있다.

영장은 사냥감을 잡는 함정이 되며, 누군가의 무명천사는
역습을 위한 한 수가 된다.

……영장과 무명천사를 빼앗긴 이들이 어떻게 되었는지는
가능하면 생각하고 싶지 않다.

아무튼, 이 공장은 그런 식으로 개량된 영장식 함정이 잔
뜩 설치되어 있었다.

함부로 들어왔다간, 정령일지라도 무사할 수 없을 것이다.

게다가 셰리와 토나미의 대응 또한 신속하고 정확했다. 재
미는 없지만, 무시무시할 정도로 냉철하게 승리를 거머쥐려
하고 있었다.

어디로 침입을 하든, 어떤 식으로 습격을 하든, 전부 막아
낼 수 있는 전술을 준비했다. 단순하며, 어마어마하게 공을
많이 들여야 하지만— 완벽하게 준비할 수만 있다면 승리는

따 놓은 당상일 것이다.

하지만 완벽하게 준비하는 것은 무리다. 준정령이라고 해서 인간 이상의 사고능력을 지니지는 않았다. 쿠루미가 어떤 수를 사용할지, 그녀들은 상상할 수가 없었던 것이다.

토키사키 쿠루미가 지배하는 것은 시간과 그림자다. 준정령은 인식할 수도, 눈으로 볼 수도 없는 영역이다.

엠프티는 자신의 머리카락에 무언가가 닿고서야 그 기척을 눈치챘다. 그녀가 묶여 있는 기둥의 그림자, 그 안에서 쿠루미가 기어 나온 것이다. 그림자를 통해 공장에 들어온 쿠루미는 셰리 일행이 쳐둔 함정을 대부분 파악했다. 외부를 경계 중인 두 준정령은 쿠루미가 침입했다는 사실을 눈치채지 못했다.

쿠루미는 엠프티의 귓가에서 속삭이듯 말했다.

"—조용히 하세요."

"……!"

그 목소리가 들린 순간, 숨도 쉬지 못할 만큼 입이 세게 막혔다.

"잘 들으세요. 지금부터 당신을 죽일 거랍니다. 그러니 최선을 다해 죽어주세요."

'그게 무슨 소리예요—?!'

"하아, 잔말 말고 순순히 죽어주세요."

쿠루미는 다짜고짜 엠프티의 옷에 뭔가를 붙이더니, 비린

내가 나는 액체를 뿌렸다.

'고, 고약해…… 마치, 달콤한 쇠 냄새…… 이게 대체 뭐죠~?!'

쿠루미는 아무 말도 하지 않고 나타날 때와 마찬가지로 느닷없이 사라졌다.

"……응? 이 냄새는……."

셰리가 냄새에 반응한 순간, 엠프티의 바로 옆에서 총성이 울려 퍼졌다.

정확하게는 엠프티가 총에 맞았다.

"으……윽……?"

입에서 피가 뿜어져 나왔다. 가슴에는 구멍이 뚫렸다.

"어……?"

토나미와 셰리는 아연실색하면서 총에 맞은 소녀를 쳐다보았다. 고개를 힘없이 축 늘어뜨린 엠프티를 보더니, 당황하고 말았다.

토나미는 엠프티를 향해 다가와 그녀의 얼굴을 들어올렸다.

"에취!"

동시에 재채기 소리가 들리더니, 토나미의 얼굴에 케첩이 뿌려졌다. 그 순간, 사태를 파악한 토나미는 셰리를 향해 외쳤다.

"함정이에요!"

셰리는 그 말을 듣자마자 〈세크메트〉로 주위를 쓸어버렸다. 낮에 모아뒀던 햇빛이 어둠을 갈가리 찢었다.

"찾았어……. 위쪽, 한 시 방향!"

셰리가 그렇게 외치자, 토나미가 위쪽을 쳐다보았다. 천장을 지탱하는 철골 대들보— 그곳에 검은 그림자가 드리워져 있었다.

어둠을 녹여 만든 듯한 요사함을 지닌 쿠루미를 본 토나미는 한순간 할 말을 잊었다. 대체 어떻게 함정에 걸리지 않고 저런 장소로 소리 없이 이동한 걸까?

영장이 지닌 특성을 이용한 걸까…… 아니면 이게 정령의 힘인 걸까?

쿠루미는 거만하기 그지없는 표정으로 두 사람을 내려다보며 입을 열었다.

"인질을 잡는다는 아이디어 자체는 멋졌어요. 하지만 장소가 좋지 않았군요. 이런 곳에 틀어박혀서 적이 쳐들어오기만 기다리는 건, 다른 책략이 없다고 어필하는 거나 다름없잖아요?"

침묵이 찾아왔다. 불빛은 없지만, 셰리가 햇빛으로 주위를 밝히고 있기에 눈빛을 교환하는 데는 전혀 지장이 없었다.

쿠루미가 있는 장소의 옆에는 영장을 가공해서 만든 함정이 설치되어 있었다. 제9영속, 소리의 진동을 통해 일시적으로 상대를 마비시키는 그 함정에 걸린다면, 토키사키 쿠루미조차도 잠시 동안은 빈틈을 보이리라.

두 사람은 그 빈틈을 절대 놓치지 않을 것이다.

"지금이야!"

셰리가 〈세크메트〉를 세게 움켜쥐며 그렇게 외친 순간, 토나미는 〈실피드〉를 던졌다.

"어머, 어머."

예상대로, 쿠루미는 빨려 들어가듯 함정의 유효 사정 범위 안으로 들어갔다. 토나미는 스위치를 눌렀다. 그 직후, 폭발이 발생하며 진동이 사방으로 퍼져 나갔다.

움직임을 멈춘 순간, 셰리가 무명천사에 모아둔 햇빛 에너지를 전부 방출했다. 잔고 제로, 그야말로 전부 다 쏟아 부은 것이다.

하지만—.

"꺄아…………아아아악!"

폭발이 일어남과 동시에 셰리는 비명을 질렀다. 유심히 보니, 소리의 진동에 의해 마비된 이는 쿠루미가 아니라—.

"어째서?!"

"두 사람이 총에 맞은 엠프티에게 다가간 순간……."

"그, 그 짧은 순간에 함정을 간파하고 옮겨둔 거야?! 마…… 말도 안 돼……."

"아뇨, 처음부터 간파하고 있었답니다. 정확하게는 이곳에 함정을 설치할 때부터 말이죠."

"열흘 전부터……?!"

이번 사투가 시작되기 훨씬 이전, 토나미 후루에는 셰리와 손을 잡기 훨씬 전에 이 공장을 요새로 만들기 위해 함정을 설치해뒀다.

이곳에는 셰리에게도 알려주지 않은 함정이, 장치가, 그리고 예비 영장 또한 잔뜩 있는 것이다.

"그야 당신은 강하니까요. 매우, 매우 강하니까요. 진심으로 상대를 함정에 빠뜨리고, 방해해서, 벗어나지 못하게 하려고 하니까요. 그러니 경계해야 하지 않겠어요?"

아무리 함정을 준비하더라도, 그 중 9할 이상은 써먹어보지도 못한다.

편집적이라고 비웃음을 살 정도로, 겁쟁이라 놀림을 당할 정도로, 신중하게 일을 벌인다. 그것이 토나미 후루에의 방식이자— 괴로운 삶이었다.

함정에 걸린 준정령들은 하나같이 절규를 터뜨리며 외쳤다. 「비겁해!」라고 말이다. 하지만 토나미에게 있어서는 함정에 걸린 자들이야 말로 「비겁했다」. 자신이 실수를 범해놓고 타인에게 책임을 떠넘기고 있으니 말이다.

그래도, 그런 말을 들으면 아주 약간이지만 마음이 아팠다.

"—그래요. 당신은 제가 비겁하다고 생각하지 않는군요."

"물론이죠. 이기기 위해 전력을 다하는 것을 비겁하다고 한다면— 그저 강하기만 한 사람이 이길 테니까요."

그 말에는 한 점의 거짓도 섞여 있지 않았다. 쿠루미는 진심으로 그렇게 생각하고 있는 것이다.

'—하아, 이제 됐어.'

아마, 진짜 패인은 함정을 간파당한 것이 아니다. 쿠루미에게 칭찬을 받고 마음이 흔들리고 만 것이다. 이 날을 위해 마음을 후벼 파는 듯한 험담들을 견딘 것이라는 생각마저 들었다.

총구가 자신을 향했다. 〈실피드〉로 막으면 더 싸울 수 있을지도 모른다. 하지만 그럴 마음이 들지 않았다.

함정을 간파당하고, 역습을 당했다. 싸움이라기보다 일방적인 유린을 당했는데도…….

충실한 시간이었다고 토나미는 진심으로 생각했다.

토나미는 손을 잡은 셰리에게 미안하다고 생각하면서, 마지막으로 마음속에 품고 있던 별것 아닌 소원을 입에 담았다. 입에 담았더니, 생각했던 것보다 더 부끄러우면서도 왠지 기뻤다.

"아아~, 나도 사랑을 해보고 싶네."

총성이 울려 퍼지고, 세피라가 파괴됐다.

하지만 토나미 후루에는 빙긋 웃으면서 그 탄환에 맞았다.

이제 남은 적은 한 명 뿐이다.

쿠루미는 마비된 탓에 아직 움직이지 못하는 셰리를 향해 고개를 돌렸다.

"……이, 게……엣……!"

셰리는 증오심으로 가득 찬 시선으로 쿠루미를 노려보았다. 몇 초 후면 그녀는 마비에서 풀려날 것이다.

지체할 시간은 눈곱만큼도 없다고 판단한 쿠루미는 즉시 셰리를 향해 총을 들었다.

그때 쿨럭, 하고 기침 소리가 들렸다. 그 소리를 듣고 빈틈을 보인 사람은 셰리가 아니라 쿠루미였다. 방아쇠를 당기는 것을 주저했을 뿐만 아니라, 엠프티를 쳐다보고 말았다.

셰리 무지카의 가장 무시무시한 점은 바로 생존에 특화된 정신이다.

1초라도 살아남는다. 10초라도 목숨을 부지한다. 죽기 직전까지, 살아남기 위해 계속 머리를 굴린다.

쿠루미가 자신에게서 눈을 떼며 엠프티를 신경 쓴 순간, 셰리는 자각했다.

이 순간뿐이다. 자신이 살아남기 위해서는 1초도 안 되는 이 시간에 모든 것을 걸 수밖에 없다.

몇 초 후에야 마비에서 풀려날 몸을 억지로 움직였다. 오른손에 모든 신경과 모든 영력을 집중해서, 엠프티를 향해 〈세크메트〉를 날렸다.

"어—?"

눈부신 햇빛이 격류를 이뤘다. 아연실색한 엠프티와 셰리의 시선이 마주쳤다.

셰리는 아주 조금이지만 미안하다고 생각했다. 하지만, 셰리는 살아남고 싶었다. 빈껍데기였던 소녀가 그렇게 선명하고 강렬한 삶의 빛을 보여줬지 않은가.

싸움만이 전부는 아닐 것이다. 살생만이 전부는 아닐 것이다. 그 끝에 분명 다른 무언가가 있을 거라고 생각하며 지금까지 살아왔다. 노력해왔다.

그러니— 어떻게든 살아남겠다. 그러기 위해서는 혼란이, 상황의 격변이 필요했다.

그래서 선택한 것이 바로 엠프티를 공격하는 것이다. 마비된 오른팔로는 다른 행동을 취할 수 없는 것도 명백한 사실이지만 말이다.

게다가 셰리에게 행운이 찾아왔다. 쿠루미는 그녀에게 어울리지 않는 경악에 찬 표정을 짓더니, 말도 안 되는 행동을 취했다.

두 팔을 활짝 펼치며, 지면을 박찼다. 한순간의 머뭇거림이 엠프티의 생사를 가를 것이다. 그래서 쿠루미는 머뭇거리지 않았다.

엠프티는 눈을 크게 떴다. 뭔가가 반짝이더니, 자신의 눈앞에 쿠루미가 나타났고— 그녀는 오른팔을 잃은 채 피를 흘리고 있었다.

"……당신은 툭하면 저한테 폐를 끼치는 군요."

"죄, 죄송……해요?"

지금은 이런 느긋한 대화나 나눌 때가 아니다. 그런 생각을 하고 있자 쿠루미는 쓴웃음을 지었다.

"아뇨. 이건 어디까지나 제 책임이랍니다. 제가 방심을 하는 바람에 이렇게 된 거예요."

쿠루미는 엠프티를 묶고 있던 밧줄을 잡아 당겨서 끊었다. 그리고 절단된 자신의 오른팔을 엠프티에게 던졌다.

"……윽, 흉측하네요! 그런데 왜 이걸 저한테 맡기는 거죠?!"

"저는 저 애를 처리해야 하니, 당신이 들고 있으세요. 그리고 흉측하다니요? 제 오른팔은 꽤 아름다운 편이라고 생각하는데 말이죠."

"아니, 그런 문제가 아니라 몸에서 떨어져 나온 신체 일부 자체가 흉측하다는 거예요!"

쿠루미는 엠프티의 태클을 무시하고 단총을 왼손으로 쥐었다. 원래부터 어느 손으로든 총기를 다룰 수 있는 것 같았다.

하지만— 이미 셰리는 공장 입구에 다다랐다. 등을 보이며 도망치던 셰리는 쿠루미를 향해 돌아섰다.

바로 그때, 강렬한 바람이 불었다.

"놓치지 않겠어요."

"도망칠 생각은 없어."

그 순간, 두 사람은 이게 빨리 쏘기^{퀵드로} 승부라는 걸 이해했다.

셰리는 마비된 몸을 억지로 움직이면서 딱딱한 미소를 지었다. 이렇게 이야기를 나누는 사이에도 마비는 서서히 풀리고 있었다. 함정이 폭발할 때 입은 대미지는 그렇게 깊지 않았다. 이대로 가면 곧 힘을 되찾을 수 있을 것이다.

하지만 쿠루미는 심각한 손상을 입었다. 오른팔을 잃은 것이다. 팔은 **불타서 끊어졌지만**, 셰리가 날린 광선은 그녀의 등을 꿰뚫고 오른팔에 정통으로 꽂혔다. 영장이 어느 정도는 막아줬지만, 그래도 그녀의 등에서는 피가 흘러나오고 있었다.

시간을 끌고 싶은 이는 셰리이며, 시간을 끌고 싶지 않은 이는 쿠루미다.

하지만, 그렇기 때문에 셰리는 서둘러 행동하기로 했다. 쿠루미를 초조함에 사로잡히게 해야만 한다. 이것은 전쟁인 것이다. 게다가 우물쭈물하고 있다간 살아남은 준정령이 난입할지도 모른다.

그것이야말로 현재 가장 위험시해야 하는 사태다.

이제 남은 준정령은 두 명이다. 한 명은 딱히 문제가 되지 않는다. 폴스 프록시라는 가짜 따위는 간단히 해치울 수 있을 것이다.

하지만 문제는 다른 한 명이다.

비스킷 스매셔. 토시카시 쿠루미를 처리한 후에 해치우기로 정해뒀던 준정령이다.

토나미가 죽었으니, 하다못해 만전의 상태로 싸워야만 조금이라도 승산이 있을 것이다. —그렇기에, 셰리는 승부를 내기 위해 자신의 무기인 무명천사를 치켜들었다.

탄환^{불릿}이 빠를까, 광선^{레이}이 빠를까.

'내가 더 빨라…… 내가 더 빨라…… 내가 더 빨라!'

마비에서 회복된 정도, 상대방의 손상 상태, 무기의 무게, 그리고 탄환의 속도. 그것들을 전부 종합해볼 때, 셰리는 자신이 유리하다고 판단했다.

그래도…….

이것은 외줄타기다.

살고 싶다고 셰리는 소망했다.

죽을 수 없다며 쿠루미는 집념을 품었다.

그 순간—.

무엇이 신호가 된지도 모른 채, 두 사람은 거의 동시에 서로의 무기를 치켜들었다.

"집속(集束)하라, 〈세크메트〉—!!"

"〈자프키엘〉— 【알레프】!!"

〈세크메트〉의 광선이 정확하게 쿠루미의 세피라를 관통하기— 직전, 쿠루미는 엠프티를 안아들고 공장 밖으로 빠져나갔다. 다음 순간, 방금까지 쿠루미가 있던 장소에 〈세크메트〉의 광선이 작렬했다.

"어……?"

쿠루미는 셰리를 향해 총을 들지 않았다. 그녀가 총으로 겨눈 것은 바로 자기 자신이었다. 그녀가 쏜 것은 노기와 싸울 때 사용했던 『신체능력 상승』 탄환이 틀림없다.

……아무튼, 살아남았다.

자신은— 어찌어찌, 살아남은 것이다.

승리할 기회가 줄어든 것은 엄연한 사실이다. 하지만 토키사키 쿠루미가 후퇴하게 만들었다.

설령 비스킷 스매셔가 상대일지라도 이길 수 있을 것이다. 아예 토키사키 쿠루미와 손을 잡는다는 방법도 있다.

어쨌든, 오늘은 지쳤다.

목욕을 하자. 식사를 하자. 따뜻한 침대에서 쉬자. 그리고 토나미가 천국에 가기를 빌자. 다시 태어나면 건너편 세계에서 즐겁게 살기를—.

그때, 갑자기 셰리의 다리에서 힘이 빠졌다.

"어……라……?"

무릎에서 통증이 느껴졌다. 무슨 일인가 했더니, 조그마한 화살 한 발이 꽂혀 있었다.

"어, 왜…… 누구야……?! 오늘 싸움은 이제 끝났잖아!"

셰리는 패닉 상태에 빠진 상태에서 〈세크메트〉를 치켜들었다.

"끝났다고는 아무도 말하지 않았다. 그렇지?"

모습을 드러낸 준정령을 본 셰리는 경악했다. 싸울 기력조차 전부 잃을 정도로 충격을 받았다.

"……어…… 왜…… 어째서……?!"

소녀의 곁에는 또 한 명의 준정령이 있었다. 셰리가 싫어했던 붕대 소녀였다.

"이건 게임이 아냐. 룰을 짠 이는 신이 아냐. 벌칙 같은 건 없는 거나 다름없어. 그런 것도 모르니까 먹잇감이 될 수밖에 없는 거야~."

그녀는 양손을 활짝 벌리면서 말했다. 셰리는 그 말을 듣고 이해했다.

"이번에는 **두 명이었던 거네**……?!"

"웃어!"

손가락을 튕겼다.

쿡쿡, 쿡쿡쿡, 쿡쿡쿡—.

주위에서, 일제히 웃음소리가 울려 퍼졌다.

어둠 속에서 모습을 드러낸 **것들**을 본 셰리는 진심으로 절망했다.

◇

집으로 돌아온 쿠루미와 엠프티는 겨우 한숨 돌렸다.

"부, 붕대가 어디 있지……."

"필요…… 없어요……."

현관문에 기댄 쿠루미는 엠프티에게 오른팔을 내놓으라고 재촉했다. 엠프티가 머뭇거리면서 팔을 내밀자, 그녀는 그것을 절단면에 가져다댔다.

"이제 바늘과, 실을……."

바늘과 실의 이미지를 어렴풋이 떠올려서 그것들을 만들어낸 후, 쿠루미는 옷깃을 깨문 채 오른팔을 꿰맸다.

"그, 그렇게 대충 꿰매도 되나요?"

"인계에 감염증 같은 게 존재할 거라고 생각하나요? 물리 법칙조차도 불확실한 이 세계에 말이에요."

"하지만…… 하다못해, 침대에 누우세요."

"그럴 필요……없어요……. 내버려…… 두세요……."

쿠루미는 눈을 감았다. 아무래도 피로가 극한까지 도달한 것 같았다. 엠프티는 그런 쿠루미를 내버려둘 수 없었기에, 현관에서 그녀의 왼손을 움켜잡았다.

"……당신은 들어가서 잠이나 자세요."

"정말…… 말도 안 되는 소리 하지 마요."

엠프티의 말에 쿠루미는 쿡쿡 하고 즐거운 듯이— 쓸쓸한 듯이, 웃었다.

"인격이라는 것은 그릇이 바뀌면 그에 맞춰 달라지는군요."

"예?"

쿠루미는 쓸쓸히 웃으면서 왼손으로 엠프티의 머리를 쓰다듬었다. 하지만 의식이 혼탁해진 것인지 그녀의 눈은 엠프티를 쳐다보고 있지 않았다.

"과거의 **저**, 과거의 **당신**. 기억이 없더라도, 그릇이 달라지면 다른 인물이 될 수 있겠죠. 하지만 기억이 없는데도 그릇이 같으니— 역시, 당신은 옛날과 똑같군요."

엠프티는 두 번째로 쿠루미의 눈물을 보았다.

"정말 어정쩡한 존재, 정말 어정쩡한 개념, 정말 어정쩡한……**나**."

엠프티는 대체 무슨 소리를 하는 거냐고 말하려 했다. 하지만 쿠루미는 엠프티의 말을 막으려는 것처럼 계속 말을 이었다.

"당신은, 당신이 아니에요. 저도, 제가 아니죠. 그렇다면, 저의 의미는, 존재의의는, 대체 뭘까요? 그 격정도, 그 결의도, 전부 다…… 신기루에 지나지 않을지도 모르겠군요."

그녀의 입에서 나오는 말은 소름이 돋을 정도로 무서웠다. 전부 무의미하고, 무가치했다.

"피곤하군요……. 정말…… 피곤해요……."

한숨을 내쉰 쿠루미에게서 점점 생기가 사라졌다. 그런

그녀의 오른손 손가락이 서서히 사라졌다.

"쿠루미 씨!"

엠프티는 허둥지둥 쿠루미를 불렀다. 그녀의 어깨를 잡고 흔들었다.

"쿠루미 씨! 안 돼요! 사라지고 있어요! 돌아오세요! 쿠루미 씨! 쿠～루～미～씨～!"

"……아까부터…… 시끄럽네…… **쿠루미라고** 부르지마…… 엠프티…….."

엠프티는 눈을 치켜떴다. 아주 약간이지만, 쿠루미의 윤기 넘치는 검은 머리카락에서 색이 빠져나가고 있었다.

뭐랄까, 치명적일 정도로 좋지 않은 일이 일어나고 있는 느낌이 들었다.

"눈을 떠요! 뜨라고요! 당신에게는, 아직 해야 할 일이 있어요!"

"해야 할…… 일…….."

"이 전쟁에서 이길 거죠?! 이겨서, 뭔가를 하고 싶죠?! 저는 그게 뭔지, 올바른지 아닌지도 모르지만, 이 말만은 할 수 있어요! 저는, 당신이, 죽지 않았으면 해요!"

모르는 것투성이인 세계에서, 엠프티에게 살아갈 지침을 제시해준 이는—.

"……그래. 죽기를 바라지는 않는구나."

"그래요!"

"당신을 마구 휘둘러대며 미끼로 쓴데다, 어쩌면…… 마지막에는 당신을 죽일지도 모르는데? 그래도 죽지 않았으면 하는 거야?"

"……죽일 거라면 옛날 옛적에 죽였을 거예요. 진짜 미끼로 삼기도 했고, 아까는 엄청 아팠지만요!"

쿠루미가 몸에 붙인 화약 때문에 그때는 꿈속을 거니는 것만 같았다. 일반적으로는 충격 탓에 실신할 뻔 했다고 표현할 것이다.

"……정말……."

쿠루미는 비틀거리면서 몸을 일으켰다. 등에 난 상처는 이미 피가 멎어 아물어가고 있었다.

"내버려둬도 세피라의 힘으로 회복될 거랍니다. 다소 시간이 걸리겠지만 말이죠."

"저기, 목욕은……."

"관두겠어요. 아, 사라지지 않으니까 걱정하지 마세요. 저는 아직 사라질 수 없어요. 그래야 할 이유가 생각났답니다."

쿠루미는 엠프티를 돌아보면서 빙긋 웃었다. 쓸쓸한 미소가 아니라, 자애심마저 느껴질 듯한 미소였다.

"아마 내일 전부 끝날 거랍니다. 마지막 남은 준정령은 엄청난 강적이죠."

엠프티는 그 말을 듣더니 고개를 갸웃거렸다.

"……어? 저기, 셰리 씨를 포함하지 않더라도 두 명 남지 않았나요?"

"한 명은 포함시키지 않아도 된답니다. 그쪽은 패배하기 위한 준정령…… 즉, 단순한 미끼에 지나지 않으니까요."

쿠루미는 그렇게 말하더니, 비틀거리면서 침실로 향했다.

"그럼 방금 말한 강적은—"

"창. 혹은 『비스킷 스매셔』. ……그렇게 불리는 준정령이에요."

"비스킷? 좀 귀여운 느낌이 드네요."

"비스킷을 으깨듯 적을 뭉개버리기 때문에 붙은 별명이랍 _{스매시}
니다."

"방금 한 말은 취소할게요. 눈곱만큼도 귀엽지 않아요. 완전 그로테스크한 장면을 상상했다고요."

쿠루미는 그 말에 답하지 않고 비틀거리면서 침실로 향했다.

엠프티는 옷의 냄새를 맡아보았다. ……화약 냄새, 그리고 피 냄새가 났다. 자신의 피가 아니라 쿠루미의 피 때문에 배인 냄새다.

더는 이 옷을 입을 일이 없을 거라고 생각한 엠프티는 아쉬워하면서 옷을 벗었다.

엠프티는 겸사겸사 속옷도 벗은 후 바로 욕실로 향했다. 그리고 샤워를 하면서 몸을 씻었다.

소녀는 물줄기를 맞으면서 곧 끝을 맞이할 이 전쟁에 대해 생각했다.

쿠루미가 말한 것처럼, 내일은 이 전쟁에 마침표가 찍힐 것이다. 자신은 이 전쟁에 휘말려 죽을 뻔 했지만, 그래도 아직 살아있다.

왜 다들 서로를 죽이기 위해 싸우는 거냐는 근원적인 질문을 던져도, 그녀들은 하나같이 「원래 그런 것이다」라고만 대답했다. 그녀들에게 있어서 삶은 곧 싸움인 것이다.

……하지만, 토나미 씨는 사랑을 갈구했다. 셰리 씨는 사랑을 동경했다.

빈껍데기인 그녀의 마음에는 확실히 그의 말과, 그의 얼굴이 새겨져 있다.

그 사람.

정령들이 차례차례 사랑에 빠졌다고 하는, 건너편 세계의 소년.

순간, 엠프티는 문득 떠올렸다. **정령들이 차례차례 사랑에 빠졌다**— 그렇다면, 토키사키 쿠루미는 어떨까.

너무 초연해서 완전히 잊고 있었다. 쿠루미는 그 사람에 대해 아는 것이 있지 않을까.

연인이 있는지, 좋아하는 사람이 있는지, 사귀는 이가 있는지, 그런 것들을 알고 있지 않을까!

사랑에 빠진 소녀는 기본적으로 사랑하는 이 이외에게 폐를 끼치는 것을 개의치 않는다. 아니, 신경 쓰는 이도 있겠지만, 적어도 엠프티는 그러지 않는다.

샤워를 마친 후, 그녀는 몸을 닦으면서 욕실을 나섰다. 속옷을 갈아입으며 복도를 나아가던 엠프티는 그대로 침실에 뛰어들었다.

"저기~, 쿠루미 씨~! 저 물어볼, 게……."

그 순간, 피비린내가 코를 스치더니, 창백한 얼굴이 눈에 들어왔다.

"으으…… 아…… 큭……!"

쿠루미는 침대에 머리를 댄 채 오른팔을 필사적으로 누르면서 고통을 참고 있었다.

"괘, 괜찮아요?!"

"……팔을…… 연결하고 있을 뿐이니까…… 신경 쓰지 마세요……."

쿠루미는 고통에 찬 목소리로 그렇게 말했다.

신경이 억지로 이어지고 있었다. 팔이 잘려나갔을 때를 능가하는 고통을 느끼면서도, 그 괴로움을 참으며 연결해야만 하는 것이다. 실신을 할 수도 없으며, 팔이 완전히 이어질 때까지 견딜 수밖에 없다.

"그, 그럼 어떻게 해야……."

엠프티가 머뭇거리면서 그렇게 말하자, 쿠루미는 고개를 저었다. 아무 것도 없다. 그녀에게도, 그리고 자신에게도 할 수 있는 일이 없는 것이다.

"……물어볼 게…… 있다면서요? 말해주지 않겠어요?"

"아, 그게, 이렇게 괴로워하는 쿠루미 씨에게 할 이야기는 아니에요······."

"괜찮아요······. 물어보세요······. 그러면······ 이 고통을 조금은 잊을 수 있을 것 같군요."

쿠루미는 힘없이 웃더니— 때때로 밀려오는 극심한 고통 때문에 인상을 찡그리면서도, 엠프티를 향해 왼손을 내밀었다.

그것은 신뢰의 증거가 아니었다.

어쩌면, 그녀는 그저 마음이 약해졌을 뿐일지도 모른다. 하지만 엠프티는 주저 없이 그 손을 움켜잡았다.

정령이 아무리 강한 존재일지라도, 역시 혼자 있으면 쓸쓸한 것이다.

"그, 그럼······. 물어볼게요."

엠프티는 머뭇거리면서 입을 열었다.

"정령이 좋아하게 됐다는 남자애를······ 쿠루미 씨는 아시나요?"

쿠루미의 표정에는 미세한 변화도 없었다.

"······아뇨, 몰라요."

엠프티는 뭔가 이상하다고 생각하면서도 계속 물었다.

"모든 정령들이 좋아하게 됐다는 남자애 말이에요. 진짜로, 모르시나요?"

"······몰, 라요······. 당신은······ 본 적이······ 있는 건가요······? 아, 참······. 당신은······ 삼켜졌었죠······."

"예. 으음, 컴파일이던가요? 그것에 휘말렸을 때, 봤어요.

건너편 세계와…… 그 사람을……."

"사랑하게…… 됐나요……?"

"……아마도요. 아뇨, 틀림없이…… 저는, 사랑에 빠졌어요."

엠프티가 그렇게 말하자, 쿠루미는 복잡한 표정을 지었다.

"이런 감각은 처음— 어라?"

가슴이 두근거렸다. 볼이 달아올랐다. 심장이 빠르게 뛰더니, 몸 내부가 왠지 간지러운 듯한, 몸이 둥실 떠오르는 듯한 감각이 느껴졌다.

그것이 사랑이라는 것을, 자신은 어째서 확신할 수 있는 걸까.

"……처음이, 아닐지도 모르겠군요."

"그게, 무슨—."

그건.

그건— 뭔가 좀 다르고, 핀트가 어긋났다는 생각이 엠프티의 머릿속을 스쳤다. 이런 감정을 다른 남성에게 품었던 적이 있는 것이 말이다. 아니, 잠깐만. 진정해라. 이러니 마치 결벽증 환자 같지 않은가.

"농담, 이랍니다."

"예?"

"당신은 분명 같은 사람을 또 좋아하게 된 거예요. 이걸로 두 번째인 거죠."

어긋난 퍼즐이 딱 맞아 들어가는 느낌이 들었다.

"저는 사랑을 해본 적이 없지만, 그에 가까운 감정은 알고 있답니다. 아니, 가까운지 아닌지— 정확하게는 알지 못하지만, 그래도 아마 같은 거라고 생각해요."

쿠루미의 호흡이 거칠어졌다. 하지만 그녀는 고통 때문에 인상을 찡그린 상태에서도 계속 말을 이었다.

"……그건……"

사랑에 가까운 감정이라면…….

"……친구가, 있었어요. 나— 저한테는, 소중한 친구가 있었죠."

이 방 안의 온도를 낮추는 듯한 쿠루미의 독백이 들려왔다.

엠프티는 조용히, 차분한 눈길로 쿠루미를 응시했다.

"의외……인가요?"

"아뇨. 실은 그럴 것 같았어요."

그때, 낙하하는 자신을 향해 손을 뻗어줬던 쿠루미는 자신이 아닌 다른 누군가를 보고 있는 것 같았다.

쿠루미는 엠프티가 아니라, 그녀의 기억 속에 있는 누군가를 향해 손을 뻗었던 것이다.

그렇게 생각하니 왠지 좀 쓸쓸했지만…… 그와 동시에 어쩔 수 없다는 생각이 들었다. 어쩌면 쿠루미는 엠프티가 그 친구와 닮았기 때문에 구해준 걸지도 모른다.

"그랬군요."

쿠루미는 약간 망설이는 듯한 표정을 지었다. 그에 엠프티는 그 표정이 쿠루미에게 어울리지 않는다는 생각이 들었다. 평소처럼, 소악마(서큐버스)라기보다 대악마(그레이트 데몬) 같은 미소를 지어줬으면 좋겠다.

"평소처럼 깔깔깔깔 웃어주세요."

"저기, 지금까지 단 한 번도 그렇게 웃은 적이 없거든요?!"

"그랬나요? 오호호호호~ 였나요?"

"……오른팔이 완전히 이어 붙은 후에, 두고 봐요."

쿠루미는 원망에 찬 눈길로 엠프티를 쳐다보며 그렇게 말했다.

엠프티는 그 말을 듣고 왠지 조금 기뻤다.

"그것보다 쿠루미 씨, 이야기를 계속해주세요."

엠프티가 재촉을 하자, 그녀는 약간 삐친 표정을 지으며 이야기를 계속했다.

"말쿠트에는 싸움을 살기 위한 동기로 삼는 준정령이 많답니다. 하지만 전부 다 그런 것은 아니죠. 그저 즐겁게 사는 것을 바라며, 그 소망만으로도 존재할 수 있는 준정령도 있어요."

그녀는 그리운 듯한, 혹은 아쉬운 듯한 어조로 추억을 이야기했다.

"저는 그 아이의 곁에 있기만 해도 즐거웠어요. 모든 것을 잃어버렸다고 생각하던 저를 격려해주고, 버팀목이 되어줬죠. 함께 웃고, 함께 생활하기만 해도 충족감을 느꼈어요.

하지만—."

그녀의 표정에 그리움 대신 증오가 어렸다.

"그녀는 살해당했어요."

"어…… 살해당했다고요……?"

"이 게임에 휘말려서, 필사적으로 싸우고 싸우고 또 싸운 끝에— 무참히 살해당했어요. 아니, 단순히 살해당한 게 아니라 농락당했어요. 그녀를 유린하고, 능욕한 끝에, 인간성을 짓밟았죠."

"어, 대, 대체 누가……?!"

쿠루미는 증오에 찬 표정을 지으며 그 저주받은 이름을 입에 담았다.

"—『돌마스터』. 이 말쿠트의 도미니언이에요."

그 이름을 입에 담은 순간, 쿠루미는 고통조차 잊은 것 같았다. 그런 그녀에게 존재하는 것은 송곳니를 갈며 복수를 준비해 온 고독한 늑대의 증오였다.

"……그, 그럼, 이 싸움에 참가한 건 『돌마스터』를 쓰러뜨리기 위해서인가요?"

그렇다. 이 전쟁의 승리자에게 주어지는 상은 강대한 세피라다. 쿠루미는 엠프티의 물음에 빙긋 웃으며 대답했다.

"후우, 바보군요. ……그런 걸, **진짜로 줄 거라고 생각하나요?**"

그 순간, 엠프티의 등을 타고 혐오에 가까운 한기가 흘렀다.

"……그럼, 다들 속아서……."

"예. 애초에 이 싸움 자체가 헛짓거리랍니다. 정말 꼴사나운 헛짓거리죠. 하지만— 도미니언의 꼬리라도 잡기 위해서는 이 싸움에 참가하는 수밖에 없어요."

신중, 교활, 겁쟁이.

말쿠트를 지배하는 『돌마스터』는 그런 준정령이다.

타인을 능가하는 압도적인 힘을 지녔지만, 결코 모습을 드러내지 않는다. 모습을 드러내는 것은 지배하에 둔 것으로 추정되는 준정령들뿐이다.

"폴스 프록시도 그 중 한 명이에요. 이미 확인했죠. 애초에 위조, 대리라니…… 사람을 바보 취급하는 데도 정도라는 게 있어요."

"아……!"

엠프티는 손뼉을 쳤다.

"어쩌면 일부 준정령은 눈치를 챘을지도 몰라요. 아뇨, 눈치를 챘으면서도 그 유혹에서 벗어나지 못한 거겠죠. 게다가, 설마 도미니언이 솔선해서 룰을 어길 거라고는 예측 못 했을 거랍니다."

철화(鐵火) 같은 전투를, 뇌화(雷火)같은 전장을, 열화(烈火) 같은 전쟁을…….

생명을 배팅함으로써, 이 영역의 준정령들은 삶의 실감을 얻고, 그것을 꿈이라 믿으며 싸운다.

그러니 이 영역의 도미니언도 비슷한 타입일 거라고 생각했다. 몰래 싸움에 참가해서, 삶의 실감을 얻고 있을 거라고 말이다.

하지만 토키사키 쿠루미는 알고 있다. 세상에는 악의가 분명 존재하며, 보편적인 상식은 그 악의에 의해 간단히 뒤집힌다.

설령, 준정령이 꿈을 품지 않으면 사라지고 말지라도…….

그 꿈을 이용해, 살고자 하는 사악한 존재는 분명 존재하는 것이다.

"그럼 쿠루미 씨는—."

"당신이 상상하는 대로예요. 저는 원수를 갚기 위해 싸우고 있는 거랍니다."

"그건— 뭔가—."

엠프티는 그게 어엿한 동기라고 생각했다. 하지만, 역시 뭔가가 어긋났다는 느낌을 받았다.

하지만 그 점을 지적했다간, 뭔가가 끝나고 말 듯한 느낌이 들었다.

"……당신, 참 재미있는 표정을 짓고 있군요."

"쿠루미 씨, 말이 너무 심한 거 아닌가요?!"

"칭찬 삼아 한 말인데 말이죠."

칭찬이 아니다. 그 누구도 방금 그 말을 칭찬이라고 생각하지 않을 것이다.

"저는 사랑에 빠진 소녀란 말이에요. 좀 배려를 해달라고요."

"어머나. 그럼 팥밥이라도 현현시킬까요?"

"그건…… 다른 의미에서 전혀 신경을 써주지 않는 것 같네요……."

그렇다. 사춘기 소녀로서는 경사스러운 날에 먹는 팥밥이 자기가 사랑에 빠진 걸 기념해서 식탁에 올라오는 것도 NG가 아닐까 하는 생각이 들었다.

"저기…… 그 친구는 어떤 분이었죠?"

"사람이 뒤편을 돌아보려고 하면, 목을 부러뜨려서라도 앞을 보게 하는 분이었답니다."

"나, 난폭하네요?!"

"앞만 보며 나아가고 또 나아갔죠. 아무리 아파도, 울고 싶어져도, 일단 앞만 봤어요. 그런데 남들의 곱절로 순수하다고나 할까, 상처입기 쉽다고나 할까요. 툭하면 울음을 터뜨리는지라, 제가 자주…… 위로해줬답니다."

이 말쿠트에서, 싸우고, 죽이고, 살아남아서, 강해진다.

그것은 꿈을 품고, 추락하지 않기 위해 꼭 필요한 일이다.

"하지만 그 애는 그런 꿈을 품은 자신과, 그런 꿈을 품고 있는 다른 누군가를 추락시키는 것에서, 덧없음을 느끼고 있었어요."

꿈이라는 것은 결코 혼자서 가지고, 혼자서 완결시킬 수 있는 것이 아니다.

한 사람이 꿈을 이룬다면, 그 이면에는 꿈을 이루지 못한
채 울고 있는 열 명의 소녀가 있다. 그것이 도리이며, 논리이
자, 당연한 일이다.

"사랑도 마찬가지예요. 사랑을 이룬다면, 그 사람을 좋아
했던 다른 누군가가 분명 눈물을 흘리겠죠. 상처입고 말겠
죠. 어쩌면, 다음 사랑은 생각도 못할 정도로 말이에요."

"……그렇겠죠."

안다. 엠프티도 알고 있다.

그리고 자신의 사랑이 이뤄지지도 않을 거라는 것을— 알
고 있다.

모든 정령들이 그를 사랑하고 있다면, 분명 자신은 정령
들보다 뒤쳐져 있을 것이다. 일방통행의 짝사랑인 것이다.
게다가 자신은 아름답지도 않고, 강하지도 않다.

자신은 빈껍데기에, 허무하며, 아무 것도 없다.

그러니, 이 사랑의 결말은 쉬이 상상이 되었다.

그래도…….

"그래도, 좋아요."

엠프티는 온화한 어조로 그렇게 말했다.

"차이면 분명 슬프겠지만, 지금 저는 살아있다는 느낌이
들어요. 그 사람을 생각하기만 해도 가슴이 뜨거워져요. 지
금은, 그것만으로 충분해요."

사랑을 하고 있다. 그것만으로 만족할 수 있었다.

쿠루미는 눈을 가늘게 떴다. 가여워하듯, 사랑스러워하듯…….

"당신의…… 사랑이…… 이뤄졌으면…… 좋겠군요……."

쿠루미가 그런 흔한 말을 입에 담자, 엠프티는 약간 당황했다.

"……고, 고마워요……. 저기, 다른 의미 같은 건 없죠……?"

실은 그 말을 들으면 사랑이 꼭 실패한다, 같은 의미 말이다.

"확 쏴버릴 거예요."

쿠루미가 어느새 꺼내든 단총으로 자신을 겨누자, 엠프티는 허둥지둥 변명을 늘어놓았다.

"죄, 죄송해요! 쿠루미 씨가 저를 순수하게 응원해줄 거라는 생각은 들지 않아서요."

"……그건 그렇겠죠."

"그것보다, 여기는 괜찮나요?"

"뭐가 말이죠?"

"으음, 『돌마스터』라는 사람이 룰을 아무렇지도 않게 깬다면, 저희는 지금 위험한 거 아닌가요?"

수업이 끝났다는 것을 알리는 종은 분명히 울렸다. 하지만 **습격을 하지 않는다**는 보장이 없는 것이다.

"예. 그래서 미끼를 준비해뒀답니다. 이 마을에 있는 주택 중 약 4할에 제 흔적이 남아 있고, 함정도 쳐뒀죠. 그녀의 수법은 잘 알고 있어요. 이 집이 저희가 어제 묵은 집이 아니라는 건 눈치챘나요?"

전혀 눈치채지 못했다. 위화감조차 느끼지 못했다. 겉모습과 내부 구조가 동일하기에 의심조차 하지 않았다. 그러니 어느 길을 통해 이곳에 왔는지 생각조차 하지 않았다.

"어? 하지만 어제는 추적을 당하지 않았는데요?"

"고의로 그런 거랍니다. 『돌마스터』가 이 게임에 개입하는 건 이틀째부터죠. 첫날은 상황을 지켜보기만 하니 경계심을 가지게 할 필요는 없어요. 그리고 이틀째부터는 그녀를 조심해야만 하죠."

쾅, 하는 폭발음이 들렸다. 이 집이 아니다. 한참 떨어진 곳에 있는 뭔가가 폭발한 것 같았다.

"……방금 그건……."

쿠루미는 손가락을 입술에 댔다.

"아무래도 걸려든 것 같군요. **그 녀석**은 부하를 잃는 걸 정말 싫어한답니다. 그러니 오늘은 괜찮을 거예요. ……그러기를 기도할 수밖에 없죠."

"기도— 말인가요."

운을 하늘에 맡길 수밖에 없다. 틀린 말은 아니지만, 불안감이 들었다. 『돌마스터』의 부하가 이 장소를 찾아내면 그걸로 끝인 것이다.

"앞으로 몇 시간은 더 견뎌야겠군요. 내일은 분명 전투를 연달아 치러야만 할 테죠."

고통을 견디고, 공포를 견디며, 하염없이 내일을 기다린다.

게다가 연이어 전투를 치러야만 하는 것이다. 한 명은 마지막까지 남은 강적— 창. 다른 한 명은 이 영역의 지배자인 『돌마스터』.

엠프티는 확신에 가까운 오한을 느끼며 그 자리에서 얼어붙었다.

사람은 누구나 행복해지기 위해 살고 있다.

문제는 남들이 보기에 그것이 아무리 비참하더라도, 본인 이외에는 행복을 이해하지 못하더라도, 역시 본인은 행복하다는 점이다.

제삼자는 일반적인 상식과 윤리관으로 그것을 잴 수밖에 없다.

엠프티는 제삼자이며, 친구를 향한 토키사키 쿠루미의 마음이 얼마나 강한지도 모른다. 하지만, 이것만은 확신을 담아 말할 수 있다.

"힘내요……."

토키사키 쿠루미는 자신의 소망을 이룰 수 있다면, 죽어도 좋다고 생각하는 게 틀림없다—.

"힘내, 세요."

엠프티는 희미하게 떨리는 목소리로 격려했다.

"그렇게 생각한다면, 계속 이야기를 나누죠. 그리고 부디,

저보다 먼저 잠들지 말아 주세요—.”

쿠루미는 그렇게 말하면서 미소 지었다.

엠프티는 고개를 끄덕인 후, 이야기를 시작했다. 기억은
없지만, 이야깃거리는 셀 수도 없을 만큼 많았다.

그도 그럴 것이, 엠프티는 사랑에 빠졌다. 쿠루미는 때때
로 날카로운 지적을 했지만, 그녀의 표정은 고통을 참고 있
는 것처럼 느껴지지 않을 만큼 온화했다.

이 며칠 중에서 가장 길고, 가장 평온한 시간을, 두 사람
은 보내고 있었다.

◇

“—으, 으, 으. ㅇㅇㅇㅇㅇㅇㅇㅇㅇㅇㅇㅇㅇㅇㅇㅇㅇㅇㅇ
ㅇㅇㅇㅇㅇㅇㅇㅇㅇㅇㅇㅇㅇㅇ…… 휴우.”

『돌마스터』가 탄식을 터뜨렸다. 발을 들이는 순간, 제5영
속의 영장을 개조해서 만든 함정에 부하가 집과 함께 박살
이 났다. 비싸고, 소중하며, 사랑스러운 인형 두 개가 완전
히 불타면서 파괴되더니, 재기불능 상태가 되었다.

겨우 두 개. 겨우 두 개지만, 『돌마스터』의 마음은 깊은
상처를 입었다. 사랑스러운 자기 자식을 잃은 어머니 같은
심경이 되었다.

영상이 바뀌더니, 리코스의 얼굴이 나왔다. 『돌마스터』는

오늘도 아름다운 리코스를 자랑스럽게 생각했다.

『어떻게 할까요?』

리코스의 물음에 『돌마스터』는 잠시 동안 생각에 잠긴 후에 대답했다.

"반응은 몇 개나 남아있어?"

『163채의 집에서 영력 반응이 확인되었습니다. 아마 단 한집을 제외하고 전부 같은 규모의 함정이 쳐져 있을 거라 여겨집니다.』

"용의주도하네. 하루 이틀 만에 준비할 수 있는 규모가 아니야~."

『계산에 따르면 빨라도 석 달은 걸릴 겁니다. 그리고 아무에게도 들키지 않으며 움직이려면 석 달은 더 걸릴 테죠. 총반년은 들였을 거라고 추정됩니다.』

"아냐. 아마 다른 함정도 준비해뒀을 가능성이 커. 열 받지만, 철저하게 처리하자. 토키사키 쿠루미와는 내일 결판을 내는 거야."

『예. 아카코마치, 주인님을 잘 부탁한다.』

"알았어요."

리코스의 영상이 종료됐다.

"오늘도, 내일도, 모레도, 앞으로, 영원토록— 이 영역은, 우리 것이야."

싸움은 바보 같은 짓이지만, 승리는 올바르다.

그러니, 중요한 것은 「싸우기 전에 이기는 것」이다. 전쟁^{데이트} 같은 것은 바보 같은 짓이다. 그런 것을 시작하기도 전에, 이미 『돌마스터』는 승리한 것이다.

"주인님, 주인님. 방금 돌아왔습니다."

인형 두 개가 하늘을 날면서 돌아왔다. 천사를 연상케 하는 옷을 입고, 등에 날개가 달린 이 인형들은 『돌마스터』가 자신 있게 내놓을 수 있는 작품이었다.

"어땠나요?"

아카코마치가 말을 걸자, 천사 인형 중 하나가 감격한 것처럼 몸을 배배 꼬았다.

"제6영역까지 간 건 처음이었어요."

"대단했어~."

"맞아~."

"……수확은 있었나요?"

아카코마치가 묻자, 천사 인형을 고개를 끄덕였다.

"물론이죠. 수확이 없으면 돌아오지 말라는 명령을 받았으니까요!"

"즉, 우리는 귀환하지 못할 가능성도 있었던 거구나!"

"무시무시하네!"

아카코마치는 짜증이 났는지 손에 든 부채로 천사 인형의 머리를 때렸다.

"……잔말 말고 설명이나 하세요."

"예~." "예이예이~."

천사 인형은 담담하게, 자신이 모아온 정보를 말했다. 『돌마스터』의 표정이 점점 환해졌다.

"그래. 역시 그랬구나. 수고했어. 물러나도 돼."

천사 인형은 와아~ 하고 기뻐하면서 방에서 나갔다.

"토키사키 쿠루미는 어떻게 하죠?"

아카코마치가 그렇게 묻자, 『돌마스터』는 안도의 한숨을 내쉬었다.

"괜찮아. 언제든 처리할 수 있는 존재라는 걸 알았잖아. 그래도 조심은 해야 해. 그것보다, 다른 한 명이 문제야. 창은 어쩌고 있어?"

아카코마치는 아까 받은 보고를 전달했다.

"들판에서 자고 있습니다."

"습격당할 거라는 생각은 전혀 안 하는 걸까?"

『돌마스터』는 어이없다는 투로 그렇게 말했다.

"아니면 실력에 자신이 있는 거겠죠."

"……뭐, 좋아. 어차피 내일은 전부 끝낼 거잖아. 평소보다 불확정요소가 약간 많지만, 결말은 평소와 똑같이 가자. 이곳은 『돌마스터』의 먹이터. 타인이 끼어들 여지는 없어."

◇

어느새 잠들어 버린 것 같았다. —엠프티가 눈을 떠보니, 쿠루미는 자신의 오른손을 쥐었다 펴기를 반복하고 있었다.

"괜찮……아요?"

엠프티가 머뭇거리면서 물어보자, 쿠루미는 빙긋 웃었다.

"예. 어찌어찌 될 것 같군요."

"다행이에요……."

엠프티는 진심으로 안도했다.

아침 햇살에 비친 쿠루미에게는 어제 벌인 사투의 흔적과 핏자국이 남아있었다.

"샤워를 할 시간은—."

"……으음, 그럴 시간은 있을 것 같군요."

"그럼 갈아입을 옷을 준비할게요……. 아, 옷은 어디에 있나요?"

"지금 옷을 만들 테니, 챙겨놔 주세요."

쿠루미는 영력으로 옷을 만들더니, 그것을 엠프티를 향해 던졌다.

"알았어요. 그럼 커피라도 끓일게요."

"저는 각설탕을 세 개 넣어 주세요."

쿠루미가 욕실에 들어가고 얼마 지나지 않아, 샤워 소리가 들려왔다. 엠프티는 그 소리를 들으면서 욕실 앞에 그녀가 갈아입을 옷을 가져다뒀다. 그리고 문득 쿠루미를 쳐다보았다. 불투명 유리 너머에 있어서 명확하게는 보이지 않지만, 흐릿하게 보이는 새하얀 등이 아침부터 요염해 보였다. 그런 그녀를 보고 이상한 기분이 든 엠프티는 고개를 돌렸다.

문득 더러워진 쿠루미의 옷을 세탁기로 빨자고 생각하며, 엠프티는 그 옷을 안아들었다.

나중에 돌이켜 보니, 이 옷도 영력으로 만든 것이라 그냥 버리면 될 것이기에 쿠루미는 엠프티가 그걸 빨 거라고는 생각하지 못했을 것이다.

그러니, 그 사진을 발견한 것은 그야말로 우연이었다.

옷을 안아든 순간, 그것은 목욕 매트에 떨어졌다. 메모 같은 걸까, 라고 생각하며 그걸 주워든 엠프티는— 뒷면을 보자마자 그대로 얼어붙었다.

샤워 소리, 아니, 모든 소리가 멀어져 가는 느낌이 들었다.

사진에 쿠루미가 찍혀 있었다면, 그냥 미소를 지었을 것이다. 사진에 쿠루미와 다른 누군가가 함께 찍혀 있었다면, 어제 들은 이야기 속의 그 친구일 거라 생각하며 안타까운 감정을 느꼈을 것이다.

하지만 그 사진에는 쿠루미가 찍혀 있지 않았다. 사진에 찍힌 한 사람은 푸른색이 살짝 섞인 단발머리를 지닌 소녀였다. 그리고 다른 한 사람은 쿠루미에게 버금갈 정도로 잘 아는 소녀였다.

엠프티.

빈껍데기인 자신, 기억이 없는 자신, 무력하기 그지없는 자신.

그런 자신이 단발머리 소녀와 손을 잡은 채 멋쩍은 듯이 웃고 있었다.

"이거…… 나……?"

예를 들어, 이걸 보고 갑자기 기억이 되돌아오는 것 같은 사태가 벌어졌다면 비명이라도 질렀을지도 모른다.

하지만, 엠프티는 아무 것도 느끼지 못했다. **자신과 똑같이 생긴 누군가가 사진에 찍혀 있다고**, 그냥 생각했을 정도로 말이다.

경악은 했다. 그 자리에서 얼어붙어버릴 만큼 놀랐다. 하지만— 실감, 이라고 부를 만한 감정이 눈곱만큼도 샘솟지 않았다.

이렇게 사이가 좋아 보이는데도, 뇌리를 스치는 희미한 기억조차 존재하지 않았다.

엠프티는 조용히 그 사진을 옷 사이에 끼웠다. 그리고 갈아입을 옷을 옆에 둔 후, 욕실을 나섰다.

남은 의문은 단 하나다. 왜 나의^{엠프티} 사진을 쿠루미가 가지고 있으며, 그걸 숨기고 있는 건가.

숨기고 있다기보다…… 소중히 여기고 있다고나 할까?

—어쩌면…….

"나와, 쿠루미 씨가 만난 건…… 우연이 아닌 걸까?"

그렇게 된 것일까. 그 만남은 계산된 것일까. ……잘 모르 겠다. 생각을 하면 할수록 현기증이 났다. 아무 것도 없는 선 반을 필사적으로 뒤지고 있는 듯한, 덧없는 느낌이 들었다.

엠프티는 커피를 끓이면서 멍하니 생각해봤다. 하지만, 역 시— 그 사진에서는 놀라움 이외의 그 어떤 감정도 느끼지 못했다.

……나는, 그 정도로 비정한 아이인 걸까. 무신경한 아이 인 걸까. 아니, 좀 무신경한 것 같기는 했다.

소중히 여겼던 친구를, 이렇게 간단히 잊을 정도로…… 나는, 변변찮은 아이인 걸까.

"휴우…… 개운하군요."

심호흡을 한 후…….

빙글 돌아선 엠프티는 미소를 지었다.

"커피를 끓였어요. 각설탕 세 개, 맞죠?"

"예, 고마워요."

엠프티는 자신이 의심을 사지 않을 만큼 잘 웃었다고 생 각했다.

"자, 출발하죠."

"예~!"

엠프티는 일단 침실 침대를 정리하기로 했다. 다른 사람이

이 집을 이용하는 건 아니지만, 최소한의 예의를 지킬 필요는 있는 것이다.

쿠루미는 쓴웃음을 지으면서 엠프티를 기다려줬다.

"기다리게 해서 죄송해요. 쿠루미 씨. 그럼—."

그 소리는 꽤나 크고, 또한 일상적이었다. 딩동, 하는 경쾌하기 그지없는 전자음이 들렸다. 들릴 리가 없는, 들려서는 안 되는 소리였다.

쿠루미는 이미 단총을 꺼내들었고, 엠프티는 그저 멍하니 현관문을 쳐다보고 있었다.

쿠루미는 천천히 현관문을 열었다.

"……."

한 소녀가 현관 앞에서 침묵을 지키고 있었다. 등에는 핼버드를 맸다. 마치 기사 갑옷 같은 〈브리니클〉을 걸친 그녀는— 예의 그 가짜를 제외하면 유일하게 살아남은 준정령, 창이었다.

"여길, 어떻게 알았죠?"

"샤워 소리. 영력을 추적하거나 냄새를 맡아도 알 수 없었지만, 순수한 소리는 완전히 감추지 못했어."

창이 담담한 어조로 그렇게 말하자, 엠프티는 경악했다.

대체 어떻게 하면 집 안에서 흘러나온 미세한 샤워 소리를 들을 수 있는 걸까.

"어머나, 귀가 정말 좋은가 보군요."

창은 고개를 끄덕였다. 쿠루미의 칭찬을 듣고 부끄러워하는 것인지, 새하얀 볼이 약간 발그레해졌다.

"저, 저기, 목적은 역시……."

"살아남은 건, 너뿐이야."

창은 쿠루미를 담담히 쳐다보며 말했다.

"어머나, 피로시키 같은 이름을 지닌 분이 한 명 더 있지 않았나요?"

"그건, 해치워봤자 의미 없어."

창은 여전히 담담한 목소리로 그렇게 말했다. 의미가 없다, 고 말한 것을 보면― 내막을 알고 있는 것이다.

"저, 저기, 창 씨."

"……응?"

창은 엠프티를 힐끔 노려보았다. 쿠루미와 이야기를 나눌 때와는 다르게, 엠프티를 쳐다보는 창의 눈빛에는 살의가 흐르고 있었다.

"히익, 왜, 왜, 노려보는 거죠?"

엠프티가 겁먹자, 창은 갑자기 미안하다는 듯한 표정을 지었다.

"미안, 아무 것도 아냐. 무슨 일이지?"

"그게, 협력을 할 순 없나 싶어서요. 으음, 함께 도미니언을 쓰러뜨리는 건 어때요?"

"거론할 가치도, 없어."

창은 엠프티의 제안을 딱 잘라 거절했다. 그리고 쿠루미를 손가락으로 가리키며 단언했다.

"이 사람, 나한테 몰래 기습을 할 거야."

엠프티는 불같이 화를 내며 외쳤다.

"그런 짓! 안 해요! 할 리가 없어요! 할지도 몰라요! 할 가능성도 있어요!"

"이럴 때는 딱 잘라 말하는 게 어때요?"

쿠루미가 엠프티에게 태클을 날렸다.

뭐, 솔직히 말하자면 엠프티는 쿠루미가 창에게 몰래 기습을 할 거라고 장담할 수 있다. 그리고 쿠루미도 그 점을 알고 있다. 창 또한 의문을 품고 있는 게 아니라 아예 확신하고 있었다.

"여러분, 서로를 잘 이해하고 있는 것 같군요!"

"맞아요."

"어디서, 붙을래?"

아무래도 결투를 어디서 할 건지 물어보는 것 같았다.

"여기서 좀 떨어진 곳이면 좋겠는데 말이죠……."

창은 그 말을 듣더니 고개를 끄덕였다.

눈부신 아침 햇살을 바라본 엠프티는 눈을 가늘게 떴다. 쿠루미가 앞장을 섰고, 창이 그 뒤를 따랐으며, 엠프티는 가장 뒤편에서 걷고 있었다.

쿠루미가 걸음을 멈췄다. 이런 주택가 한복판에서 결투를 하는구나, 라고 생각한 엠프티는 전봇대 뒤편에 숨으려 했다.

"……무슨 볼일이라도 있나요?"

쿠루미는 엠프티가 숨은 전봇대 위를 노려보았다. 엠프티가 덩달아 고개를 들어보니, 그곳에는 『돌마스터』의 인형이 달라붙어 있었다.

『아뇨~, 그저 구경 온 것뿐이니 신경 쓰지 마세요.』

창이 인형은 쳐다보지도 않으며 등에 짊어진 핼버드를 움켜쥐더니, 하늘을 향해 수직으로 휘둘렀다.

전봇대와 인형이 산산조각 났다. 말 그대로 산산조각이^{비스킷 스매시} 난 것이다. 그리고 박살 난 인형의 파편을 뒤집어쓴 엠프티가「꺄아!」하고 비명을 질렀다.

"방해돼."

창이 허공을 노려보자, 광학미채 같은 것으로 모습을 감추고 있던 인형 몇 개가 겁을 집어먹은 것처럼 모습을 드러내더니 허둥지둥 도망쳤다.

"멋지군요."

"뭐, 어차피 싸우는 사이에 또 다가오겠, 지만……."

쿠루미가 칭찬을 하자, 그 말에 답하던 창이 갑자기 경악했다.

쿠루미가 모습을 감춘 것이다.

"어떻게 된, 거죠……?"

순식간에 벌어진 일이었다. 쿠루미는 창과 엠프티의 앞에서 모습을 감춘 것이다.

　"어디, 갔지……?!"

　창은 허둥지둥 주위를 살폈다. 주택가 한복판에 있는 사거리라고는 해도, 모습을 감추기에는 좋은 위치가 아니었다.

　하지만 엠프티는 그녀가 어떤 방법으로 모습을 감췄는지 알고 있었다.

　'그림자 속으로 들어간 거야……'

　토키사키 쿠루미는 그림자 안에 들어갈 수 있다. 단 한순간이라도 쿠루미에게서 눈을 뗀다면, 그녀는 바로 그 능력을 발동시켜서 모습을 감출 수 있다.

　창이 엠프티를 노려보았다.

　"히익! 아, 아무 것도 몰라요! 모른다고요!"

　엠프티는 허둥지둥 손을 내저으며 부정했다. 거짓말을 하느라 떠는 건지, 그저 자신이 무서워서 저러는 건지, 창은 판단할 수가 없었다.

　창은 도약하더니, 공중에 몸을 고정시킨 채 주위를 둘러보았다. ―쿠루미의 모습은 보이지 않았다. 소리도 들리지 않았다.

　하지만, 창은 남에게 자랑하고도 남을 만한 뛰어난 감각을 하나 더 가지고 있었다. 바로 후각이다.

　창은 사냥개에게 버금가는 엄청난 후각을 발휘해서, 아까

인접한 거리에서 맡았던 쿠루미의 냄새를 찾았다. 바로 그때, 그녀의 흐릿한 체취가 코끝을 스쳤다.

방향 탐지, 거리 파악— 정확한 좌표를 산출했다.

'찾았다—!'

창은 그쪽을 향해 살기를 뿜었다. 웬만한 이들은 순식간에 **꼼짝도 하기 싫게 만드는** 얼음 같은 기운이었다.

하지만 그곳에는 아무 것도 없었다. 전봇대, 그리고 전봇대 아래편에 쌓여 있는 쓰레기봉투뿐이었다.

"⋯⋯윽?!"

기묘한 일이 연이어 일어나자, 창의 머릿속은 혼란으로 가득 찼다. 창에게 싸움을 가르쳐 준 준정령은 그녀에게 우직하게 싸우라고 말했다.

—너는 언젠가 현명함을 손에 넣어 더욱 강해질 거야.

—하지만 그때까지는 아무 생각 없이 싸워야만 해.

—왜냐하면 너는 괜한 생각을 하면 약해져. 육체가 그런 식으로 만들어진 거야.

—본능에 따라 적을 먹어치우고, 죽여. 그러면 너는 도미니언조차 능가할 수 있어.

—그리고 만약, 그게 통하지 않는 적을 만난다면⋯⋯.

—너와 상성이 최악이고, 너에게 있어 능력적으로 최악이며, 네가 기피해야 할 최악이 나타난다면⋯⋯.

—방법은, 하나뿐이야.

쓰레기봉투 뒤편에서 **스르륵** 하고 새하얀 팔이 튀어나왔다.
"윽!!"
탄환이 발사됐다. 칠흑빛 탄환이 공기의 벽을 꿰뚫고 창을 덮쳤다. 상대와의 거리는 약 200미터, 단총으로 명중시키기 위해서는 기적이 필요한 거리지만, 쿠루미에게 있어서는 식은 죽 먹기일 것이다.

그리고 200미터나 떨어진 결과, 대처할 여유가 생긴 점이 창에게 약간의 짜증과 기쁨을 동시에 느끼게 했다.

그렇게 자신이 무서운 건가. 친구를 버릴 정도로 말이다.

분개하면서 화풀이라도 하고 싶은 심정이었지만, 그와 동시에 실력을 인정받은 듯한 느낌이 들어서 약간 기뻤다.

창은 당연하다는 듯이 탄환을 쳐냈다.

그녀의 단총으로는 자신의 방어를 뚫을 수 없다. 물론 그녀의 탄환이 지닌 능력도 파악했다.

자기 자신에게 탄환을 쏴서 신체능력을 배가시키는 【알레프】를 통한 기습을 주의해야 한다.

창은 영장의 힘을 전부 끌어올려서, 200미터 떨어진 곳에 있는 쿠루미에게 1초 안에 도달하기로 결의했다.

그림자에서 그녀를 끌어내는 데 1초, 박치기로 의식을 상실시키는 데 1초, 그리고 〈라일랍스〉로 박살내는 데 1초.

총 4초.

그 정도 시간이면 충분히 죽일 수 있다. 상처 입는 것은 두려워하지 않는다. 두려운 것은 패배뿐— 아니, 패배도 아니다.

창은, 자신이 무엇을 두려워하는지 생각했다.

그 무언가가 구체적으로 생각나지 않았다. 생각나지 않지만, 이 말만은 할 수 있다.

이 두려움은 분명, 틀림없이, 저 토키사키 쿠루미에게서 기인한 것이다.

그러니 울부짖는다. 울부짖으며, 위협하고, 노려봐서 살의를 전한다.

—가라, 가라, 가라!

창은 자기 자신에게 명령을 내렸다. 그녀의 〈브리니클〉은 탐욕적으로 영력을 삼키더니, 광기어린 속도로 창을, 말 그대로 『발사』했다.

탄환을 날리는 쿠루미에게, 창은 자기 자신을 탄환 삼아 공격을 감행했다.

자폭에 가까운 위험한 공격이다. 하지만 그 대가로 정령, 토키사키 쿠루미를 해치울 수 있다면 오히려 이득이라고 창은 생각했다.

1초 만에, 그림자에 도달했다.

1초 만에, 그녀를 그림자에서 끌어냈다.

1초 만에, 그녀에게 강렬한 박치기를 날릴 예정이었지만…….

총성이 울려 퍼졌다.

하지만 영장 덕분에 대미지는 가벼웠다. 대미지를 개의치 않으며 박치기를— 날리지 못했다.

느리다. 무겁다. 괴롭다.

진흙 안에 몸이 갇혀 버린 것처럼, 몸이 무겁다. 움직임은 거북이처럼 둔중했지만, 사고 회로의 속도는 변함이 없기에 자신이 느려 터졌다는 것을 자각할 수 있었다.

"〈자프키엘〉— 【두 번째 탄환】."

토키사키 쿠루미가 지닌, 필살의 카드. 시간이 느릿하게 흐르면서, 고속을 저속으로, 저속을 정지나 다름없게, 토끼를 거북으로 바꿔버리는 공포의 동화(童話)였다.

쿠루미는 씨익 웃었다.

창은 쿠루미가 연이어 날린 탄환에 반응할 수 없었다. 연달아 날아오는 탄환에 영장이 대미지를 입더니 부서지기 시작했다.

분쇄하는 이가 어느새, 분쇄당하는 이가 되었다.

◇

토키사키 쿠루미는 결국 전력을 다했다. 이 기회를 놓치면, 자신은 그녀를 쓰러뜨릴 수 없다는 것을 이해했으며, 죽이지 않는 한 그녀가 멈추지 않는다는 것도 이해했다.

　이기면 충신, 지면 역적. 자신에게는 정의나 사악 그 어느 것도 없다. 그렇기에 온갖 책략을 동원하는 것이 그녀의 방식이었다.

　필사적이네, 하고 자조하듯 생각했다.

　수많은 꿈, 수많은 준정령을 짓밟은 목적을 타인에게 밝힌다면, 다들 한심하다 할 것이다.

　그래도—.

　그래도 몸이, 마음이, 말로 형용할 수 없는 무언가에 의해 움직였다.

　창의 영장을 부순 탄환이 드디어 창의 몸에 맞았다. 이제 【베트】의 효과가 사라질 때까지 탄환을 쏠 뿐이다.

　쐈다.

　그녀가 죽을 때까지 쏜다. 죽을 때까지 죽인다.

　쐈다.

　박살난 영장을 관통한 탄환이 드디어 창의 몸에 박혔다.

　쐈다.

　문득, 쿠루미는 그녀의 영장에 대해 떠올렸다.

　준정령이 지닌 다른 영장과 다르게, 그녀의 영장은 손꼽

힐 정도로 이단적이었다(물론, 정령들이 지닌 신위영장은 예외다).

이단적이라는 것은, 곧 교활하다는 것을 뜻했다.

교활하다는 것은, 곧 강하다는 것을 뜻했다.

준정령들 사이의 소문에 의하면, 영장의 힘은 본인의 정신력이 얼마나 튼튼한가에 달려 있다.

그 말이 사실이라는 생각이 들 정도의 영장이었다.

내구력이 두드러졌으며, 속도 또한 상상을 초월했으며, 정밀 기동성도 우수했다. 하지만 그런 점 때문에 교활하다는 게 아니다.

〈브리니클〉의 본질은 죽음이다. 그저 다가가기만 해도 적은 죽음에 이른다.

그래서 그녀를 상대할 때에는 **먼 곳에서, 다가가지 않으며, 일방적으로 철저하게**, 박살내야만 한다.

200미터를 1초 만에 이동한 창보다 30초 뒤늦게, 엠프티가 그녀들의 싸움을 두 눈으로 살펴볼 수 있는 장소까지 도달했다.

"쿠루미 씨—?!"

경악했다.

영장에 닿을 만큼 창과 가까운 곳에 있던 쿠루미에게, 그 일은 순식간에 벌어졌다. 총을 움켜쥔 그녀의 왼손과 오른발이 얼어붙은 것이다.

"……이…… 영장……!"

공허한 눈빛을 띤 창의 손이 고통스러워하는 쿠루미에게 서서히 다가갔다. 이미 전봇대와 벽, 도로가 얼어붙었다.

그 중심에 있는 이는 바로 푸른 소녀였다.

"쿠루미 씨, 정신 차려요……!"

엠프티의 격려 덕분에, 흐릿해지던 의식이 되살아난 걸까.

아니면, 무의식적인 행동일까.

아무튼, 쿠루미는 방아쇠를 당겼다. 얼음을 부수고, 영장을 부쉈다.

"크, 으으으으으……!"

창이 팔을 뻗더니, 쿠루미의 가느다란 목을 움켜잡았다.

"산산조각 내지 않는 건가요……?!"
^{비스킷 스매시}

"그런, 식으로, 방식에, 얽매인 적, 없어……! 애초에, 쿠루미를 상대로, 수단과 방법을 가릴까 보냐……!"

살해할 수 있을 때, 살해한다.

죽일 수 있을 때, 죽인다.

살금살금, 죽음이 쿠루미에게 다가가고 있다. 하지만 그녀의 견고한 의지 때문인지, 아니면 토키사키 쿠루미가 그런 생물인 건지…….

쿠루미는 인정사정없이 방아쇠를 당기고 있었다. 공격을 날릴 때마다, 창의 손에서 힘이 빠졌다. 그 약간의 틈을 이용해 그림자가 단총에 빨려 들어갔다.

두 사람은 서로의 죽음이라는 결말을 향해 달려가고 있지만, 그 두 사람 사이에 차이를 만든 것은 천사도 아니거니와 영장도 아니었다.

◇

그것은 바로, 살의의 차이였다.

창은 지금까지 의도적으로 사람을 죽이자고 생각한 적이 없었다.

자신의 무명천사인 〈라일랍스〉를 휘둘러서 상대를 박살낸 것은 단순한 결과에 지나지 않는다. 손속에 여유를 둘 수도 없었으며, 승리를 위해 싸운 결과로서 상대가 죽음에 이르렀을 뿐이다.

하지만, 토키사키 쿠루미는 달랐다.

그녀는 이겨야만 했다. 자신이 짓밟은 시체를 부질없게 만드는 것이 용납되지 않는다는 것을 자각하고 있었으며, 피에 젖은 길을 나아가는 것도 이미 각오했다.

몇 명이나, 몇 명이나…….

『돌마스터』보다는 적을지도 모르지만, 쿠루미 또한 수많은 시체를 만들었다.

한 사람, 또 한 사람을 죽이는 데는 어마어마한 각오가 필요했다.

그녀는 고통을 호소하는 마음을 억지로 움직이며, 복수만을 꿈꾸는 생물인 것이다.

즉, 창은 토키사키 쿠루미를 쓰러뜨리고 싶지만…….

토키사키 쿠루미는, 창을 죽여야만 한다는 것을 이해하고 있었다.

이 상황에서, 역량과 능력은 의미가 없다.

의미를 지니는 것은 살의의 차이다. 죽을 순 없다는 결의의 차이다. 탄환을 맞을 때마다, 창은 과거를 떠올렸다.

—만약, 네 힘으로 어찌할 수 없는 녀석이 나타난다면…….

—생각 없이 싸워도 되는 유년기가 끝났다는 걸 뜻해.

—녹슨 머리를 움직여. 죽음의 공포 때문에 마음이 삐걱거리더라도, 머리 구석의 3할을 이용해 생각을 해.

—너는 바보지만, 바보니까 생각을 하면 안 된다는 법은 없어.

—뭐, 그전에 죽는다면 그걸로 끝이지만 말이야!

그렇구나—, 창은 깨달았다.

지금이 바로 유년기에 끝을 고할 순간이다. 아무 생각 없이 싸우는 짐승이 아니라, 엄연히 생각을 하며 살해하는 준정령이 되라는 복음이다.

팔에서 힘이 빠졌다.

내장을 박살낼 듯한 충격을 벌써 스물여덟 발이나 맞았다.

그것을 다 견뎌낸 창은 의식의 끈을 놓았다. ―**아주 잠시 동안 말이다.**

◇

얼음이 순식간에 물로 변하더니, 쿠루미는 자유를 되찾았다.

"커, 억······!"

기도가 막힌 탓에 숨을 제대로 쉴 수 없어 느끼는 고통은 사실 그렇게 심각한 문제가 아니었다.

인계에서의 죽음이란 영혼의 죽음이다. 육체의 죽음과는 인연이 먼 것이다. 그러니 목을 졸려서 죽는 것이 아니라, 이 절망적인 고통 때문에 **영혼이 죽음을 선택했을 때, 진정으로 죽음을 맞이하는 것이다.**

"쿠루미 씨!"

엠프티는 허둥지둥 쿠루미를 향해 뛰어가며 불길한 느낌을 받았다.

"정신 차리세― *꺄앗?!*"

녹은 얼음은 대량의 물이 되더니, 도로의 낮은 부분에 진흙과 함께 쌓였다. 이른바 물웅덩이, 그것도 상당한 깊이의 물웅덩이가 순식간에 형성됐다.

그리고, 물론 엠프티는 그것을 눈치채지 못하고 과감히 뛰어들었다.

그리고, 물론 물웅덩이는 쿠루미의 앞에 있었다.

그리고, 이런 상황을 통해 도출된 답은—.

"……제 얼굴에 흙탕물을 튀기다니, 배짱 한번 좋군요."

이미 방아쇠에 손가락을 건 것을 보면, 토키사키 쿠루미님께서는 꽤나 화가 나신 것 같았다. 새하얀 손수건이 순식간에 진흙 범벅이 되었다.

"죄, 죄송해요! 죄송해요! 잘못했어요! 잘못했어요! 아마 일부러 그런 건 아닐 거예요! 무, 무의식! 무의식적으로!"

"무의식적으로 그런 거라면, 더 문제군요."

"하, 하지만! 이걸로 전원을 쓰러뜨렸네요!"

쿠루미는 그 말을 듣고 한숨 돌렸다.

딱히 방심을 한 것은 아니다. 마음을 다잡아야 한다는 것은 쿠루미도 이해하고 있다. 엠프티의 목소리를 들었다고 그녀의 정신이 흔들릴 리가 없다.

하지만…….

한 걸음 나아갔다고 생각한 순간, 발목을 잡히며 뒤편으로 **스르륵** 끌려갔을 때에는 등골이 얼어붙는 듯한 느낌을 받았다.

서 있었다.

총 서른 발 이상의 탄환을 맞고도, 소녀는 서 있었다. 고통을 느끼지도 않은 것처럼 표정이 편안해 보였지만— 복부는 피로 범벅이 되어 있었다. 살점이 떨어져 나갔다고 바꿔 말할 수도 있을 것이다.

고통을 느끼지 않았을 리가 없다.

하지만, 소녀는 영장을 다시 걸쳤다. 등에 맨 핼버드를 다시 움켜쥐었다.

그리고 쿠루미를 향해 이렇게 말했다.

"—고마워."

그 목소리는 경박하게 느껴질 정도로 느긋했다.

그리고 의미를 알 수 없는 말이었다.

"고맙…… 저기…… 그게 무슨 소리죠……?"

엠프티는 머뭇거리면서 물었다. 창은 납득을 하려는 것처럼 몇 번이나 고개를 끄덕이며 말했다.

"정말, 고마워. 덕분에, 나는, 더욱 강해질 수 있어."

아아, 그렇구나.

쿠루미와 엠프티는 서로를 쳐다보며 고개를 끄덕였다.

이 세상에는 절대 싸워서는 안 되는 상대가 존재한다. 그들은 그저 강하니까, 무시무시하니까, 잔인하니까, 그렇게 여겨지는 것이 아니다.

배틀 정키
즐거우니까.

싸움을 즐거워하는 상대는 강하고, 무시무시할 뿐만 아니라, 밟으면 안 되는 지뢰다.

왜냐하면, 그 마음은 자신이 필연보다 더 높은 경지에 이르기 위한 상대를 추구하기 때문이다.

토키사키 쿠루미는 『돌마스터』에게 도달할 때까지 싸워야 하는 상대를 전부 장애물로 여기며 넘어서 왔다.

하지만, 부활한 장애물이 이렇게 희희낙락하면서 다시 그녀를 막아선다면— 그것은 더 이상 장애물이 아니다. 이 상황에서는 치명적일 만큼 성가신…….

호적수라고 불러야 하는 존재인 것이다.

"……그러니까, 더, 더, 더, 너와 싸우고 싶어."

복부에서는 여전히 피가 흘러나오고 있었다. 하지만, 그녀에게 있어 그 아픔은 기쁨일 것이다. 환희라고 해도 과언이 아니리라.

"쿠루미 씨……."

엠프티가 말을 걸었지만, 그녀는 눈치채지 못했다. 그 정도로, 이 상황의 긴박감이 천정부지로 치솟고 있는 것이다.

"너와 싸우는 건 즐거워, 재미있어, 흥분돼. 더, 더 상처 입혀줘. 아마, 그럴수록, 나는 강해질 거야."

"가능하면 사양하고 싶군요."

패배를 통해 마음이 꺾이지 않고, 치명상을 입혀도 몇 번이나 다시 일어서며, 마지막에는 승리해서 살아남는다. ……세간에서는 그런 특이체질의 존재를 이렇게 부른다.

주인공—^{히어로} 모든 불합리를 타파할 힘을 지닌 소녀가, 전투가
자아내는 흥분 속에서 온몸을 떨고 있었다.

공기가 얼어붙었다. 엠프티는 허둥지둥 한 걸음 물러서려
했지만, 어마어마한 중압감 때문에 꼼짝도 할 수 없었다.

아무런 기억도 없고 전투 경험도 전무한 그녀조차도, 쿠
루미가 불리하다는 것을 알 수 있었다.

토키사키 쿠루미는 기본적으로 계략을 사용한다. 장기 묘
수풀이처럼 정밀하지는 않지만, 치트급의 탄환과 그림자 속
에 숨는 능력으로 상대를 장기판 위에 올려놓은 다음에 박
살을 내준다.

거꾸로 말하자면, 정면 대결에는 능숙하지 않은 것이다.

……쿠루미가 그런 말을 한 적은 단 한 번도 없지만……
엠프티에게는 이미 들통이 났다. 쿠루미가 상대하기 가장
편한 타입은 창처럼 정면 승부 이외의 수단을 지니지 못한
준정령일 것이다.

그녀에게 있어서는, 함정에 뛰어드는 동물이나 다름없는
것이다.

하지만, 문제가 하나 발생했다.

극히 드물게, 존재하는 것이다.

함정을 부수는 동물, 인간의 얕은꾀를 박살낼 만큼 엄청
난 힘을 지닌 짐승이 말이다. —우리는 그, 아니, 그녀 같은

개념을 이렇게 부른다.

"당신, 괴물이군요—."

창은 온화한 미소를 짓더니, 한 걸음을 내디뎠다. 쿠루미는 엠프티의 앞에서 작게, 아주 작게, 피곤이 묻어나는 듯한 한숨을 내쉬었다.

엠프티는 그런 쿠루미의 모습이 인간적이라는 느낌을 받았다. 그리고 쿠루미는 역시 총을 움켜쥐었다.

—결전의 막은 조용히, 그리고 천천히 올라갔다.

그리고 그것은…….

가짜인 『그녀』가 행동을 시작할 계기 또한 되었다.

◇

게임에 참가한 준정령들이 모였던 교실은 현재, 그녀의 인형들이 우글대고 있었다. 토키사키 쿠루미에게 나쁜 소식을 전한 인형, 『돌마스터』에게 좋은 소식을 전했던 천사 인형, 그 외에도 다양한 인형들이 그곳에서 소곤거리고 있었다.

"마지막으로 남은 건 둘." "한 명은 『창』." "다른 한 명은 토키사키 쿠루미."

"서로를 죽일 듯이 싸우다가." "사라지기 전에 확보해야 해." "최악의 경우, 창은 포기해도 돼." "토키사키 쿠루미."

"우리 같은 가짜가 아닌." "진정령(眞精靈)." "진?" "거짓말이야, 거짓말." "하지만 저 힘의 일부는 진짜야." "그럼." "죽여야만 해." "처리해야만 해." "이 세계를." "이 영역을." "우리 것으로 삼아야만 해." "부탁할게." "**당신들.**"

폴스 프록시가 인형들 앞에 섰다.

그리고 폴스는 입도 뻥끗하지 않으면서 대답했다.

"안 돼." "**우리**로는 무리야." "더 강한 녀석이 필요해." "정찰대로는 무리야." "전투에 특화된." "더 강한 녀석이." "필요해."

목에서, 심장에서, 복부에서, 복사뼈에서, 목소리가 흘러나왔다. 그 호소를 들은 인형들이 술렁이면서 서로를 쳐다보았다.

"누구야?" "누가." "할 건데?"

바로 그때, 세 인형이 손을 들었다. 하나같이 옷감이 새것처럼 깨끗했다.

"나." "나." "나."

하나는 **커다란 일본도를 든 인형.**

다른 하나는 **활을 든 인형.**

마지막 하나는 **거대한 돋보기를 든 인형**이었다.

인형들은 아장아장 걷더니, 폴스의 몸에 기어 올라갔다. 꼼짝도 하지 않던 폴스는 양손으로 턱 관절을 빼듯 입을 크게 벌렸다.

세 인형은 차례차례 폴스의 입안으로 들어갔다. 꿀꺽, 하는 소리가 들리더니 폴스의 복부가 부풀었다.

"아아아아아아아아아아아아아아……."

폴스가 새된 신음을 질렀다.

"안 돼." "누가 좀 나와." "인형 세 개 만큼 부풀었어."

인형들이 허둥지둥 그렇게 외쳤다. 그러자, 쩍 벌어진 입에서 다른 인형들이 굴러 나왔다.

"죽었어?" "썩었네." "쓸모없어."

그 중 하나가 꿈쩍도 하지 않자, 다른 인형들은 그 인형을 창밖으로 던져버렸다.

"자, 이걸로 준비 완료." "박살나버려, 폴스 프록시." "죽어버리라고."

인형들이 들락거린 바람에 기묘하게 일그러진 얼굴을 원래대로 고친 폴스는 고개를 끄덕였다.

……이 무시무시한 풍경을 본 이라면 이해할 수 있겠지만, 폴스 프록시는 준정령도 아니며, 생물조차 아니다.

인간의 피부를 씌웠을 뿐인, 인형의 집합체다. 그래서 가짜이며, 그래서 불사신이다.

이 인형들은 몇 번이나 데스 게임에 참가해서, 때로는 싸웠고, 때로는 패배했으며, 그리고 그때마다 되살아났다. 그 진실을 아는 자는 적다. 토키사키 쿠루미는 그 중 한 명이었다.

그리고 인형들을 다스리는 준정령은 바로 『돌마스터』다.

그렇다. 이 게임은 애초부터 광대놀음이었다.

"모른다는 건 무서워." "응, 무섭다니깐." "산 제물을 모으는 의식인데 말이야." "착각에 빠졌네." "정말 유감이야."

무기질적인 목소리가 잡다하게 들려왔다.

『돌마스터』는 신중하고, 교활하며, 현명하고, 악랄하며, 냉혹하고, 잔인하며, 겁쟁이다.

현시점에서 그녀에게 이길 수 있는 준정령은 존재하지 않는다. **패배하지 않을 준정령이라면**, 몇 명 있지만 말이다.

하지만 인형에게 모든 걸 맡기고, 결코 모습을 드러내지 않으며, 종적을 완전히 감춘다면, 패배하는 일은 결코 없을 것이다.

폴스가 교실 창문 밖으로 몸을 날렸다.

폴스의 온몸에 난잡하게 감겨 있던 붕대가 사방으로 휘날렸다. 시각을 담당하고 있는 두 인형이 폴스의 안구 너머로 창과 토키사키 쿠루미를 포착했다.

"감시 인형에게 보고받은 대로야(오른쪽 눈)." "둘은 아직 싸우고 있어(왼쪽 눈)."

"조금만 더 기다리는 편이 좋을까?" "현명한 생각이야." "그렇게 하자!"

"저 두 사람은 강하니까 말이야." "팽팽하네." "서로를 갉아먹고 있어."

"그런데, 저 녀석은 어떻게 할 거야?" "그 녀석은." "무시해도 돼."

"하지만 그 녀석은." "분명 이런저런 이야기를." "토키사키 쿠루미한테서 들었을 거야."

"그러니까 죽이자." "후환을 남기지 않게." "아무도 곤란하지 않을 거야."

"엠프티!" "엠프티!" "엠프티!"

"빈껍데기인 그 애를!" "기억을 잃은 채 발버둥치는 저 불가사의한 애를!" "죽이자!"

우오오~! 하고 환성이 소용돌이쳤다. 폴스 안에 봉인되어 있던 인형들은 각각 애용하는 무기를 꺼내들었다.

총, 검, 창, 활, 일본도, 돋보기, 차크람—.

폴스 프록시의 온몸에서 웃음이 터져 나왔다.

◇

그것은 진흙탕 싸움이나 다름없었다.

【알레프】로 한계까지 자기 자신을 가속시킨 토키사키 쿠루미는 사방팔방에서 창에게 공격을 퍼부었다.

그리고, 그 공격들을 영장으로 막아낸 창은 쿠루미의 발을 한 손으로 움켜잡았다.

"도, 도, 도망치세요———!"

엠프티가 절규를 지르는 것도 당연했다. 쿠루미가 발을 잡힌 순간, 비스킷 스매셔라는 창의 이명이 진실이라는 것을 두 눈으로 확인한 것이다.

한 번 잡히면 절대 벗어날 수 없다. 반드시 죽는다. 반드시 박살난다.

창은 쿠루미를 나무토막처럼 휘둘러서 돌담에 내던지려 했다. 하지만 그것은 지극히 어리석은 생각이었다.

진흙에 주먹질을 한 것처럼 타격감이 느껴지지 않자, 창은 눈을 치켜떴다. 곧 그게 당연하다는 사실을 이해했다. 돌담에는 그림자가 있었으며, 쿠루미는 그 그림자에 반쯤 파묻혀 있었다.

"자, 이쪽으로 오세요⋯⋯!"

쿠루미는 그렇게 말하면서 창을 그림자 안으로 잡아당겼다. 상하좌우, 가라앉고 있는 건지, 떠있는 건지, 그리고 숨을 쉬고 있는 건지도 확실치 않은 공간에서, 창은 두 팔을 휘둘러댔지만— 무의미한 짓이었다.

정신을 차리고 보니, 방금까지 쥐고 있었던 핼버드도 사라졌다.

쿠루미는 【알레프】를 이용해 가속한 상태에서 눈에 보이지 않는 공격을 연이어 날렸고, 결국 창의 〈브리니클〉에 금이 갔다.

와직, 하는 소리가 종언을 알리는 나팔소리처럼 공간에 울려 퍼졌다.

쿡쿡, 하고 웃음소리가 들렸다.

창은 침묵을 지켰다. 하지만 공포에 질려서 그러는 게 아니었다. 환희가 등골을 타고 기어 올라오더니, 격렬한 고양감 때문에 정신을 차릴 수가 없었다.

—**즐겁다**! 그녀와의 싸움은 즐겁다! 다음 순간에 무엇이 기다리고 있을지 예측할 수 없다!

이미 귀에 익어버린 굉음이 들렸다. 또 총에 맞았다고 창은 생각했다. 그렇게 생각하면서 논리를 구축했다. 다행히 그림자 공간에서 딱 하나, 유용한 게 있었다.

현실의 잡음이 들리지 않았다. 소리의 크기, 방향, 착탄 순간과의 오차, 그 모든 것을 분간하며, 이 그림자 안의 어딘가에 있을 토키사키 쿠루미의 행방을 뒤졌다— 찾았다.

"잡았……다!"

멱살을 움켜쥔 후, 주저 없이 박치기를 날렸다. 그 순간, 빛으로 가득 찬 세계로 귀환했다.

느닷없이 되돌아온 시각정보 때문에 현기증이 날 것 같았다.

엠프티가 아연실색한 표정으로 자신을 쳐다보고 있었다.
—적의는 느껴지지 않았고, 위협적이지 않았다. 즉, 문제될 게 없다.

토키사키 쿠루미는 지면에 쓰러져 있었다. 이마에서 피가 흘러나오고 있는 그녀는 고통스러워하며 의식이 잃어갔지만…… 그런 상태에서도 창의 목을 향해 총을 치켜들었다.

이 탄환을 견뎌내면, 이길 수 있다.

하지만 그와 동시에, 창은 이 탄환을 견뎌낼 자신이 없었다.

〈브리니클〉은 부서졌다. 지금 방어력은 평소에 비하면 종이 한 장만 걸치고 있는 거나 다름없었다.

하지만, 그 종이 한 장으로 탄환을 견뎌낸다면, 한 번 더 박치기를 날려서 승리할 수 있다. 일격에 승리할 자신이 있었다.

……물론, 그런 무모한 도박을 관두고 거리를 두는 방법도 있다. 하지만, 창의 직감이 외치고 있었다. 그래서는 이길 수 없다고 말이다.

견뎌낸다면 자신의 승리, 견뎌내지 못한다면 쿠루미의 승리.

"내, 승리……!"

"아뇨. 당신이 졌어요……!"

이변을 가장 먼저 눈치챈 사람은 토키사키 쿠루미였다. 그것은 지면에 쓰러진 채 창 밑에 깔렸다는 굴욕적인 자세였기 때문일까.

하늘에서 이곳을 향해 준정령— 폴스 프록시가 낙하하고 있었다. 멍하니 벌린 입에서 조그마한 손이 여섯 개나 튀어나왔다.

그 모습을 본 순간, 토키사키 쿠루미의 머릿속에서 뭔가가 끊어졌다. 지금까지 사투를 벌이고 있던 창도, 목숨이 오락가락하는 상황에 처해있다는 것도, 전부 머릿속에서 사라졌다.

쿠루미는 창의 목을 겨누고 있던 단총을 공중을 향해 들더니, 그대로 방아쇠를 당겼다.

폴스가 손을 뻗어서 그 탄환을 움켜잡으려 했다. 하지만 물론 실패했다. 으직, 하며 살점이 튀더니— 몸 전체에 금이 가기 시작했다.

폴스가 폭발했다. 그와 동시에 안에 숨어있던 인형들이 차례차례 모습을 드러냈다.

새된 함성이 울려 퍼졌다.

그 소리에 창이 고개를 돌렸다. 쿠루미는 그런 창이 방해된다는 듯이 걷어차더니, 하늘을 향해 연달아 총을 쏴댔다.

놀랍게도 쿠루미가 쏜 탄환은 전부 빗나갔다.

"간다아아아아아아아아—!"

새된 목소리로 그렇게 외치며 치켜든 일본도.

"표적 확인— 발사!"

새된 목소리로 그렇게 외치며 겨누는 활.

"지져줄게————!"

새된 목소리로 그렇게 외치며 비추는 돋보기.

돋보기.

255

그 사실을 눈치챈 순간, 쿠루미는 이를 악물었다. 유심히 보니, 다른 인형들 중에도 눈에 익은 이가 꽤 있었다.

창은 말아 쥔 주먹으로 인형들을 공격했다. 그러자 인형들은 웃음을 터뜨렸다.

"느려." "느려 터졌네." "굼벵이구나!" "그럴 만도 해." "그야." "지쳤을 거잖아!"

그리고 지쳤다는 점을 고려하더라도, 인형들의 움직임은 재빨랐다. 일본도를 쥔 인형은 창의 가슴에 칼날을 박았다. 조그마한 화살이 목을 꿰뚫었다. 태양광을 압축한 광선이 그녀의 살을 도려냈다.

창이 쓰러지자, 엠프티는 새된 비명을 질렀다.

그것은 창이 쓰러진데다, 인형들에게 포위됐기 때문일까?

아니다.

"……저, 인형……은……."

엠프티가 떨리는 손가락으로 가리킨 인형은, **히지카타 이사미를 쏙 빼닮았다.** 그 옆에 있는 인형은, **타케시타 아야메를 쏙 빼닮았다.** 그리고 마지막으로 돋보기로 창의 숨통을 끊은 인형은 바로 **셰리 무지카를 속 빼닮았다.**

새된 목소리 또한 유심히 들어보니 그녀들을 연상케 했다.

이미 몸을 일으킨 토키사키 쿠루미는 오싹할 정도의 살의가 묻어나는 목소리로 말했다.

"인형으로 개조된 준정령들이랍니다. 아뇨, 개조당했다는 표현이 정확하겠군요."

"개, 개조당했다고요……?"

준정령들은 모두 세피라의 파편을 핵으로 삼으며 살고 있다. 그리고 죽으면, 그 세피라는 다른 이의 재산이 된다.

『돌마스터』는 백 명이 넘는 준정령에게서 세피라의 파편을 도려낸 후, 인형으로 개조했다.

이사미, 아야메, 무지카를 닮은 인형이 춤을 췄다.

매우 즐거운 듯이, 우스꽝스러운 춤을 추고 있었다. 하지만 엠프티는 그 광경이 무시무시하기 그지없었다.

조악하기 그지없는 캐리커처다. 싸움에서 지고 쓰러진 그녀들에 대한 최악의 모독처럼 느껴졌다.

"이래서 『돌마스터』가 최악이라고 말한 거예요."

단순히 인형으로 만드는 게 전부가 아니다.

원래 인격과 능력을 가능한 한 남겨놓은 데다, 최대한 사랑스러운 형태의 인형으로 만든다. 게다가 인격은 치명적인 부분이 개조되어 있다. ─생전에 아무리 긍지가 높았더라도, 지금은 『돌마스터』의 부하가 되도록 인격을 뜯어고친 것이다.

"즐겁네! 즐거워!" "다들 사이좋네! 아름다운 우정이이야!" "그래! 인형이 되어서 정말 다행이야!"

"닥쳐!!"

토키사키 쿠루미가 이렇게 격렬한 감정을 드러내는 모습

은 처음 보았다.

인형들은 그런 쿠루미의 외침에 유쾌한 듯이 웃음을 터뜨렸다.

"화났네, 화났어!" "박살났네, 박살났어!" " 죽이자, 죽이자!" "정령도 인형이 되겠네!" "정령을 인형으로 만들 수 있겠네!" "우리의 가족이 되겠네!"

단총이 떠들어대는 인형 중 하나를 날려버렸다. 환성은 점점 정적으로 변했다.

"조잘조잘조잘조잘, 정말 시끄럽군요. 기분 나쁜 인형 따위를 뜻대로 부린다고, 자기가 왕이 되었다고 착각하고 있는 건가요?"

그 말에는 차분한 분노가 어려 있었다. 하지만 엠프티는 그 말을 들으며 생각했다.

현재 토키사키 쿠루미에게는 여유가 없다. 남을 깔보는 듯한 태도 대신, 순수한 분노에 따라 행동하고 있었다.

거꾸로 말하자면, 그녀가 저런 태도를 취할 정도로 위기에 처한 것일까. 혹은—.

"어차피 『돌마스터』는 어딘가에 숨어서 보고 있기만 하는 거죠? 그렇다면 인형을 **하나도 남기지 않고** 전부 박살내버리겠어요. 그 편이 훨씬 편할 것 같군요."

인형들은 그 말을 듣더니 일제히 웃음을 터뜨렸다.

"불가능해!" "불가능해!" "불가능 그 자체야!"

"왜냐면 우리는!" "엄청 많아!" "무한하고, 무의미하고, 무절제해!"

"군대야, 군대란 말이야!" "천 개가 넘는 대군!" "정령도 우리한테 못 이겨!"

수많은 인형들이 주위를 둘러쌌다. 엠프티는 다리가 풀릴 것 같았다.

인형의 무기질적인 눈동자, 그 2000개가 넘는 유리 눈동자가 토키사키 쿠루미를 쳐다보고 있었다. 공포에 휩싸이지는 않았는지, 떨고 있지는 않은지, 울고 있지는 않은지ㅡ.

쿠루미의 표정에서 분노는 사라졌지만, 공포를 느끼고 있는 것 같지는 않았다. 하지만 평소처럼 웃고 있지도 않았다.

조용했다. 작게 숨을 내쉰 쿠루미는 엠프티를 쳐다보았다.

"엠프티."

엠프티를 부르는 목소리 또한 떨리지 않았다.

"아, 예. 왜 그러세요?"

"제 복수에 휘말리게 해서 정말 죄송해요. 사실 당신은 빈껍데기가 아니랍니다."

"어, 그럼……?!"

쿠루미는 빙긋 웃더니 손가락으로 지면을 가리켰다. 그곳에는 맨홀이 있었다. 쿠루미는 그 맨홀의 뚜껑을 걷어차서 지하로 떨어뜨렸다.

"도망치세요. 당신이 여기 있으면 방해가 돼요."

"어, 하지만……!"

엠프티는 「당신을 두고 갈 수는 없다」 같은 멋진 대사를 읊으려고 했지만…….

"당신 의견 같은 건 들을 생각 없어요."

쿠루미는 엠프티의 멱살을 잡더니, 그대로 하수도에 던져 넣었다. 다행히 인간이 살지 않는 인계라서 그런지, 악취는 나지 않았다.

"쿠루미 씨—."

"당신 의견을 들을 생각은 없다고 말했을 텐데요."

쿠루미는 웃으면서 그렇게 말하더니, 하수도 안에 있는 엠프티를 향해 가볍게 손을 흔들었다.

"감쌌어, 감쌌어!" "소중해? 소중해?" "저런 빈껍데기가?"

인형들은 배를 잡으며 깔깔 웃었다.

그 흉측한 광경을 본 토키사키 쿠루미도 웃음을 터뜨렸다. 그야말로 유쾌하다는 듯이 말이다.

"아뇨. 그저— **그녀**를 휘말리게 할 만큼 저는 잔인하지도, 매정하지도 못할 뿐이랍니다."

인형들이 고개를 갸웃거렸다.

쿠루미는 단총을 고쳐 쥐더니, 인형이 아니라— 민가의 창문을 향해 총을 쐈다.

그 직후—.

눈을 태울 듯한 섬광이 발생했다. 그리고 동시에 「부오!」

하는 거대한 소리가 귀를 먹먹하게 했다.

물론 인형에게 눈과 귀가 있다면…… 말이다.

불탔다. 터졌다. 폭발했다.

그녀를 중심으로 약 1평방킬로미터가 황무지로 변했다.

"영장과 세피라의 파편을 조합해서 만든 영정폭약(靈晶爆藥) 약 200발. 이만큼 모으느라 정말 고생했답니다."

쿠루미는 정말 고생했다.

우선 200발이나 모으는 것 자체가 정상이 아니다. 이 니트로드레스는 단 한 발로도 전투를 역전시킬 수 있는 힘을 지녔다. 그러니 원래라면 한 발로 충분하며, 한 발을 손에 넣기 위해 불합리한 거래를 해야만 했다.

그런 니트로드레스를 200발이나 모은다면, 의심을 사게 될 것이다. 그리고 의심을 산 시점에서, 『돌마스터』는 정보를 해석해서 대책을 세울 것이다.

우선 그렇게 되지 않도록, 그녀는 거래를 할 때마다 얼굴을 바꿨다. 목소리를 바꾸고, 키를 바꾸고, 인격조차 변모시켰다. 기나긴 시간을 들여서, 『돌마스터』에게 들키지 않도록, 조금씩, 조금씩 집들에 설치했다.

……토키사키 쿠루미는 자신이 살아남은 시점에서 그녀가 인형들을 동원하리라는 것을 예상했다.

신중한 그녀라면 정령인 자신을 상대하기 위해 가능한 한

많은 전력을 투입할 것이라는 점도 말이다.

천 개가 넘는 인형들을 해치우기 위해서는 광역폭파밖에 없다고 쿠루미는 생각했다.

그야말로 불리하기 그지없는 도박이었다. 어마어마한 절망감에 사로잡힌 채, 잠들지 못한 적도 한두 번이 아니다.

하지만, 승리했다.

안도한 나머지 주저앉을 뻔 했지만— 아슬아슬하게 버텼다.

조금만 더, 조금만 더 하면 이길 수 있다. 복수할 수 있다. 그녀의 원수를 갚을 수 있다.

"유에, 유에. 이제 다 됐어. 이제 곧……."

순간 말을 멈췄다. 쿠루미의 눈앞에 이부스키 파니에가 있었다. 죽은 줄 알았던, 이부스키 파니에가 말이다.

"그래. 유에라고 하는구나. 알았어. 드디어 알고 말았어!"

"……살아있었나요. 정말 어이가 없군요."

쿠루미는 단총을 거머쥐었다. 그러자 이부스키 파니에는 그야말로 천사처럼 순수한 미소를 지으며 쿠루미가 방금 한 말을 부정했다.

"아냐, 아냐. 살아있지 않아. 왜냐하면 파니에는 이미 죽었거든."

"어머, 그래요? 그럼 폴스와 같은 존재인가요? 그 조그마한 몸 안에 인형이 가득 들어있는 건가요?"

쿠루미가 그렇게 말하자, 파니에는 만면에 미소를 지으며 고개를 끄덕였다.

"맞아! 으음, 파니에의 저장고에는 약 400개가 들어 있어. 그리고 아직 대기하고 있는 인형은 1400개 정도야!"

쿠루미는 그 숫자를 바로 이해하지 못했다.

"예……?"

"그러니까~. 이제 1800개 정도 남았어! 뭐, 1000개나 되는 인형이 당한 건 이번이 처음이야! 파니에, 감동했어! 이제 3분의 2 정도 남았지만 힘내!"

"……허풍이죠? 허풍을 칠 정도로 궁지에 몰린 거죠?"

쿠루미는 자신의 목소리가 떨리지 않은 게 기적이라고 생각했다. 남은 인형이 1800개나 된단 말이야?

그럼 승산이 없잖아……!

"괜찮을 거야~. 너는 정령이지~? **어디에나 있을 법한, 우리가 짓밟아온, 평범한 준정령 따위가 아니지?**"

침묵.

쿠루미는 심장이 옥죄어드는 듯한 공포를 견뎠다.

"……저는, 토키사키 쿠루미예요."

이부스키 파니에는 역시 폴스 프록시와 마찬가지로 입을 크게 벌리더니, 안에서 인형 한 개를 꺼냈다.

눈에 익은 영장, 눈에 익은 무기, 눈에 익은 외모…….

그것을 본 순간, 쿠루미의 전투의욕이 순식간에 사라졌다.

"으음, 이름이 뭐였더라? 유…… 유우에이……?"

"히류 유에예요, 이부스키 양!"

"맞아, 그랬지!"

"유……에……."

푸른색이 살짝 섞인 단발머리, 결연한 눈빛, 몸집에 어울리지 않는 거대한 검.

악질적인 캐리커처지만, 그녀의 특징이 완전히 사라지지는 않았다.

"토키사키 쿠루미 씨는 유에 양과 아무 사이도 아니지~?"

"예! 아무 사이도 아니에요!"

"그~럼~."

이부스키 파니에는 쿠루미를 힐끔 쳐다보았다. 그런 그녀의 얼굴에는 사디스틱한 미소가 어려 있었다.

"히고로모 히비키 씨와는 친구 사이지?"

"단짝 친구인 준정령이에요!"

―얼어붙었다.

뭐든지 다 알고 있으며, 모든 수가 봉쇄됐다. 장기판 위의 말이 멋대로 움직이더라도, 게임 마스터에게는 이길 수 없는 것이다.

"그럼 저 정령을 죽여줘~."

"알았어요, 이부스키 씨! 죽일게요!"

인형이 이쪽을 쳐다보았다. 유리 눈동자에는 쿠루미를 향한 그 어떤 감정도 어려 있지 않았다.

"……그래. 맞아."

자신을 토키사키 쿠루미라고 여기며 스스로를 고무시키던 **소녀**는 고개를 숙였다.

인형이 힘차게 뛰어왔다. 그 광경을 보니 예전의 그녀가 달리던 모습이 생각났다.

모든 것을 잃고 말았다. 그럼에도, 그녀와 그녀를 위해 살 아왔다.
^{복수} ^{친구}

하지만 결국 무의미했다. 순진무구한 인형이 자신의 애검 인 클레이모어를 치켜들었다.

언젠가, 그리운 꿈을 꿨다.

이겼어, 하고 힘찬 목소리로 외친 그녀를 집에서 맞이했 다. 싸우는 걸 싫어하고, 아픈 것도 싫어하며, 친구가 상처 입는 것은 더욱 싫었다.

하지만 기쁘게, 즐겁게 이야기를 하는 그녀를 방해하고 싶지 않았다.

그래서, 그날도, 그때도, 계속, 계속 기다렸다—.

"……쭉, 기다려왔어."

어서 와, 하고 소녀는 중얼거렸다.

누군가를 맞이하듯 두 팔을 펼친 그녀의 가슴에, 인형이 쥔 검이 꽂혔다.

쓰러진 소녀를 본 이부스키 파니에— 그 안에 숨어있던 인형들이 득의양양한 미소를 지었다.

이번 『전쟁』도 유익하기 그지없었다. 정령이 가짜인 건 아쉽지만, 진짜 정령과는 싸울 엄두도 나지 않았다.

그것은 이 인계에 존재해선 안 되는 재앙이다. 그녀들은 건너편 세계에서 즐겁게 살고 있을 것이다.

인계는 자신들의 것이다. 말쿠트는 자신의 것이다. 『돌마스터』는 만족스럽다는 듯이 고개를 끄덕이며 인형들의 노고를 치하하려 했다.

예의 인형이 명령에 따라, 희희낙락하면서 쿠루미를 갈가리 찢으려 했다. 세피라가 상처입지 않게 추출하라, 라는 명령을 내리려던 순간— 인형이 튕겨져 날아가는 광경을 목격했다.

하수도에서도 여파가 느껴질 정도로 엄청난 폭발이었다. 엠프티는 비명을 지르면서 벽에 등을 대고 부들부들 떨면서 천장이 무너질지도 모른다는 공포에 떨었다.

잠시 동안 침묵에 잠겼다.

……그리고 자신이 살아있다는 것을 확인한 후, 엠프티는 몸을 일으켰다.

여기서 가만히 몸을 웅크리고 있는 것은 자신의 성격에 맞지 않다. 이 폭발을 일으킨 이는 쿠루미가 틀림없다. 그렇다면 결과를 확인하는 편이 좋을 것이다.

그녀가 죽었을 거라는 생각은 들지 않는다. 하지만 불길한 예감이 들었다.

스며드는 햇살을 받으며, 엠프티는 사다리를 올라갔다.

공기가 뜨거운 것은 아까 폭발 탓일까. 그리고 그 폭발에 휘말렸을 창은 무사할까. 다진 고기처럼 갈가리 찢겨 죽은 그녀를 상상하기만 해도 무서웠다. 뭐, 오늘은 햄버그가 먹고 싶지만 말이다.

……이런 한심한 생각에 잠겨있을 때가 아니다.

하지만 사다리를 올라가면 갈수록 가슴이 아플 정도의 불안함만이 느껴졌다.

쿠루미가 아까 지었던, 그 쓸쓸한 미소—.

자신이 잘못 본 것이기를 소망했다.

쿠루미는 이 작전이 성공하든 실패하든, 죽을 작정인 게 아닐까.

그런 생각이 들 정도로 슬프고, 조용히 멸망을 맞이할 듯한 미소였다.

그런 미소는 그녀에게 어울리지 않는다. 토키사키 쿠루미는 더 화려하고, 덧없으며, 또한 잔인하며, **키히히히히** 하고 새된 웃음을 흘리며 적을 유린해야 한다.

지상으로 나온 엠프티는 엄청난 광경에 아연실색했다. 주위에는 건물 파편이 산을 이루고 있었고, 과거에 집이 세워져 있던 장소가 지금은 황무지로 변했다.

토키사키 쿠루미가 준비한 비장의 카드 때문에 이렇게 된 것이리라.

악명 높은 『돌마스터』에게 맞서기 위해서는 광역폭파라는 수단밖에 없었을지도 모른다.

하지만…… 이 폭파 속에서 쿠루미는 과연 무사할까.

아무리 영장을 걸쳤다고 해도…….

쿠루미 씨, 하고 입을 열려던 순간, 바닥에 주저앉아 있는 그녀의 모습이 눈에 들어왔다.

등을 보이며 앉아 있지만, 그녀의 뒷모습을 알아보지 못할 리가 없다.

"쿠루미 씨―."

피부가 꿰뚫리는 소리는 왠지 경쾌하게 들렸으며, 사방에 튄 피의 양도 적었다. 그렇게 가슴에 꽂힌 강철 칼날이 등을 찢고 튀어나왔다.

하지만 딱히 불가사의한 광경은 아니었다. 전투 중이니 전혀 이상할 게 없다.

엠프티가 이해하지 못한 것은 토키사키 쿠루미가 겨우 그 일격을 맞고 피를 토하며 쓰러졌다는 점이다.

"……쿠루미 씨?"

영문을 모르겠다. 이 사람은 죽지 않는다. 불사신이자 부조리의 화신이며, 불가사의 그 자체인 토키사키 쿠루미다.

죽지 않는다. 이렇게 한심한 최후를 맞이할 리가 없다! 죽을 리가 없다!

하지만 피가 멎지 않았다. 준정령이든, 정령이든, 피를 너무 흘리면 죽는다. 몸보다 먼저, 정신이 죽음을 맞이하는 것이다.

하지만 푸른색이 살짝 섞인 머리카락을 지닌 인형은 희희낙락하면서 쿠루미의 어깻죽지를, 팔을, 그리고 다리를 벴다.

"……해."

엠프티는 무의식적으로 **그것**을 손에 쥐었다. 인형은 약간 놀란 표정으로 엠프티를 쳐다봤다.

엠프티가 쥔 것은 토키사키 쿠루미의 무기인 총이었다. 감각을 통해 알 수 있다. 아직 탄환은 장전되어 있으며, 이제 결단만 내리면 된다는 것을…… 감각을 통해 이해했다.

"—그만해."

목소리는 차갑고, 손가락도 차갑지만, 심장만은 뜨거웠다. 방아쇠를 당겼다. —충격, 폭음, 반동. 인형의 오른팔이 산산조각 나면서 바닥에 떨어졌다.

멍하니 있을 여유가 없다는 것은 엠프티도 알고 있었다.

이부스키 파니에는 아연실색한 표정으로 엠프티 쪽을 쳐다봤다. 하지만 엠프티가 쿠루미를 부축하며 억지로 일으키는 모습을 보더니, 두 손을 흔들어대며 고함을 질렀다.

"정말~! 귀찮아 죽겠네~!"

인형들이 파니에의 입에서 튀어나왔다. 서른 개의 인형들은 도망치려 하는 두 사람을 해치우기에 충분한 숫자였다.

엠프티는 정신을 잃은 소녀를 업고 달릴 수 있을 만큼 힘이 세지 않았다. 걸으면서 도망치다간 금방 따라잡힐 것이다. 게다가 쿠루미의 상태에 엠프티의 마음은 더욱 초조해졌다. 쿠루미의 손은 얼음장처럼 차가웠으며, 출혈도 멎지 않는 것이다.

"……그만……."

쿠루미가 혼잣말을 하듯 그렇게 중얼거렸지만, 지금은 그녀의 말에 귀를 기울일 여유도 없었다.

따라잡힌다. 살해당한다. 죽는다. 자신만이 아니라 쿠루미도 죽는다.

도와주는 사람은 없다. 기적은 일어나지 않는다. 운명은 엄밀하고, 냉혹하게, 그녀들을 완전히 옭아맬 것이다.

―그러니, 이것은 기적이 아니다.

굳이 따지자면, 『돌마스터』의 계산 미스다.

그녀의 악취미가 이런 상황을 일으킨 것이다.

쇄도하는 서른 개의 인형들은 각각 특기와 기술이 다 다

르지만, 빈껍데기 준정령과 의식을 잃은 정령을 죽이기에는
충분한 전력이었다.

결국 둘을 따라잡은 한 인형이 검을 휘둘렀지만— 그 검
은 튕겨났다.

"어?"

인형은 당황한 듯한 반응을 보였다. 다음 순간, 그 인형의
팔과 목이 순식간에 잘려 나갔다.

"……어?"

이번에는 엠프티가 당황했다.

도움의 손길을 내민 이는 신도, 준정령도 아닌…….

"그래. 그렇게 된 거구나!"

환하게 웃고 있는, 외팔 인형이었다. 엠프티가 방금 총으
로 쐈던 인형—.

"왜……?"

엠프티는 걸음을 멈추고, 망연자실한 목소리로 그렇게 중
얼거렸다. 인형은 한 손으로 대검을 치켜들며 외쳤다.

"너는 내 친구이고! 나는 네 친구였어! 그러니까, 그러니까
그녀를 죽여선 안 되었던 거야! 미안해! 이렇게 늦게 깨달아
서, 미안해!"

유리 눈동자에서 눈물이 흘러나왔다.

엠프티는 뭐가 어떻게 된 것인지 알지 못했지만, 인형은
계속 고함을 질렀다.

"이제 모르겠어. 정말, 아무 것도 모르겠어! 하지만, 하지만 기억해. 히비키를, 히비키를 좋아했다는 것만은 말이야! 그러니까! 그러니까……."

도망쳐, 라고 속삭이듯 말한 그 인형은 밀려드는 인형들을 향해 달려들었다.

아무 것도 전하지 못한 채, 그리고 상대방의 말에 답하지도 못한 채, 엠프티는 쿠루미를 질질 끌며 도망쳤다.

아무튼, 먼 곳으로, 최대한 먼 곳으로, 인형들의 눈길이 닿지 않을 곳으로…….

엠프티가 선택한 곳은 집이 아니라 낡은 공장이었다. 얼마 전에 잡혀 있었던 장소였다. 격렬한 전투의 여파에 의해 반쯤 붕괴되기는 했지만, 그 덕분에 도리어 남들 눈에 띄지 않을 것 같았다. ……이제 기도하는 수밖에 없다.

목에 차가운 이슬이 떨어졌다.

운이 좋은 건지, 하늘에서 장대비가 쏟아졌다. 이 장대비가 냄새와 발자국을 전부 없애줄 것이다. 좀 춥기는 하지만, 지금은 살아남는 게 우선이다.

이제, 토키사키 쿠루미가 깨어나 주기만 하면 된다.

"……여기는……."

"쿠루미 씨?!"

엠프티는 허둥지둥 쿠루미를 향해 뛰어갔다. 얼굴은 창백

했고, 입술에서 핏기가 사라졌으며, 출혈 또한 멎지 않았지만, 그래도 쿠루미는 살아 있었다.

"……도망쳤구나……. 어떻게……?"

"예. 그 인형이 도와줬어요."

"인형, 이……?"

"자기가 제 친구라면서……."

쿠루미는 그 말을 듣고 눈을 치켜뜨더니— 곧 크게 한숨을 내쉬었다. 혼이 빠져나갈 것만 같은, 그런 한숨이었다.

"……그래, 그랬구나."

쿠루미는 떨리는 손으로 호주머니를 뒤지더니, 사진 한 장을 꺼냈다. 엠프티, 그리고 아까 그 인형의 모델이 된 듯한 소녀가 함께 찍힌 그 사진이었다.

"놀라지 않는 것 같군요."

"솔직히 새삼스럽잖아요."

"그럼, 제가 토키사키 쿠루미가 아니라고 말해도 놀라지 않을 건가요?"

"……예. 안 놀라요."

쿠루미는 가슴을 매만지더니, 몸에서 흘러나온 피에 젖은 손을 쳐다보았다.

"출혈량을 보아하니…… 목숨을 건지긴 힘들 것 같군요. 뭐, 애초부터 살 생각은 없었지만 말이에요."

"그런 소리 하지 마세요!"

"……제 옛날이야기를 들어주시겠어요?"

그녀의 어조가 갑자기 달라졌다. 물에 녹듯, 그녀의 머리 카락에서 색이 빠지기 시작했다. 그것은 히고로모 히비키가 토키사키 쿠루미라는 강대한 힘을 포기했다는 증거였다.

그녀의 입술에서, 이야기가 흘러나왔다.

◇

정신을 차리고 보니, 이 인계에 있었다.

형형색색의^{컬러풀} 준정령들 중에는 히고로모 히비키 같은 존재 가 압도적으로 많았으며, 또한 무력했다.

빈껍데기라^{엠프티} 불리는 데는 이유가 있었다.

기억만이 아니라 인격조차 잃어버린 채 방황하는 소녀들. 무해한 유령, 눈에 거슬리기만 하는 개념.

어쩌면, 자신도 그렇게 되었을지도 모른다는 공포의 상징.

그것이─ 엠프티.

머지않아 팔이 사라지고, 다리가 사라진 후, 인계에서도 모습을 감출 운명인 소녀들.

히고로모 히비키도 그런 이들 중 한 명이었다. 그녀는 영 문도 모른 채 이 세계에 와서 겁에 질렸고, 싸우는 것을 두 려워했으며, 운 좋게 손에 넣은 영장도 제대로 다루지 못했다. 그리고 자신이 사라지는 것을 두려워했다.

꿈은 없다.

희망도 없다.

추구하는 무언가도 없다.

추구할 마음조차 없다.

영문도 모른 채 홀로 태어나, 홀로 죽는다. 그것이 히고로모 히비키의 운명이었다.

무기력한 히비키가 그녀를 만난 것은 그야말로 우연이었다.

말쿠트의 커뮤니케이션— 사투. 생기 넘치는 그 소녀는 즐겁게 싸웠다.

몇 번이나 격돌한 끝에, 그녀는 멋지게 승리를 거뒀다. 공허한 눈으로 그 광경을 지켜보던 히비키와 소녀의 시선이 마주쳤다.

소녀는 만면에 미소를 지었다. 멍하니 자신을 쳐다보고 있는 히비키를 향해, 두 손가락으로 브이 사인을 날렸다.

"이겼어!"

히비키는 멍하니 그 광경을 쳐다보다…… 느릿느릿 브이 사인을 취했다.

"고마워!"

그녀는 힘찬 목소리로 그렇게 말한 후, 사라졌다.

히비키는 몸을 일으켰다. 어느새 사라졌던 팔이 원래대로 되돌아왔다. 이런 별것 아닌 대화를 통해, 히비키는 희망을 거머쥔 것이다.

그 소녀의 이름은 히류 유에. 엠프티의 이름은 히고로모 히비키.

유에는 전형적인, 싸우지 않으면 살 수 없는 준정령이었다. 그리고 히비키는 싸우지 않더라도, 누군가와 함께 있기만 해도 살아갈 수 있는 준정령이었다.

잔잔한 바다처럼 평화로운 나날이었다.

유에가 상처를 입고 돌아올 때마다 가슴이 아팠다. 하지만 한편으로는 살아서 돌아와 주기만 해도 된다는 안도감 또한 느꼈다.

자신이 무명천사의 힘을 사용할 일은 없을 거라고, 히비키는 생각했다.

무시무시한 힘을 지녔지만, 대가가 너무 컸다. 그 힘을 계속 사용하면, 그 끝에 존재하는 것은 폐인이 된 자신이다.

"아깝네!"

유에는 그렇게 말하면서 한탄했지만, 히비키는 난감하다는 듯이 미소를 짓기만 했다. 그 힘이 지닌 최악의 부분은 **자신을 뒤바꾼다**는 점이었다.

분리된 인격, 괴리(乖離)된 기억, 히고로모 히비키라는 이름조차 버려야만 하는 강제력.

그 힘을 사용했다간 눈앞에 있는 유에조차 잊게 될지도 모른다.

"저는 정말 괜찮아요, 유에."

"정말? 몸은 괜찮은 거야?"

"싸우는 걸 싫어하기도 하고, 아직은 괜찮아요. 예. 행복하니 괜찮아요."

싸우는 것만이 꿈을 좇는 방법이라고는 단정할 수 없다.

기다리는 것만으로 충족되는 꿈이 있다. 유에와 함께 놀고, 이야기하며, 지금까지 이어져 온 나날이 있다.

그러니, 현재는 충족감으로 가득 채워져 있다.

─유에를 잃으면, 충족감 따위는 사라질 텐데 말이다.

그 사실에서 눈을 돌린 것은 어째서일까.

기다리고 있으면 반드시 「다녀왔어!」라고 말하며 돌아올 거라고 확신한 건 어째서일까.

그녀는 마지막에 말했다. 『돌마스터』가 주최하는 게임에 초대받았다고 말이다.

"처음에는 참가할까 했는데 말이야."

유에는 평소와 다르게 온화한 어조로 말했다.

"하지만 그녀가 주최한 싸움에서는 상대방의 목숨을 빼앗을 때까지 싸워야만 해. 그건 좀 아니라는 생각이 들거든."

"다행이에요. 그 말을 들으니 안심이 되네요……. 솔직히 말해, 유에라면 참가할 거라고 생각했어요."

히비키가 그렇게 말하자, 유에는 멋쩍어하면서 중얼거렸다.

"언제 목숨을 걸지는 이미 정해뒀거든."

"유에는 언제, 자신의 목숨을 걸 건데요?"

"히비키가 위기에 처했을 때, 목숨을 걸고 구해줄 거야."

유에는 태도를 싹 바꾸면서 그렇게 말했다.

"고…… 고마워요. 그럼 안심해도 되겠네요."

멋쩍고, 가슴이 벅찬 나머지, 그런 말밖에 하지 못했다.

"아무튼, 내일 거절 의사를 밝히러 갔다 올게."

유에가 그런 결론을 내린 다음날, 그녀는 모습을 감췄다.

이 인계에서 소녀가 행방불명이 되는 것은 드문 일이 아니다. 또한, 싸움을 좋아하는 준정령이라면 더욱 그렇다.

그리고 그녀가 행방불명이 되더라도 히비키가 할 수 있는 것은 그녀를 기다리는 것뿐이었다.

이윽고 히비키는 『돌마스터』의 소문을 들었다. 그녀는 인형을 모은다고 했다. 그 인형이란 준정령들이며, 눈독들인 준정령은 반드시 자신의 인형으로 만든다고 했다.

『돌마스터』, 『돌마스터』, 『돌마스터』!

복수를 하는 것이 히비키의 새로운 꿈이 되었다.

최초의 한 걸음은 싸움을 치르는 것이었다. 싸움에 익숙해졌고, 피를 보는 것에 익숙해졌으며, 상처를 치유하는 것에도 익숙해졌다. 다음 한 걸음은 정보를 모으는 것이었다.

다행히도 그녀의 영장이 지닌 능력은 정보 수집에 매우

적합했다. 『돌마스터』의 장점, 단점, 비밀, 약점을 철저하게 조사했다. 그 과정에서 몇 번이나 목숨이 위험에 처했고, 죽을 뻔했지만, 집념은 그녀에게 죽음을 허락하지 않았다.

최후의 한 걸음은 계획의 수립이었다. 『돌마스터』를 죽이기 위해, 쓰러뜨리기 위해, 무엇이 필요한가.

생각하고, 생각하고, 생각하다보니— 어느새, 머나먼 곳까지 오고 말았다는 사실을 깨달았다.

꽤 오랫동안, 홀로 살아왔다는 생각이 들었다.

설령 유에와 재회하더라도, 그녀는 자신을 알아보지 못할 것이다. 하지만 그래도 상관없다. 왜냐하면 재회할 수 있을 리가 없는 것이다.

그러니 히고로모 히비키는 내(나)가 아니어도 된다. 제7영속의 무명천사 〈왕위찬탈(킹 킬링)〉. 그 힘은 **능력의 강탈**. 대상자와 육체를 바꿔서, 능력조차도 빼앗는— 왕을 죽이는 것을 가능하게 하는 반칙에 가까운 역전(逆轉) 능력이다.

이제까지는 자기 자신을 숨기기 위해 준정령들의 얼굴을 일시적으로 빼앗는데 활용했다. 하지만 능력의 강탈은 그 너머에 존재하는 미지의 세계였다.

일단 빼앗으면 자신이 죽을 때까지 해제할 수 없다. 돌이킬 수 없는 것이다. 그 정도로 위험부담이 큰 힘이었다.

그렇기에 히비키는 가능한 한 강한 힘, 강한 존재를 강탈하기 위해 온갖 영역을 돌아다녔다.

『돌마스터』에게 대항할 수 있는 힘을 지닌 준정령을 찾기 위해서 말이다.

그리고, 드디어 만났다. 게다가 준정령이 아니라, 재앙을 초래한다고 여겨지는 정령을 만나게 된 것이다.

아름다웠다.

어디 한 군데 빠짐없이 아름다웠다.

하늘에서 낙하한 그녀는 숨이 끊어지지 직전이었다. 하지만 히비키는 그녀가 지닌 방대한 힘을 느낄 수 있었다.

만약 이 세상에 인간의 지혜와 정령을 초월한 무언가가 존재한다면— 히고로모 히비키에게 천재일우의 행운을 내려준 것이리라.

……히비키는 알고 있었다. 자신의 능력은 육체와 영장만이 아니라, 인격마저 강탈한다.

어쩌면 능력을 빼앗은 순간, 복수 따위는 바보 같은 짓이라며 전부 내팽개칠 가능성도 컸다.

대항책은 없다. 그렇기에 단단히 마음먹었다. 히류 유에를, 그녀와 함께 만들어왔던 사소한 추억을, 강하게, 강하게 가슴에 품었다.

부탁이에요. 무엇을 빼앗겨도 상관없어요. 복수를 마친 후에는 이 목숨도 내놓을 거예요. 그러니, 제 꿈을 빼앗지 말아주세요. 제가 복수를 마치게 해주세요.

그것은 복수를 해낼 수 있다는 기쁨 따위는 존재하지 않는 광경이었다.

암흑으로 뒤덮힌 밤. 인간의 흔적이 존재하지 않는 뒷골목. 하염없이 비가 내리는 가운데, 한 소녀는 죽어가고 있는 정령의 손을 움켜쥐었다.

"미안해요, 미안해요, 미안해요, 미안해요, 미안해요……."

몇 번이나, 몇 번이나 생각했다. 머릿속으로는 뜻대로 잘 풀릴 거라고 생각했다. 하지만 떨림이 멎지 않았다.

인격을 바꾼다. 자신이 자기 자신이 아니게 된다. 그것은 상대를 죽이는 행위이자, 자신을 죽이는 행위였다.

히고로모 히비키는 지금, 두 소녀를 죽이려 하고 있었다.

이 방법밖에 없다, 라는 말을 수도 없이 중얼거렸다. 그런데도 남은 한 걸음을 내디딜 수가 없었다.

그래서, 더욱 강하게 떠올렸다.

흘러간 과거의 광경, 평온한 나날, 그저 같이 있기만 해도 마음이 충족됐던 시간.

두 번 다시 되찾을 수 없는, 평온한 광경.

"잊지 마, 잊지 마, 잊지 마, 잊지 마, 잊지 마, 잊지 마, 잊지 마! 그걸, 그 광경을, 절대 잊지 마!"

절규──.

무명천사 〈킹 킬링〉을 발동시켰다.

갈고리 모양의 거대한 발톱이 쓰러진 정령의 모든 것을 빼앗더니, 히고로모 히비키의 몸 안에 심어 넣었다.

그리고, 모든 것을 빼앗긴 정령은 빈껍데기(엠프티)가 되었다.

◇

기나긴 독백이 끝난 후, 그녀는 천천히 정령에서 준정령으로 되돌아갔다. 자신의 몸 안을 가득 채우고 있던 내용물을 버리며, 원래의 빈껍데기(엠프티)로 되돌아가고 있었다.

"······당신을, 쭉 속였어요."

방금까지 쿠루미**였던** 소녀는 그렇게 말했다.

엠프티는 멍하니, 그 고백을 듣고 있었다.

"기억이 없는 것도 알고 있었어요. 당신이 누구인지도 알고 있었어요. 하지만, 알려줄 수 없었어요. 전부 알면서, 거짓말을 했답니다. 거짓말을 하고, 하고, 또 할 수밖에— 없었어요."

"······왜, 저를 죽이지 않은 거죠?"

소녀는 빙긋 웃었다.

"딱히 이유는 없어요. 그저 제가 죽는 모습을 보고 싶지 않았을 뿐이죠. 그뿐이에요."

흘러나온 토키사키 쿠루미가, 조용히 곁을 지키고 있는 소녀에게로 빨려 들어갔다.

"이제 가세요. 정령인 당신은 원래 이 일과는 상관이 없잖아요."

눈앞에 있는 그녀는 점점 빈껍데기^{엠프티}에서 벗어나고 있었다.

정령은 아무 말 없이 총을 치켜들었다.

"—당신을, 용서할 수 없어요."

"……그렇겠죠. 죄송해요."

이런 결말도 상상은 했다. 자신은 그 정도로 심한 짓을 한 것이다.

"목숨 구걸은 안 할 건가요?"

"아까 당신이 저한테 말했죠? 유에가 저희를 지켜줬다고요. 그 말을 들었더니, 이제 됐다는 생각이 들어요."

지켜줬다.

인형이 되고도, 약속을 지키려 했다.

히류 유에는 언제나 자신의 히어로였다. 그 사실을 안 것만으로도, 히고로모 히비키는 구원받았다.

쾅음, 정적—

이리하여, 토키사키 쿠루미는 죽음을 맞이했고—.

이리하여, 토키사키 쿠루미는 몸을 일으켰다.

◇

　소녀가 폐허가 된 공장을 나서자, 인형들이 수십 겹으로 그녀를 포위했다.

　비는 여전히 억수처럼 쏟아지고 있었다.

　"찾았다!"

　철퍼덕, 하는 소리를 내며 바닥에 내던져진 인형이 사방으로 진흙을 튀겼다. 히류 유에의 인형이었다. 정확하게 말하면, 그 인형의 목이었다. 그 뒤를 이어 던져진 몸통에는 상처가 잔뜩 나 있었다. 배신자를 향한 증오가 이 인형을 이렇게 만든 것이리라.

　소녀는 몸을 웅크리더니, 인형의 머리를 쓰다듬었다.

　소녀는 약속을 지키는 존재를 싫어하지 않는다. 설령 그 존재가 인형, 그리고 준정령일지라도 말이다.

　"토키사키 쿠루미는 어디 있지? 대답하지 않으면, 고문할 거야."

　"……."

　침묵. 여유 넘치는 소리를 하지 않는 건 좋지만, 인형을 계속 쓰다듬고 있는 그녀를 보니 무시당하고 있는 것 같아서 기분이 나빴다.

　"**네 단짝 친구처럼**, 인형으로 만든 다음에 죽이는 것도 나쁘지 않을 것 같네~."

반응이 없었다.

그런 소녀를 본 인형들은 짜증이 아니라 오한에 가까운 무언가를 느꼈다.

"내 말을…… 듣고 있기는 한 거야?"

반응이 없었다.

억수처럼 쏟아지는 비 때문에, 인형들 중 그 누구도 그녀의 얼굴을 보지 못했다.

모습은, 옷은, 확실히 엠프티지만— 아니, 잠깐만…….

"그 총, 네가 쓸 거야?"

반응이, 없었다.

토키사키 쿠루미가 쓰던 고풍스러운 총을, 그녀가 움켜쥐고 있었다.

그리고, 드디어— 엠프티가 반응을 보였다.

그것은, 지옥 밑바닥에서 흘러나오는 것처럼 요란한 웃음 소리였다.

짜증이 아닌 공포가 임계점에 도달했는지 인형 하나가 괴성을 지르면서 달려들었다.

『돌마스터』의 인형은 준정령 시절의 영장조차도 비슷하게 재현한다. 그녀의 영장은 불을 뿜으며 로켓 같은 속도로 날아갔다.

인형이 맹렬한 기세로 돌진하자, 아무런 힘도 없었던 엠프티는 웃으면서 파리라도 쳐내듯 그 인형을 간단히 박살냈다.

"……어?"

인형들이 술렁거렸다. 그 광경을 본 『돌마스터』 또한 오래간만에 이물질이 박힌 듯한 불쾌한 감각을 맛봤다.

"오해하지 말아줬으면 좋겠군요. 저는 이 인형에게 별다른 감정을 품고 있지 않답니다."

—그 말은 사실이다. 그녀에게 있어서는 생판 남에 지나지 않는 것이다. ^{평범한 인형}

"그러니, 저로서는 이대로 이 자리를 벗어나는 게 가장 무난한 선택지라고 생각해요."

그건 가능하다. 얼마든지 가능한 것이다.

"하지만, 그게 말이죠. 저기, 뭐랄까요. 저, 실은 **짜증이 좀 났답니다. 그것도 속이 부글부글 끓는 것 같을 정도로 말이죠.** 귀찮은 일에 휘말린 것도, 당신들이라는 존재도,

전부 성가셔서 미칠 것만 같답니다."

말투가 달랐다.

목소리조차도, 달랐다.

유심히 보니, 영장에서 흘러나오는 영력 또한 예전과는 비교도 되지 않을 만큼 강했다.

침착해, 하고 인형들은 되뇌었다. 토키사키 쿠루미는 가짜다. 위작이다. 히고로모 히비키가 변신했을 뿐인, 흔한 준정령이다.

게다가 만에 하나, 아니, 억에 하나, 정령일지라도, 이 정도 숫자로 밀어붙인다면 질 리가 없다. 『돌마스터』도 필사적으로 그렇게 되뇌었다.

질 리가 없다. 이 말쿠트의 지배자인 자신이―

겨우 한 명에게 겁먹어선―

안 된다!

"전원, 돌격해! 해치워버려!"

소녀는 물러서지도, 앞으로 나아가지도 않았다. 인형들의 돌격을 받아주겠다는 듯이 두 손을 앞으로 내밀었다. 그런 그녀의 한손에는 단총이, 다른 한손에는 장총이 쥐어져 있었다.

그리고 그녀의 등 뒤에, 거대한 시계가 출현했다.

이것이야말로 그녀의 천사― 시간과 그림자를 지배하는 〈자프키엘〉.

"아뇨, 성가시다는 말만으로는 부족할 것 같군요. 죄송해요. 좀 더 직설적인 표현을 사용하자면— **쳐죽여 버리고 싶군요.**"

검은색과 흰색이 변했다.

두 색깔이 섞이는 것이 아니라, 그대로 옮겨갔다.

그와 동시에, 무언가가 주위를 핥고 지나간 듯한 느낌이 들었다.

엎드려서 두려움에 떨어, 앉아서 죽음을 기다려라, 잡병 들아.

그대 눈앞에 서 있는 것은 다 죽어가는 짐승이 아니다.

피에 물든 채 죽음을 기다리는 인간이 아니다.

고풍스러운 총을 치켜들고, 그림자 탄환을 짓씹으며, 전율 과 함께 존재하는 그 그림자는—.

틀림없이, 인간의 틀을 벗어난 존재이니라.

자, 힘차게 외쳐라, 재앙이여.

인간이 아닌 그대는 임전무퇴의 존재, 시간과 그림자의 절 대자. 인계의 섭리를 만든 열 명 중 한 명.

그 이름은, 토키사키 쿠루미.

사상 최악의, 가장 무서운 정령이자, 사랑에 매진하고 있 는 소녀다.

"유린해드리죠, ^{가지고 놀아} 어중이떠중이."

절망이 시작됐다.
하지만 절망을 느낀 것은 이제부터 홀로 싸워야 하는 토키사키 쿠루미가 아니라—.
재앙 그 자체이자 최악의 정령인 그녀를 상대해야 하는, 인형들이었다.

두 손에 쥔 총에서 연이어 탄환이 발사됐다. 그 탄환 한 발 한 발은 인형이 지닌 세피라의 파편을 정확하게 꿰뚫었다. 그리고 광기어린 웃음이 울려 퍼지며 탄환이 다시 장전됐다.
"우선 몸부터 풀어볼까요? 〈자프키엘〉—【알레프】!"
쿠루미는 자기 자신을 향해 탄환을 쏜 후, 폭풍 같은 기세로 돌진했다.
쿠루미에게 접근해서 공격을 날린 인형들은 그녀의 모습이 사라지자 혼란에 빠졌다.
"대체 어디— 윽?!"
한참 떨어진 곳에 있던 인형이 박살나면서 허공을 갈랐다.
이부스키 파니에의 시각을 담당하던 인형은 뒤늦게 고개를 돌렸다.
"……저건, 뭐야?"

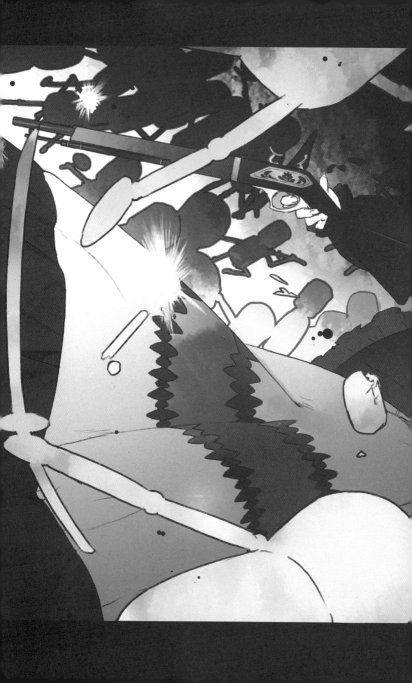

인형이 짓밟혀서 부서졌다. 쿠루미는 발로 그 인형을 고정하더니, 버둥대는 인형의 머리를 향해 총을 들고 주저 없이 방아쇠를 당겼다.

"대체 뭐야?! 저…… 괴물은 대체 뭐냔 말이야!"

인형들이 차례차례 고기가 으깨지듯 박살이 났다.

하지만 인형은 단순히 여러 개가 아니라, 군대이자 집단이었다. 쿠루미에게 접근한 한 인형이 머리카락이나 수염을 자르기보다는 동맥을 절단할 때 주로 쓰일 법한 거대한 면도칼을 휘둘렀다.

그러자 쿠루미는 코웃음을 치며— 날카로운 칼날을 이빨로 막아냈다.

"키힛!"

경악한 인형의 머리를 박살낸 후, 면도칼을 뺏어 발로 걸어찼다. 맹렬한 기세로 날아간 면도칼은 총으로 쿠루미를 조준하고 있던 인형의 미간에 꽂혔다.

"아까도 말했을 텐데요? **가지고 놀아주겠다고 말이죠**. 여러분 같은 어중이떠중이를, 바로 제가 말이에요. 그러니까— 좀 더 힘을 내주세요. 예?"

뒤편에서 몰래 다가온 인형이 침묵에 잠긴 채 쿠루미의 가슴을 향해 창을 내질렀다.

"어머, 어머."

"잡았다!"

"아냐, 아직이야!" "다들 모여!" "우리 모두의!" "힘을 모으자!"

길이가 긴 천사(무기)를 쥔 인형들이 쇄도했다. 창이, 장검이, 차례차례 쿠루미에게 꽂혔다. 그리고 세피라를 박살낸 감촉이 느껴졌다.

"잡았다!"

환희의 포효가— 순식간에 사라졌다.

"어, 째……서……"

자신들이 희희낙락하면서 찌른 것은 가장 먼저 창으로 쿠루미를 찌르려 했던 인형이었다.

인형들은 혼란에 빠졌다. 이부스키 파니에를 구성하던 인형들은 아연실색하면서 어떤 사실을 떠올렸다.

"그림자……!"

그렇다. 깜빡했다. 쿠루미는 그림자를 자유자재로 조종할 수 있으며, 그림자를 통해 공간을 도약할 수도 있다.

"사라졌어!" "어디 있지?!" "없어!" "여기에도 없어!" "저기에도 없어!"

사라진 그녀는 그림자 안에서 모습을 감추고 있었다.

"당황하지 마! 찾아, 찾아, 찾—"

키히히히히히히히히히히.

또다시, 쿠루미의 광기어린 웃음소리가 들렸다.

얼음으로 된 창이 등골을 꿰뚫은 것처럼 오한이 느껴졌다. 인형이 땀을 흘릴 수 있다면, 정신적 중압감 때문에 얼음처럼 차가운 땀이 온몸에서 흘러나왔을 것이다.

인형 하나가― 그림자 안으로 끌려들어갔다. 그리고 곧 세피라가 도려내진 채 그림자 밖으로 내던져졌다.

박살나고, 총에 맞고, 상처입고, 일그러지고, 쪼개지고, 찢기고, 분해되고, 잘리고, 두들겨 맞고, 부서지고, 으깨지고, 폭발하고, 짓밟혔다.

인형들은 하나하나 무참하게 파괴되었다.

단 한 발의 탄환이 인형의 행동을 정지시켰다. 그 탄막을 돌파해서 접근전을 벌이려한 인형은 그림자 안으로 끌려들어갔다. 먼 곳에서 공격을 해도 마찬가지였다.

죽일 수 없다. 그녀는, 절대 죽일 수 없었다.

『돌마스터』가 명령을 내린다면 죽음조차 두려워하지 않는 군대가 되는 인형들에게 있어서도, 죽음은 결코 남의 일이 아니다.

하지만 그들은 최강을 자랑한다. 최강을 구가한다. 숫자는 곧 힘인 것이다. 수백 개의 인형들이 일제히 덤벼들면 그 어떤 적이라도 쓰러뜨릴 수 있다고 믿어왔다.

정령인 토키사키 쿠루미일지라도 예외는 아니다. 물론 다른 정령들처럼 불합리할 정도로 포악한 재앙 능력을 지녔다면 성가시겠지만, 그녀는 그렇지 않다.

그림자를 조종하는 게 전부…… 총으로 신체 능력을 상승시키는 게 전부…….

아니다. 그렇지 않다.

이것은 그런 게 아니다.

그녀의 **그것**은, 그야말로 근원적인 능력— 그것은 세계를 지배하는 능력, 그 자체—!

그림자에서 쿠루미가 모습을 드러냈다. 그녀의 복부에서 흘러나오는 피를 본 인형들은 약간이지만 안도했다.

하지만 쿠루미가 자기 자신을 향해 단총을 쏘자, 마치 시간을 되감은 것처럼 상처가 아물었다.

뭐가…… 어떻게 된 거야. 저 말도 안 되는 회복 속도는 뭐냔 말이야……!

쿠루미가 파니에를…… 정확하게 말하자면 파니에의 내부에 있는 인형들을 두 눈으로 들여다보듯 쳐다보았다.

히익! 하고 인형들이 비명을 질렀다.

"—키히."

쿠루미는 웃었다. 조소를 터뜨렸다.

방금까지 보이지 않았던, 시계로 된 눈동자가 왠지 즐거워하고 있는 것 같았다. 아니, 즐거워하고 있다. 즐거워서 어쩔 줄을 모르겠다며 외쳐대고 있었다.

"즐겁죠? 즐거워서 죽겠죠? 당신들이 지금까지 해온 짓이니까 말이에요. 압도적인 힘으로 적을 유린하고, 그들의 목숨 구걸을, 발버둥을, 구경한다. —예, 부정하지 않겠어요. 그건 정말 즐거운 일이죠."

한 인형이 쿠루미의 뒤편에서 몰래 다가가자— 그녀는 쳐다보지도 않고 총을 쐈다. 인형의 머리와 세피라의 파편이 동시에 박살났다.

"하지만, **자신이 당하는 입장이 될 거라고는 생각도 하지 않은 것 같군요.** 아아, 너무하군요. 인식이 너무 물러터진 것 아닌가요? 자기가 저지른 일의 결과는 자기가 받는다. 인과에는 응보가 따른다. 그게 세상의 섭리니까 말이에요."

"……시, 끄러워! 시끄러워! 닥쳐! 너 따위가 이길 리가 없어! 네가 쓰러뜨린 건 겨우 300개 밖에 안 돼! 인형들은 아직 1500개 넘게 남았단 말이야! 네가! 이길! 리가! 없어!"

"키히히히히힛! 그렇게 겁먹지 마세요. 자, 사랑하는 파니에 양. —당신에게 좋은 걸 가르쳐드리죠."

쿠루미는 공장 쪽을 손가락으로 가리키며 입을 열었다.

"방금까지, 제 가죽을 뒤집어쓰고, 제 능력을 사용하던 분이라면, **저기에 있답니다.**"

"뭐—?!"

"하지만, 저한테 있어서는 아무래도 상관없는 존재죠. 처리하고 싶다면, 뜻대로 하세요."

쿠루미는 그렇게 말하면서 도약하더니, 전봇대 위에 착지

했다.

"……무슨, 생각인 거야?"

파니에는 두려움에 찬 표정을 지으며 물었다. 쿠루미는 한층 더 크게, 크게 웃으며 말했다.

"저는 지금 당장이라도 『돌마스터』를 찾아갈까 싶지만, 그랬다간 당신이 그녀를 인질로 잡고 장황한 연설을 할지도 모르죠. 저는 시끄러운 걸 싫어한답니다. 죽일 거라면 빨리 죽여주세요. 그녀도 인질이 될 바에야 자해를 할 테니까 말이죠."

파니에는 방금 그 말에서, 가장 무시무시한 부분이 무엇인지 이해했다.

제 가죽을 뒤집어쓰고, 제 능력을 사용하던―.

"그, 그럼…… 너, 혹시, 진짜, 야?"

"흐음, 글쎄요. 좀 더 싸워보면 알 수 있지 않을까요? 하~지~만~ 지금의 당신들은 **하찮기 그지없군요. 눈감아 주죠.** 꼬리를 말고 도망치도록 하세요."

"헛소리 하지 마!" "죽여 버리겠어!" "죽여―!"

그 순간 탄환이 꽂혔다.

머리가 박살난 인형이 경련을 일으켰다. 인형들에게는 반격을 할 기력조차 존재하지 않았다.

"만반의 준비를 마치고, 저와 싸워 주세요. 아니면 지금 이 자리에 있는 100개 남짓한 인형으로 저를 해치울 수 있다고 생각하는 건가요?"

인형들은 이미 전의를 상실했다. 이부스키 파니에의 몸 안에 숨어있는 인형들도 마찬가지였다. 상대는 정령이다. 모든 병력을 동원해서 싸우지 않는 한, 해치울 수 없다.

"자, 여러분이 선택하세요. —이 자리에서 죽을지, 주인의 곁에서 죽을지를 말이죠. 뭐, 큰 차이는 없겠지만 말이에요."

키히히히히히! 하고 한층 더 크게 웃은 토키사키 쿠루미가 비에 녹듯 모습을 감췄다.

"돌아가야 해!" "돌아가야 해!" "빨리 돌아가자!" "여기 있다간 죽을 거야!"

이부스키 파니에도 머릿속이 제대로 돌아가지 않았다. 하지만 이곳에 있다간— 틀림없이 죽는다.

"후퇴하자! 주인님을 지키는 거야! 남은 병력을 총동원해서, 그 분을 지키자!"

그렇게 인형들이 사라진 후, 쿠루미는 한숨을 내쉬었다.

무릎을 꿇었다. 터질 듯이 뛰고 있는 심장을 억눌렀다. —그리고, 물밀듯이 밀려오는 피로를 견뎠다. 현기증이 났지만, 의식을 잃는 것만큼은 막았다.

"……생각이 짧은 인형들이라 살았군요."

방금 한 말은 대부분 허풍이었다. 쿠루미가 사용하는 천사, 〈자프키엘〉의 능력은 무시무시한 만큼, 그 대가로 『시간』을 소비한다.

그리고 그것은 곧 토키사키 쿠루미의 수명이다.

그녀에게 있어, 그 소비는 치명적이었다.

"인간의 시간을 『먹은』 적은 있지만…… 빈사 상태의 인형을 『먹게』 될 줄은 생각도 못했군요."

280개의 인형들 중 진짜로 세피라의 파편이 분쇄된 건 50개 정도다. 남은 인형들은 전투만 불가능하게 만들어뒀다.

……그렇다고 해서, 손속에 사정을 둔 것은 아니었다.

"그럼…… 잘 먹겠습니다. 여러분, 안녕히 가세요."

쿠루미는 자신이 지닌 무시무시한 능력을 발동시켰다. 〈시간을 먹는 성〉이라 불리는 그 결계는 그녀의 그림자에 닿은 모든 자들의 『시간』을 빨아들인다.

쿠루미는 주저 없이, 그리고 인정사정없이, 빈사 상태의 인형들에게서 시간을 빨아들여 자신을 향해 다가오는 죽음을 쫓아냈다.

상상했던 것보다 훨씬 더 기분이 나빴기에 구역질이 날 뻔했다. 그들은 인형이 아니라, 원래 **인간**이었다. 정확하게는 준정령이지만, 쿠루미는 그녀들이 어떤 연유로 탄생했는지 알기에 인간으로 인식하고 만다.

즉, 그녀는 지금 280명의 인간을 죽인 것이다.

물론 변명이라면 얼마든지 할 수 있다. 첫째, 죽이지 않았다면 살해당하고 말았을 것이다. 둘째, 자신이 살아남기 위해서는 수명 이외의 『시간』이 필요했다. 셋째, 그녀들은 이대로 영원히 살 수밖에 없다. 『돌마스터』를 맹신하는 일그러진 인격을 소유한 존재로서 말이다.

그러니, 죽여야만 한다고 쿠루미는 생각했다.

그러니, 죽어야만 한다고 쿠루미는 소망했다.

뭐, 그건 그렇고, 문제가 하나 있었다.

"그 분이 이 광경을 본다면…… 어떻게 생각할까요."

쿠루미의 주위에는 수많은 시체가 굴러다니고 있었다.

그가 이 광경을 본다면 화를— 내지는 않을 거라고 생각한다. 그는 올바른 윤리관과 정의감을 지녔지만, 그래도 엄연히 어쩔 수 없는 일은 받아들일 거라고 생각한다.

어쩌면 슬픈 표정을 지으며 자신을 위로해 줄 가능성도 있다. 인형이 죽어서 슬퍼하는 게 아니라, 이런 선택을 할 수밖에 없었던 쿠루미의 슬픈 마음을 헤아려 주면서 말이다.

그런 일이 벌어졌다간, 너무 기쁜 나머지 눈물을 터뜨리고 말 것이다.

"만나고 싶어요……."

혼잣말은 바람에 녹아들어갔다. 그 후, 쿠루미는 한동안 나약한 소리를 봉인하기로 했다. 어차피 시체는 더 늘어날 것이니 말이다.

쿠루미는 정적을 되찾은 폐공장을 쳐다보았다. 이제 저 장소에는 볼일이 없다.

능력을 되찾았고, 외모를 되찾았으며, 기억을 되찾았—

아니, 잠깐만…….

"……어머, 어머, 어머. 이상하군요."

기억이 결여되어 있다. 자신이 토키사키 쿠루미라는 것밖에 생각이 나지 않았다. 그 사람의 이름이 생각나지 않는 것이다. 이상하다. 좋아하는데, 정말 좋아하는데, 그와 무슨 이야기를 나눴는지도 전혀 생각나지 않았다.

애초에 자신은 어째서 인계에 있는 걸까. 자신은 준정령들이 건너편 세계라고 부르는 인간 세계에서 살고 있었는데 말이다.

죽은— 걸지도 모른다.

하지만, 그것도 역시 이상했다. 정령이 목숨을 잃으면 인계로 돌려보내진다는 게 앞뒤가 맞는 이야기일까?

하지만 쿠루미에게는 차분히 생각에 잠길 여유가 없었다. 다행히 기억 상실이 전투에 지장을 줄 것 같지는 않았다.

오히려, 이기기 위해 꼭 필요한 강한 동기가 새겨졌다.

……자신은 매정한 편이라고 생각한다. 냉혹하고, 잔인하며, 타인을 이용하려 하는 면도 있다.

하지만, 그렇다고 해서 그녀들의 마음마저 헐뜯을 생각은 없다.

싸움에 임하는 자들은 저마다 의지를 지녔으며, 그 의지에는 쿠루미가 개입할 여지가 없다. 하지만, 그 소녀는 **업신여겼다.** 준정령들의 소망을, 마음을, 아무런 가치도 없다는 듯이 조롱했다.

그것은 절대 용서받지 못할 일이다.

용서받을 수 없는 짓을 했다면, 그 대가를 치르게 해줄 수밖에 없다.

"이 세상 끝까지 쫓아가서라도, 갈기갈기 찢어주겠어요."

잠시 추억을 소중한 상자에 넣은 후, 열쇠로 잠갔다.

각오해라. 지금까지 남들을 추락시키는 걸 싸움이라 착각하며 살아온 도미니언.

"진짜 싸움은 이제부터 시작이에요, 『돌마스터』."

토키사키 쿠루미가 미소를 짓자, 주위의 공기가 일그러졌다.

"자— 저희의 전쟁을 시작해볼까요."

◇

○『돌마스터』

—처음에는, 친구가 필요했을 뿐이었던 걸로 기억한다.

못 말리는 겁쟁이에, 인계의 밑바닥에 존재하던 나에게는 친하게 지낼 준정령이 단 한 명도 존재하지 않았다.

나를 쳐다보는 다른 준정령들의 눈에는 팔다 남은 도시락을 보는 듯한 차가운 눈길이 어려 있었다. 그 눈길은 「흐음,

금방 죽겠네」라고 말하고 있었다.

그 눈길을 떠올릴 때마다, 나는 지금도 공포에 휩싸인다.

내 무명천사는 친구를 만들 수 있다. 그 친구는 나에게 충실하고, 나와 이야기를 나눠줄 뿐만 아니라, 나를 대신해 목숨을 걸고 싸워준다.

하지만 슬프게도, 인형은 너무나도 약했다. 게다가 다른 준정령은 내 인형이 존재한다는 것 자체를 용납 못하는 것 같았다.

내 인형은 자신들을 모욕하는 존재다. 능욕하는 존재다. 그러니 용서할 수 없다.

정말 말도 안 되는 소리다.

나는 어쩔 수 없이 인형을 늘리기로 했다. 질에는 양으로 대항할 수밖에 없다. 인형의 숫자를 늘리고, 또 늘렸다. 겸사겸사 내 흉측한 과거를 아는 준정령들을 전부 친구로 만들었다.

즐거웠다.

하루하루가 눈부셨으며, 나는 수많은 친구들에게 둘러싸여 유유자적하게 세계를 지배했다.

다른 영역에는 가능한 한 관여하지 않았다. 나는 내 정원 안에서, 영원히 인생을 살아갈 뿐이다.

하지만 때때로 이 영역에도 이분자(異分子)가 찾아왔다. 싸움만을 기쁨으로 여기고, 싸우지 않으면 살아갈 수 없는 그런 야만스러운 준정령들이 말이다.

그들을 해치우는 것은 간단하지만, 문제가 하나 있었다. 준정령 한 명이라면 개미를 짓밟듯 간단히 처리할 수 있고, 열 명이라면 강아지의 목을 비틀 듯이 죽일 수 있지만, 백 명이라면— 희생을 개의치 않는다면 이길 수 있겠지만, 질 가능성도 엄연히 존재했다.

한 명 한 명의 힘은 별것 아니지만, 각각 영장 및 무명천사를 지닌 그녀들이 힘을 합친다면 전투력이 비약적으로 상승하기 때문이다.

그러니, 그들끼리 싸우게 만들기로 했다.

보수는 백 명분의 세피라 파편— 하지만 진짜로 줄 생각은 없다.

승리자는 항상 인형.^나 그녀들은 힘을 합치지도 못한 채 서로를 죽이기 위해 필사적으로 싸워댔다.

이제 안심하고 하루하루를 살아갈 수 있다. 평온하고, 꿈만 같은 나날을 살 수 있는 것이다.

……하지만, 토키사키 쿠루미^{그녀}가 나타났다.

그녀는 그야말로 악마 같았다. 그래서 그녀가 가짜라는 사실을 알고 진심으로 안도했다.

그런데, 그녀가 데리고 다니던 빈껍데기^{엠프티} 소녀가 진짜 정령일 줄이야.

실수했다. 처음부터 전력을 다해, 아무것도 못할 것 같던 그녀를 죽였어야 했다.

기회는 몇 번이나 있었지만, 전부 놓치고 말았다.

하지만, 그녀 또한 자신을 놔줬다. 아직 자신의 곁에는 1500개나 되는 인형이 있다. 얼마든지 쳐들어와 봐라, 토키사키 쿠루미.

이 영역을 지배하는 자는 바로 나, 『돌마스터』다.

"……찾았다!" "찾았어!" "찾았다! 찾았다! 찾았다!" "정령!" "토키사키 쿠루미!" "싸워야 해!" "지켜야 해!" "죽여야 해!"

―드디어 왔다.

1500대 1, 양적으로는 압도적이나, 질적으로는 절망적이다. 하지만, 숫자는 항상 질을 능가했다. 게다가 그 질은 겨우 한 명에 불과하다. 질이 양을 상회하기 위해서는, 그 질이 무적이어야만 한다.

그리고 토키사키 쿠루미는 무적이 아니다. 물론 그녀는 자신이 입은 상처를 순식간에 아물게 할 수 있다. 하지만 그녀는 틀림없이 상처를 입었다.

"……잘 들어요, 잘 들어요, 잘 들어요! 그녀는 절대적인 존재가 아니에요! 그녀는 무적이 아니란 말이에요!"

"그래! 저건 분명 재앙이다! 틀림없는 절망이지! 하지만! 하지만 말이야! 맞서 싸울 수는 있어! 이길 수 있어! 이길 수 있을 거라고!"

평소 온화하던 아카코마치의 목소리는 한심할 정도로 앙칼졌고……

평소 늠름하던 리코스의 목소리 또한 꼴사나울 정도로 절박했다.

하지만, 그래도 인형들은 무명천사를 치켜들며 환성을 질렀다. 인형들에게 있어, 주인의 명령은 절대적인 것이다.

"주인님의 명령이에요! 죽여요!!"

"주인님의 명령이다! 죽여버려라!!"

『돌마스터』의 명령을 듣자마자, 인형들은 날아올랐다.

하늘을, 땅을, 건물을, 1500개나 되는 인형이 뒤덮었다.

그런 그들에게 맞서는 이는 단 한 명— 토키사키 쿠루미.

"전투 개시. 종을 울리도록 해."

"알겠습니다, 주인님!"

어마어마한 크기의 학교 종소리가 울려 퍼졌다.

학교 종소리가 울려 퍼졌다. 전투의 시작을 알리는 신호 치고는 긴장감이 없는 것 같지만 개의치 않기로 했다.

"상대는 1500, 이쪽은 1……."

그것도 개의치 않기로 했다.

기억이 없는데도, 왠지 이해가 되었다. 자신이 살아있는 것 자체가 그야말로 기적이며…….

언제 이 세상에서 사라지더라도 이상할 게 없다는 사실을 말이다.

"……이상하군요. 겁먹은 채 엉엉 울어도 이상할 게 없는데 말이에요."

눈을 감자, 한 소년의 모습이 보였다.

그 사람에게 물어보고 싶었다. 왜 죽을지도 모르는데 그런 선택을 하는 거냐고 말이다.

인간은 죽는다. 하지만 그 죽음을 최대한 늦추고 싶어 하는 것이 인간의 본능이다.

죽음을 바라는 인간도, 죽음을 가져오는 원인을 제거한다면 삶을 갈구하게 될 것이다.

……하지만, 그 사람은 그렇지 않았다.

도망쳐도 된다. 매달려도 된다. 마음이 꺾인들, 그 누구도 비난하지 못할 것이다.

그의 주위에 있는 여자아이들도 한 번쯤은 생각했을 것이다.

금방이라도 죽을 것 같은 이 인간이 왜, 아직도 이 자리에 있는 걸까.

정령들에게 있어서 그건 좋지 않다. 아니, 좋지만 좋지 않다. 그저, 곁에 있어 주기만 해도— 구원받고 마는 것이다.

"……그러니, 저는 겁먹을 수도, 울 수도 없어요."

자신에게는 탄환(힘)이 있다.

자신에게는 〈자프키엘〉이 있다.

자신에게는 〈신위영장 3번(힘)〉이 있다.

단총과 장총에 그림자를 장전했다. 영장의 리본을 꽉 맨 후, 거울에 비친 자신의 모습을 확인했다.

"……좋아."

적이도 그 사람의 주위에 있는 휘황찬란한 정령들에게 밀리지는 않는다. 검은색과 붉은색으로만 꾸미고 있어서 좀 묵직한 느낌도 들지만, 그렇다고 흰색으로 떡칠한 스위트 로리 노선으로 돌아가는 건 싫다.

그런 한심한 생각을 하는 자기 자신에게 만족했다.

그 후, 그녀는 창밖으로 뛰쳐나갔다.

비는 그쳤고, 하늘은 아름다운 석양에 물들어 있었다. 오렌지색 빛이 사람 한 명 없는 공허한 마을을 비추고 있었다. 그리고 마을 곳곳에 숨어있는 인형들도 말이다.

도로 한복판에 내려선 쿠루미는 치맛자락을 살짝 들어 올리며 우아하게 인사를 했다.

지금부터…….

"자, 여러분을 구원해드리죠."

토키사키 쿠루미가 그런 헛소리를 입에 담자, 1500개의 인형들이 그녀를 향해 쇄도했다.

인형들의 절규가 전쟁의 시작을 알렸다.

"〈자프키엘〉— 【알레프^{데이트}】!"

순간적으로 몸이 가속됐다. 1500개 중 500개의 인형이 그 속도를 눈으로 쫓지 못해 쿠루미를 놓쳤다. 남은 1000개의 인형은 겨우겨우 그녀의 잔상을 유리로 된 눈동자로 포착했다.

하지만 남은 1000개 중 500개는 포착하기만 했을 뿐, 아무 것도 할 수 없었다.

폭풍처럼 질주하는 토키사키 쿠루미를 포착했을 뿐만 아니라, 공격도 가능한 인형은 500개에 불과했다.

쿠루미는 그 중 400개의 인형이 날린 공격을 피했다. 도약, 회전, 요격, 가속, 감속, 현혹— 쿠루미는 온갖 행동으로 상처 하나 입지 않으며 도로를 하염없이 내달렸다.

그리고, 마지막으로 100개의 인형이 남았다.

"……아!"

쿠루미는 연이어 총을 쐈다. 100개의 인형은 그 탄환을 피했다.

"나, 기억해?"

"……기억한답니다."

쿠루미는 거대한 돋보기를 쥔 인형의 목소리를 듣더니, 인상을 살짝 찡그렸다.

"그럼, 나는?"

"나도, 기억해?"

쿠루미는 두 인형의 물음에 씁쓸한 표정을 지으며 고개를 끄덕였다.

"나도 기억해?" "저도, 기억하나요?"

다섯 인형이 쿠루미의 앞에 섰다.

"셰리 무지카. 히지카타 이사미. 타케시타 아야메. 노기 아이아이. 토나미 후루에."

동료도 아니고, 친구도 아니다. 또한, 라이벌이라 부를 만한 존재조차 아니다.

겨우 사흘 동안 사투를 벌였을 뿐인, 냉담하기 그지없는 관계다.

하지만 『돌마스터』는 기대하고 있을 것이다. 얼마 안 되는 시간 동안이지만, 교류를 나눈 그녀들을 보면 아무리 정령이라도 동정심을 느낄 거라고 말이다.

주저하지 않을까, 빈틈을 보이지 않을까.

—확실히, 동정했고 주저했으며, 그 탓에 빈틈이 생겼다.

『돌마스터』가 착각한 점은 단 하나다. 토키사키 쿠루미가 겨우 몇 시간 전까지 엠프티였다는 사실을 잊어선 안 된다.

그녀는 남들의 곱절로 울었고, 웃었으며, 겁먹을 뿐만 아니라, 준정령들에게 공감했다.

"……그래요. 그랬죠."

순수한 사랑을 하고 싶다고 소망하던 소녀가 있었다.

사랑이 어떤 것인지 궁금해 하며 동경하던 소녀가 있었다.

조금은 친밀했다고 여겨지는 소녀들도 있었다. 자신의 이름이 마음에 들지 않는다며 투덜대면서도, 항상 자신의 이름을 밝혔던 소녀도 있었다.

—아아, **정말, 자신과는 하등 상관이 없다.**

상관이 없는데도 기분이 너무 나빴다. 그러니, 이 말을 해주자.

"제 화를 돋우려고 작정을 했나 보죠? 『돌마스터』."

돌진과 동시에 다섯 개의 인형 중 하나의 입에 장총을 집어넣은 쿠루미는 그것을 힘차게 돌려서 인형을 도로에 내동댕이친 후, 그대로 방아쇠를 당겼다.

파직, 하는 소리를 내며 인형이 박살났다.

인형에게는 간담이 없다. 땀샘도 없다. 하지만, 공포에 질리기는 하는 것 같았다.

"그녀들을 더는 가지고 놀게 둘 수 없죠."

죽인다.

죽이기로 결심했다. 그녀들을, 더는 모욕하게 두지 않겠다고 결심했다.

내가 그러기로 결심했으니, 그것은 절대적인 법이라고 해도 과언이 아니다.

다섯 인형을 몰살시키는데 걸린 시간은 77초— 토키사키 쿠루미는 전력을 다해 그녀들과 싸웠고, 탄환을 난사했다.

"그녀들이 시간을 벌어줬어요!"

"그래! 지금이야말로 너희의 힘을 보여줘라……!"

아카코마치와 리코스가 지시를 내렸다.

95개의 인형, 400개의 인형, 1000개의 인형들이 이 기회를 놓치지 않겠다는 듯이 쿠루미를 향해 쇄도했다. 토키사키 쿠루미는 그림자 속으로 도망치지도 않은 채, 정면을 노려보았다. 인형들은 전부 그녀의 등 뒤에 있었다. 쿠루미의 시야를 방해하는 것은 단 하나도 존재하지 않았다.

"거기 있군요. 『돌마스터』."

"말도 안 돼! 찾아낼 수 있을 리가 없어……!"

토키사키 쿠루미의 300미터 앞에는 이 구역의 중심인 학교가 존재했다. 그리고 『돌마스터』는 그곳에 존재했다.

강력한 영력권으로 뒤덮인 건물 최상층— 이 전쟁에서 유일하게 평온한 삶이 약속되어 있는, 그야말로 천국 같은 영역에 말이다.

『돌마스터』가 이 영역을 지배하기 위해 필요한 것은 무엇일까?

지배란 정점이며, 정점에 앉은 자는 하나같이 높은 곳에 있고 싶어 한다. 그것은 신중하고 겁이 많은 『돌마스터』도 예외는 아니다.

인형들에게 『돌마스터』를 지키라는 말을 한 것은 자신의 추측을 확신으로 만들기 위해서였다.

아니나 다를까, 인형들은 쿠루미가 어느 방향에서 쳐들어오든, 저 건물을 지킬 수 있도록 배치되어 있었다.

『돌마스터』가 건물 어디에 있든 그것은 문제가 되지 않는다. 그리고 도망칠 여유도 줄 생각은 없다.

"끌어내드리죠."

거대한 시계가 작동했다. 쿠루미는 그림자를 빨아들인 장총으로 표적을 겨눴다. 상황을 지켜보고 있던 『돌마스터』가 당황할 정도로, 그 행위에는 아무런 의미도 없어 보였다.

"시간이 됐어요, 『돌마스터』. 〈자프키엘〉—【세 번째 탄환^{기멜}】."

시간의 방아쇠를 당겼다.

탄환은 대로 건너편에 있는 학교— 이 모든 일의 출발점이었던 교실이 있는 건물 벽면에 꽂혔다.

쿠루미의 생각은 옳았다. 하지만, 행위는 옳지 않았다. 건물에 탄환 한 발이 박힌다고 달라지는 것은 없으리라.

"……어?"

폭발이 일어난 것은 아니다. 건물에는 아무런 변화도 없었다. 『돌마스터』는 안도했지만, 쿠루미가 연이어 건물에 탄환을 쏘자, 그 안도는 의혹으로 변했다.

"【기멜】."

"【기멜】."

"【기멜】."

"【기멜】, 【기멜】, 【기멜】, 【기멜】, 【기멜】, 【기멜】, 【기멜】."

인형들이 드디어 그녀를 따라잡았다.

인형 하나가 쿠루미에게 태클을 날리더니, 그 뒤를 이어 인형들이 눈사태처럼 밀어닥쳤다.

하지만 쿠루미는 균형을 잃고 바닥에 쓰러졌는데도, 온몸에 단검이 박혔는데도, 전혀 개의치 않으며 장총으로 건물을 조준하더니—.

"【기멜】—!!"

쐈다.

우직, 하는 소리가 건물에 울려 퍼졌다.

"아, 니……?"

"이게, 뭐야……?"

리코스와 아카코마치의 얼굴에 불안감이 어렸다.

그 모습에 1400개의 인형에게 짓눌려 으스러지기 직전인 쿠루미가 웃음을 터뜨렸다.

"【기멜】은 【알레프】와 마찬가지로 가속의 역할을 지녔어요. 하지만, 역할이 다르죠. 【알레프】가 **외적 시간의 가속이** 라면, 【기멜】은 **내적 시간의 가속**이랍니다."

【기멜】의 가속은 내부, 그러니까 탄환을 맞은 상대의 내적 시간을 집어삼킨다.

인간의 육체는 20대 때 정점을 찍으며, 그 후로는 내리막 길을 굴러 내려가듯 「노화」한다.

【기멜】은 그 굴러 내려가는 속도를 가속시킨다.

인간이라면 어른에서 노인으로, 나무라면 어린 나무에서 늙은 나무로, 그리고— 콘크리트라면 튼튼한 벽돌이 **두부처 럼 약해지고 마는 것이다.**

우직, 우직, 우직.

인형들은 얼이 나갔다. 그 누구도 침범할 수 없는 탑, 전쟁이 개최되는 시작의 땅.

말쿠트의 번영을 상징하는 저 건물에서 비명 같은 소리가 흘러나오고 있었다.

"저 건물, 새로 지은 건가요? 그렇다면 죄송하군요. 저 건물은 방금 **지은 지 1000년은 된 건물이 되어버렸답니다.**"

쿠웅, 하는 소리와 함께 건물이 무너지기 시작했다.

인형들은 쿠루미에게는 관심도 주지 않으며 비명을 질렀다. 무리도 아니다. 그녀들의 주인은 저 건물의 최상층에 있는 것이다.

그러니 『돌마스터』는 도망칠 수밖에 없다. 꼴사납게, 하늘로 날아오를 수밖에 없는 것이다.

하지만 『돌마스터』는 무너지는 건물 안에서 결코 나오지 않았다. 아무리 준정령일지라도 최상층에서 아무런 방비 없이 무너지는 건물에 휘말린다면 중상을 입고 말 텐데도 말이다.

그런데도 나오지 않는다는 것은―.

◇

눈을 떠보니, 몸에는 상처 하나 없었다.

하지만 옷이 피로 범벅이 되어 있다는 사실에 놀랐다. 머리카락도, 손도, 다리도, 토키사키 쿠루미가 아니었다. 어디에나 있을 법한, 흔하디 흔한 빈껍데기 소녀였다.

아침 햇살이 폐공장에 쏟아져 들어왔다. 억수처럼 쏟아지던 비는 어느새 그쳤으며, 어느새 하룻밤이 지나간 것 같았다.

"쿠루미 씨는……."

몸을 일으켰다. 밖은 무시무시할 정도로 정적이 흐르고 있었다. 인형도, 준정령도, 살아있는 이는 단 한 명도 없는 것 같았다.

"텅 빈, 마을."

슬플 정도로, 이 마을은 텅 비어 있었다. 자신과 마찬가지로 말이다.

……인형이 보이지 않는 것에 어렴풋이 눈치는 챘다. 하지만 기대는 하지 않았다. 단순히 모든 일이 끝났고, 『돌마스터』는 자신에게 아무런 관심이 없을 가능성도 있기 때문이다.

자신에게 존재가치는 없다.

살아갈 이유도 없다.

하지만 만약, 목숨이 붙어있다면, 결말은 지켜봐야만 한다.

그것이 히고로모 히비키의 의무이자, 책임이다.

혼자서 터벅터벅 걸었다. 향해야 할 장소는 처음 만났던 장소— 이 데스 게임의 스타트 지점이자, 이 마을의 중심에 있는 학교다.

그곳으로 향할수록, 점점 상황이 기묘하다는 사실을 자각했다.

"시체의…… 산이야"

인형들이 영혼이 빠져나간 것처럼 쓰러져 있었다. 그것들은 전부 『돌마스터』의 병사였다.

모두 죽었다.

파괴된 인형도 있지만, 파괴되지 않은 인형이 압도적으로 많았다.

심장이 격렬하게 뛰었다.

학교는 완전히 붕괴됐다. 그 사실이 뜻하는 바는—.

"쿠루미 씨!"

폐허에 걸터앉아, 다리를 흔들고 있던 소녀에게 말을 걸었다. 고개를 돌린 쿠루미는 약간 낙담한 듯한 표정을 짓고 있었다.

"어머, 살아있었군요."

"쿠루미 씨가 치료해줬잖아요!"

쿠루미가 쏜 탄환은 복원 효과를 발휘하는 【네 번째 탄환(달렛)】이었다. 시간을 되감아, 상처는 물론이고 절단된 팔까지도 이어붙일 수 있다. 이때 문제가 되는 것은 히비키의 시간이 되감겼을 때에는 어떻게 되는가, 였다.

상처가 낫기만 한다면, 히고로모 히비키는 가짜 토키사키 쿠루미로 되돌아갔을 것이다. 하지만 그 탄환의 효과는 시간을 되감는 것이다. 육체가 건강할 때까지 시간이 되감긴 히비키는 죽는 게 아니라 그녀의 원래 육체를 되찾았다.

"저기, 고마워요."

"변덕을 부렸을 뿐이니 고마워할 필요 없어요. 그것보다, 저기를 보세요."

쿠루미는 퉁명한 어조로 그렇게 말하더니 폐허 한편을 손가락으로 가리켰다.

그쪽을 쳐다본 히비키는— 눈을 크게 떴다.

그곳에는 한 소녀가 누워 있었다. 그리고 두 인형이 소녀를 지키려는 것처럼 꼭 붙어 있었다.

아카코마치와 리코스, 그 두 인형만이…… 살아있었다.

"저기 쓰러져 있는 소녀가 『돌마스터』인 것 같군요."

"……죽었나요?"

"유감스럽게도 살아있지. 하지만 손가락 하나 까딱 할 수 없어."

히비키는 눈을 치켜떴다. 말쿠트 최강이라 불리던 『돌마스터』는 이부스키 파니에를 쏙 빼닮았다.

소녀라기보다 프랑스 인형 같았다.

"싸, 싸우지 않나요?"

"그녀는 움직일 수 없는 것 같군요. 저 때문이 아니라 원래부터 말이죠. 아마 이 인계에 왔을 때부터 쭉 그랬을 거예요."

"그럼, 인형만으로……?!"

"인형만이 내 생명선이었어. 내 인생은 그녀들에게 달려 있는 거야."

증오스러운 존재지만, 히고로모 히비키는 감탄할 수밖에 없었다.

즉, 그녀는 저 침대에 드러누운 채, 인형만을 조종해서 말쿠트의 지배자가 된 것인가.

"어, 하지만, 그럼, 왜……?"

그녀가 이렇게 모습을 드러내자, 히비키는 이해할 수 있었다. 그녀는 무력하다. 총 한 발로 그녀의 생명을 앗을 수 있는 것이다.

"……당신을 기다리고 있었답니다."

쿠루미는 한숨을 내쉬었다.

"저, 를요?"

히비키는 영문을 알 수 없었다. 쿠루미는 『돌마스터』가 누워있는 침대 앞에 내려섰다.

그러자 두 인형이 몸을 부르르 떨었다. 두려움에 떨고 있지만, 그래도 결연한 표정을 지으며 쿠루미를 노려보았다.

"저는 『돌마스터』에게 아무런 원한도 없답니다. 그녀가 한 짓 때문에 다소 화가 나기는 했지만, 복수를 하거나 그녀를 죽일 정도는 아니죠."

히고로모 히비키는 토키사키 쿠루미가 자신을 기다린 이유를 이해했다.

"저, 에게……?"

"예. 복수를 원한다면 당신이 이 총의 방아쇠를 당겨야 해요. 그럴 권리를 지닌 사람은 당신뿐이죠."

단짝 친구를 빼앗겼다.

죽을힘을 다해, 복수를 하려 했다.

토키사키 쿠루미는 우연히 이 일에 끼게 되었을 뿐이다. 제삼자에 지나지 않는다고 본인이 말한 것이다.

"자, 이 총을 쥐는 거예요."

쿠루미는 히비키에게 단총을 쥐어줬다. 그리고 몸을 맞대려는 것처럼 그녀에게 다가섰다. 그러자 그림자가 총에 스며들어갔다.

"당신은 이제 방아쇠를 당기기만 하면 된답니다."

"마음대로 해."

『돌마스터』는 웃음을 흘렸다.

"부탁이야, 용서해줘……. 용서해 주세요. 저희는 박살을 내도 괜찮아요!"

"부탁이다! 죽이지 말아다오! ……뭐든 다 주마. 영장, 세피라, 뭐든 다 말이다. 말쿠트의 일부를 너희에게 영지로 줄 수도 있다. 거기서 마음껏 꿈을 이뤄라! 주인님을 걸고 맹세하마! 절대 너희에게 해를 끼치지 않겠다!"

두 인형은 필사적으로 히비키를 말리려 했다.

그 필사적인 애원을 듣고 마음이 약하진 히비키는 고개를 돌리려 했지만 참았다.

바로 그때, 쿠루미가 히비키의 귓가에서 웃음을 흘리며 속삭였다.

"……그래요. 어쩌면『돌마스터』는 죄가 없을지도 몰라요."

"아냐. 나는 죄를 지었어. 착각하지 마, 엠프티. 인형을 늘린 건, 철두철미하게 내 의지였어."

『돌마스터』는 당당한 태도로 그렇게 말했다.

방아쇠에 건 손가락에 힘이 들어갔다.

상대의 증오를 부추기는 듯한 소리를 하지 마.

안 그래도 방아쇠를 당기고 싶어 죽을 지경인데……!

"닥치세요, 『돌마스터』. 그녀의 판단에 괜히 참견하지 마세요."

『돌마스터』는 씨익 웃었다.

히비키는 그 말을 듣고 『돌마스터』가 자신이 방아쇠를 당기도록 부추겼다는 걸 깨달았다. 즉, 그녀에게 있어서도 현재 상황은 괴롭기 그지없는 것이다.

"쿠루미 씨, 뒤편에 있는 인형들은—"

"전부 움직임을 멈췄어요. 다시 움직이는 건 불가능할 거예요. 세피라의 파편이 박살났으니 말이죠."

그렇다면, 남은 인형을 부수는 게— 최고의 복수가 아닐까.

"……그래. 복수가 목적이라면, 그게 올바른 행동일 거야."

"입 다무세요!"

머릿속이 뜨겁고, 손가락 끝은 차가웠다. 몸이 떨려서 제대로 조준할 수 없었다.

"둘 다 올바릅니다."

쿠루미는 속삭였다.

그 진지한 속삭임은 신기하게도 히비키의 가슴에 스며들었다.

"방아쇠를 당기는 것도, 당기지 않는 것도 말이죠. 아마 그녀에게 있어서는 양쪽 다 자신이 한 짓에 대한 대가겠죠. 그렇다면, 중요한 것은 **당신이 어떻게 느끼는가,** 랍니다."

그녀를 고독에 빠뜨려, 절망을 맛보게 한다.

……멋진 선택이다. 그 어떤 준정령도 불평을 하지 않을 것이다. 그녀에게 친구를 잃은 준정령은 수도 없이 많을 테니까 말이다.

  하지만—.

  하지만 그건— 왠지, 기분이 나빴다.

  "……그래. 난, 당신을 불쌍하다고 생각하는 거야."

  "동정 같은 건 딱 질색이야."

  "아뇨, 동정할래요. 온정을 베풀겠어요. 불쌍하게 여길 거예요. 안타까워할 거예요. 하지만, 그렇기 때문에— 나는 이 방아쇠를 당기겠어요."

  "……모순되네."

  "그렇지 않아요. 당신은 정말 괴로워 보이거든요."

  그러니까— 이제 끝내야만 한다.

  다들 괴로워하면서도 발버둥 치며 싸워왔다.

  그녀가 도미니언으로서 말쿠트를 지배해온 것도 싸움이다.

  한 발짝도 움직일 수 없는 육체로, 인형들을 조종해서 정상의 자리를 지킨다. 그것 또한 괴로운 일일 거라고 생각한다.

  "저는 당신을 불쌍히 여기며, 이 방아쇠를 당기겠어요."

  "……그래? 마지막에는 증오의 대상이 되고 싶었지만, 어쩔 수 없네."

  방아쇠는 생각보다 가벼웠고, 총성은 너무 커서 소리라기보다 충격에 가까웠다.

끝까지 그녀를 지키려던 인형들은 눈에서 빛이 사라지더니 그대로 쓰러졌다.

"죽였어요."

"아뇨, 그렇지 않아요. 당신은 그녀가 원래 가야만 하는 세계로, 그녀가 바라마지 않았던 암흑으로 보내줬을 뿐이에요."

　히비키는 그렇지 않다고 반론하려다 숨을 삼켰다.

　아침 햇살에 비친 『돌마스터』의 얼굴은 잠든 것처럼 평온했다.

　드디어 잠이 든 어린아이 같았다.

　기억이 뒤섞였다. 친구의 원수였다. 그녀를 죽이기 위해, 온갖 고생을 다했다. 하지만, 결국 자신은 그녀에게 **유익한 행동**을 취했다.

　하지만, 이상하게도 후회는 되지 않았다. 슬프게도, 이게 옳았다고 마음이 이해하고 있었다. 친구라면, 친구가 이 자리에 있었다면, 자신과 같은 행동을 취했을까. 그랬을 거라는 확신이 들었다. 히류 유에는 상냥하니까, 분명 그럴 것이다.

　단총에서 손을 뗀 히고로모 히비키는 주저앉아 오열했다. 이 감정을 발산할 방법은 그것밖에 떠오르지 않았다.

　―『돌마스터』는 죽었다. 말쿠트는 이제 그 누구의 것도 아

니다.

하지만 이 영역에 사는 준정령들이 그 사실은 아는 데는 시간이 걸릴 것이다.

이 영역을 제집인 양 활보하던 『돌마스터』의 인형이 전부 사라졌다는 사실을 아는 것은 말이다.

히고로모 히비키는 얼이 나간 표정을 지으며 중얼거렸다.

"……결국, 저희만 살아남은 건가요."

"아뇨. 한 분 더 살아남은 것 같군요."

쿠루미가 그렇게 말한 순간, 거대한 건물 파편이 쿠루미를 향해 날아왔다.

쿠루미는 한숨을 내쉬면서 그 파편을 걷어찼다.

"창 양은 난폭하군요."

"윽, 살아있었어?!"

창은 어리둥절한 표정을 지으며 쿠루미에게 다가오더니, 강아지처럼 냄새를 맡았다.

"……저기, 이러지 말아주시겠어요?"

쿠루미는 질색을 하듯 몸을 비틀었다.

"놀랐어. 가죽을 벗겨내서 바꾼 거야?"

창은 히비키와 쿠루미를 번갈아 쳐다보았다. 확실히 그녀 입장에서 보자면 자신이 기절했다 깨어난 사이에 토키사키 쿠루미와 엠프티가 뒤바뀐 것이니, 그렇게 생각하는 것도 무리는 아니었다.

"뭐, 비슷하답니다. 용케도 눈치를 챘군요."

"놀랐어. 어느 쪽을 해치우면 되지?"

창은 고개를 갸웃거렸다.

뭐랄까, 리트리버 같은 커다란 개가 고개를 갸웃거리면 이런 느낌일 것 같네요, 라고 히비키는 생각하며 미소를 지었다─ 생각 자체에는 미소를 지을 여지가 눈곱만큼도 없지만 말이다.

"창 양, 기절한 시점에서 당신이 진 걸로 여겨주지 않겠어요?"

"……하지만, 너와 싸워보고 싶어."

창은 좀이 쑤시는 듯한 표정을 지으며 그렇게 말했다.

"저는 연이은 사투 때문에 완전히 너덜너덜해졌답니다. 꼭 저와 싸우고 싶다면 후일을 기약해주시지 않겠어요?"

"으음……."

창은 고민 끝에 머뭇거리면서 쿠루미에게 말했다.

"꼭 싸워주겠다고…… 약속, 해줄래?"

쿠루미는 만면에 미소를 지으며 새끼손가락을 내밀었다.

"예, 물론이죠. 자, 손가락을 걸고 약속해요."

창은 멋쩍은지 배시시 웃으면서 새끼손가락을 걸었다.

'……약속을 지킬 생각이 눈곱만큼도 없나 보네.'

히비키만이 유일하게 진실을 꿰뚫어봤다.

약속을 하고 만족스러운 표정으로 돌아가는 창을 배웅한

후, 쿠루미는 영업 스마일을 지우며 탄식을 터뜨렸다.

"아아, 짜증나는 군요……."

"역시, 약속을 지킬 생각이…… 없는 거죠?"

"당연하죠. 저는 저런 운동부 타입의 분과는 상성이 나쁘답니다."

"이 세상에 쿠루미 씨와 상성이 좋은 사람이 존재하기는 하나요?"

히비키가 별생각 없이 그렇게 말하자, 쿠루미는 아무 말 없이 그녀의 머리에 꿀밤을 날렸다.

"아야아야야얏?! 죄, 죄송해요! 마, 말실수를 했어요!"

"저는 언젠가 이곳을 떠날 거예요. 창 양과는 두 번 다시 만날 일이 없겠죠."

"……저기, 쿠루미 씨는 이제부터 어떻게 할 건가요?"

히비키가 욱신거리는 머리를 매만지면서 물었다.

"그야 뻔하잖아요. 원래 세계로 돌아갈 거랍니다. 당신들이 건너편 세계라 부르는 바로 그 세계에 말이에요."

쿠루미는 이미 결심한 것 같았다.

원래 세계로 돌아가지 않는 한, 그 사람을 만날 수 없다. 만날 수 없으니, 만나러 간다.

그저 그뿐인 것이다.

"그런가요……. 유감이지만 어쩔 수 없군요."

"예. 그런데 히비키 양, 어떻게 하면 돌아갈 수 있죠?"

"······예?"

히비키는 어리둥절한 표정으로 쿠루미를 쳐다보았다. 쿠루미 또한 어리둥절한 표정으로 히비키를 응시했다.

"저기, 죄송한데요. 돌아가는 방법은 고사하고, 저는 건너편 세계의 기억 자체가 없는데요?"

"예? 그럼 대체 어떻게 해야 돌아갈 수 있는 거죠?!"

"으, 으음······ 저기······ 기합으로?"

히비키가 힘내자는 듯이 양손을 말아 쥐며 그렇게 말하자, 쿠루미는 주저 없이 그녀의 머리에 또 꿀밤을 날렸다.

"아야야야야야야얏?! 모, 몰라요! 진짜로 모른다고요! 애초에 제가 쿠루미 씨를 이 세계로 부른 게 아니란 말이에요! 저는 쓰러져 있던 쿠루미 씨를 발견했을 뿐이에요! 아얏, 아얏, 아야야얏!!"

쿠루미는 그 말을 듣고 납득했다. 납득은 했지만, 화가 풀리지 않았기 때문에 5분 동안 그녀의 머리에 꿀밤을 날렸다.

"저, 저기! 따, 딱 하나, 건너편 세계에 갈 단서가 있어요!"

쿠루미는 히비키의 말을 듣고 움직임을 멈췄다.

"그게 뭐죠?"

"그게 말이죠, 여기는 제10영역^{말쿠트}이라 불리는 곳이에요. 즉, 아홉 개의 영역이 더 있죠. 숫자가 1에 가까운 영역일수록 건너편 세계에 가깝다는 소문을 들은 적이 있어요~!"

"그 말은······."

"각 영역은 도미니언이 다스리고 있고, 영역 간의 교류는 거의 없어요. 예전에는 다른 영역에 불법 침입하는 게 어렵지 않았지만……."

"지금은 어렵나요?"

"예. 그런 셈이죠. 제1영역까지 가기 위해서는 도미니언과 매번 이야기를 나눠야—."

"흐음…… 『이야기』를 나누면 되는 거군요."

"이야기를 나눌 생각이 눈곱만큼도 없는 거죠?!"

"저는 미적지근한 걸 싫어한답니다."

쿠루미는 총을 휘두르면서 웃음을 흘렸다.

"저, 저기, 좀 더 평화적으로 해결하죠! 저도 같이 가드릴 게요!"

"……예?"

히고로모 히비키는 어험 하고 가볍게 헛기침을 하더니, 자세를 바로하면서 말했다.

"제 복수는 끝났어요. 즉, 이제 제가 할 일은 없는 거죠. 하지만 쿠루미 씨를 따라가고 싶다고 제 세피라가 속삭이고 있어요!"

쿠루미는 미심쩍은 눈길로 히비키를 쳐다보았다.

"당신, 저를 속였죠?"

"소, 속였……어요."

"제 얼굴로, 제 목소리로, 저를 업신여겼죠?"

"그, 그러지는 않았…… 죄, 죄송해요. 그랬어요. 하지만 제 무명천사는 인격 자체를 벗겨내니까, 만약 반대의 처지였 다면 제가 그런 말을 들었…… 아뇨, 아무 것도 아니에요!"

"그렇게 악랄하기 그지없는 당신을, 제가 데리고 갈 거라 고 생각하나요?"

"아, 안 될……까요? 도움이 될 거라고, 생각하는데요……."

히비키는 우물쭈물하면서도 쿠루미의 눈을 똑바로 쳐다보 았다.

……결국 쿠루미가 끈기 싸움에서 지고 말았다.

"귀찮군요……. 뭐, 마음대로 하세요."

"만세!"

"그 대신, 저한테 도움이 되세요. 그나저나 말쿠트에서 벗 어나려면 어디로 가야 하죠?"

"아, 말쿠트의 탈출구는 아니까 걱정하지 마세요. 하지만, 제가 아는 건 제9영역으로 가는 문뿐이에요. 그것 외에는 아는 게 없어요."

"……아무튼, 앞으로 나아갈 수 있다니 다행이군요. 그런 데 제9영역의 도미니언은 어떤 분이죠?"

"그것도 잘…… 하지만 딱 하나, 아는 게 있어요."

"뭐죠?"

"제9영역에서 강자가 되기 위해서는 노래와 춤이 능숙해 야 해요. 즉— 아이돌이 되죠, 쿠루미 씨!"

"아하, 노래와 춤이 능숙— 잠깐만 기다려 보세요. 당신, 방금 말도 안 되는 소리를 하지 않았나요?!"

"자, 목표는 아이돌 데뷔! 걱정하지 마세요! 딱히 이유는 없지만, 쿠루미 씨라면 분명 아이돌이 될 수 있을 거예요!"

"좀 자세하게 이야기해보세요!! 아이돌?! 아이돌이라면, 그 아이돌 말인가요?!"

토키사키 쿠루미는 시간과 그림자를 지배하는 정령이다.

인계에 떨어지면서, 기억과 기록을 잃은 그녀에게 단 하나 남아있는 것—.

이름 모를 남성을 향한 사모의 정을 가슴에 품은 채, 이 인계를 답파한다.

사랑을 하고 있다.

사랑을 하고 있다. 이루어질 수 없는 사랑, 성취될 리 없는 사랑을 하고 있다.

남들이 보기에는 기묘하게 보일지도 모른다.

이루어질 수 없는 사랑을 위해 목숨을 거는 것을 어리석은 짓이라고 말할지도 모른다.

하지만, 토키사키 쿠루미는— 그 사람을 사랑하고 있다.

그러니 누군가가 「당신의 꿈은?」 하고 묻는다면, 이렇게 대답할 것이다.

—언젠가 그 사람과 다시 만날 수 있기를.

소녀는 그 소망을 이루기 위한 첫 걸음을 뗐다.

『데이트 어 라이브』팬 여러분, 처음 뵙겠습니다. 히가시데 유이치로라고 합니다.

"『데이트 어 라이브』의 스핀오프를 써보시지 않겠습니까?"

편집부 측으로부터 그 말을 들었을 때에는 꽤 충격을 받았습니다.

재미있는 스핀오프라는 것은 의외로 쓰기 어렵습니다. 스핀오프인 만큼 당연히 원작의 설정을 숙지하고 있어야 하고, 모순이 있어서는 안 됩니다. 러브코미디물의 스핀오프로서 서브 캐릭터 중 한 명을 주인공으로…… 같은 단순한 것조차『설정이 맞을까? 시간축이 제대로 기능하고 있을까? 원작과 감정이 모순되지 않을까?』같은 의문을 시종일관 느끼게 됩니다.

그리고 그것이『데이트 어 라이브』처럼 조직 설정이 포함된 배틀물이라면, 스핀오프 집필의 난이도가 훨씬 상승합니다.

참고로 이 문제의 해결법은 매우 단순합니다. 「스핀오프도 원작 작가가 쓰면 돼!」이죠. 모순이 발각되더라도 「미안하지만, 그건 거짓말이야」라고 말하면 되거든요! 어, 진짜로 그래도 되려나요?

　그런 문제를 품은 채 『데이트 어 불릿』의 집필을 시작했습니다만, 사실 그런 고뇌는 거의 하지 않았습니다.
　편집자: 토키사키 쿠루미가 주인공입니다.
　히가시데: 인기 캐릭터죠. 저도 좋아해요. 총도 쓰고, 시간 조작도 하고, 늘어나기도 하고, 에로틱하고, 목소리도 파멸적일 정도로 귀엽죠.
　편집자: (깔끔하게 무시)그리고 무대는 인계입니다.
　히가시데: 아, 정령이 원래 있던 세계인……. 본편에서는 구체적으로 묘사된 적이 없는 것 같은데요.
　편집자: 예, 없습니다.
　히가시다: 그렇군요. 그럼…… 제 멋대로 해도 된다는 거네요!
　편집자: 안 돼요. 타치바나 씨가 눈에 불을 켜고 감시하고 있으니까요!
　……뭐, 이런 느낌으로 타치바나 코우시 선생님에게 감수를 받았습니다! 만약 뭔가 모순이 있다면…… 넙죽 엎드려 고개를 조아리며 사죄드리겠습니다.

　인계란, 원래 정령들이 존재하던 장소.
　그리고 현재, 모든 정령이 사라진 세계. 정령들은 전부 건너편^{현실} 세계로 갔다.

남은 이는 이 인계에 흘러들어온 소녀들— 즉, 준정령이라 불리는 자들.

이 이야기는 인계에 남겨진 준정령들의 세계에서 펼쳐지는 토키사키 쿠루미의 여정입니다.

마스코트^{엠프티}를 데리고, 이름도 모르는『그』와 만나기 위해 하염없이 앞으로 나아가는 소녀의 이야기죠.

자신이 뒤처져 있다는 것은 알고 있지만, 그래도 결코 포기하지 않습니다. 제멋대로에 거만하며, 잔혹할 뿐만 아니라 갸륵하고 귀여운, 사랑에 빠진 소녀.

그런 이가 바로, 이 작품의 토키사키 쿠루미입니다.

이 작품에 있어서 또 한 명의 중심인물인 빈껍데기 소녀, 엠프티.

꿈도 없고, 목적도 없으며, 미래 또한 없는 이름 없는 여자^{노바디}.

항상 시끌벅적하고, 태클을 전혀 깨닫지 못하고 얼빠진 소리를 해대며, 자기 스스로도 모르는 어둠을 안고 있는 소녀.

소설을 읽은 후, 이 후기를 읽은 분이시라면 그녀의 정체를 이미 아시겠지만…… 과연 그녀가 꿈을 이룰 수 있을지, 후기를 먼저 읽으시는 분들께서는 조마조마하며 본편을 읽어주셨으면 합니다.

그리고 두 사람을 둘러싸고 있는 사투^{데이트}의 참가자들. 각자의 소망과 마음을 품은 채, 덧없이 스러지는 그녀들. NOCO 씨의 아름다운 일러스트도 꼭 감상해주시길. 주역을 맡아도 될 만큼 귀여운 캐릭터들을 가지고, 저는 대체 무슨 짓을 한 걸까요……

마지막으로, 스핀오프를 제안해 주신 편집자 님, 그리고 오케이를 해주셨을 뿐만 아니라 「이런 건 어떨까요?」라며 재미있는 소재를 제공해주신 타치바나 코우시 선생님, 그리고 귀엽디 귀여운 쿠루미를 그려주신 NOCO 씨에게 진심으로 감사드립니다. 특히 NOCO 씨에게는 열 명 가량 되는 캐릭터의 디자인을 느닷없이 떠넘겨 드리게 되었기에, 뭐라고 하셔도 할 말이 없습니다! 하지만 모두 귀여워요! ……아니, 죄송합니다……. 정말 죄송합니다……. 하지만 제 잘못은 아닙니다, 선생님. 타치바나가 하라고 했어요!(건방진 초등학생 같은 표정으로).

아무튼, 다음 권을 통해 다시 뵐 수 있기를 진심으로 빕니다!

히가시데 유이치로

DATE A LIVE FRAGMENT

Aiai Nogi

노기 아이아이

영속:제9영속(진동)　　영장:〈휘위영장 63번(엔젤 더스트)〉

무명천사:〈희열독아(바질리스크)〉

무명천사 스테이터스

파괴력:C　속도:B　사정거리:B
응용성:B　특이성:B　원거리 추적형

무명천사 능력

무시무시한 창 형태. 적외선 감지기관을 이용한 추적 기능과,
무시무시한 독을 겸비했다.

Ayame Takeshita

타케시타 아야메

영속:제2영속(망상 구현)　영장:〈항성영장 79번(알나스르)〉

무명천사:〈원초장궁(크로토스)〉

무명천사 스테이터스

파괴력:B　속도:B　사정거리:A
응용성:B　특이성:D　원거리 저격형

무명천사 능력

서양식 롱보우 형태.
회전을 통한 위력 증강. 그 외, 폭파 등.

Yui Sagakure

사가쿠레 유이

영속:제7영속(변화)　　영장:〈은형영장 34번(이즈나)〉

무명천사:〈칠보행자〉

무명천사 스테이터스

파괴력:D　속도:B　사정거리:C
응용성:C　특이성:B　원거리 밀정형

무명천사 능력

약간 커다란 수리검 형태.
오감을 일시적으로 정지시키는 결계를 칠 수 있다.

Panie Ibusuki

이부스키 파니에

영속:제4영속(인형 조작)　영장:〈구사영장 52번(빅토리아)〉

무명천사:〈청동거인(탈로스)〉

무명천사 스테이터스

파괴력:B　속도:E　사정거리:D
응용성:E　특이성:A　원거리 조작형

무명천사 능력

청동제 거인을 조작한다…… 라고 선전하고 있다.
실은 그 거인 안에도 인형이 들어 있으며, 그 인형을 통해 조작한다.

DATE A LIVE FRAGMENT

False Proxy
폴스 프록시

영속:제6영속(봉인)　　　영장:〈허공영장 91번(마스터 마인드)〉

무명천사:〈불가시지(기게스)〉

무명천사 스테이터스
파괴력:D　속도:D　사정거리:D
응용성:D　특이성:A　근접 집단형

무명천사 능력
입으로 토해낸 인형으로 집단 공격을 가하기 때문에
사실상 무명천사라고 부를 만한 것이 존재하지 않는다.

Tsuan
창

영속:제10영속(?)　　　영장:〈극사영장 15번(브리니클)〉

무명천사:〈천성랑(라일랍스)〉

무명천사 스테이터스
파괴력:AA　속도:A　사정거리:C
응용성:A　특이성:A　근접 파괴형

무명천사 능력
거대한 핼버드+해머 형태.
상대를 분자 레벨로 파괴함. 사냥개에 버금가는 감각을 지녔다.

Isami Hijikata

히지카타 이사미

영속:제1영속(빛) **영장:〈특공영장 78번(쿠로이토오도시)〉**

무명천사:〈타천일개신(잇폰다타라)〉

무명천사 스테이터스

파괴력:A 속도:A 사정거리:E
응용성:B 특이성:C 근접 참격형

무명천사 능력
거대한 일본도 형태. 고속 전자 발도(拔刀)를 통해,
소유자의 신체능력을 향상시킨다.

Sheri Musi-kA

셰리 무지카

영속:제5영속(불꽃) **영장:〈화염영장 28번(야쿠트)〉**

무명천사:〈화염허안(세크메트)〉

무명천사 스테이터스

파괴력:B 속도:A 사정거리:B
응용성:A 특이성:C 원거리 소탕형

무명천사 능력
거대한 돋보기 형태. 태양광선을 모아서 쏘는 스페셜 레이저 빔.

Furue Tonami

토나미 후루에

영속:제8영속(바람) **영장:〈풍위영장 43번(스카이워크)〉**

무명천사:〈풍성전륜(실피드)〉

무명천사 스테이터스

파괴력:C 속도:B 사정거리:B
응용성:B 특이성:B 원거리 참격형

무명천사 능력
차크람 형태. 추적, 가속, 감속, 정지, 요격, 감시, 유도, 도청, 가공,
생산, 증식 등이 가능함.

■역자 후기

안녕하십니까. 근로청년 번역가 이승원입니다.

『데이트 어 불릿』을 구매해주셔서 진심으로 감사드립니다.

작가님께서 후기에서 말씀하셨다시피, 『데이트 어 불릿』은 『데이트 어 라이브』의 스핀오프 작품입니다.

이 세계의 무대인 『인계』는 원래 정령들이 있던 세계입니다. 하지만 사랑에 눈뜬 정령들이 떠난 인계는 세피라 파편을 지닌 준정령들의 세계가 됩니다.

그런 준정령들이 모여 사는 이 인계라는 세계에 나타난 토키사키 쿠루미. 진짜 정령인 그녀가 인계에서 펼치는 모험활극이 이 이야기의 중심이라 할 수 있습니다.

……거, 거짓말 아닙니다! 「뭐? 쿠루미가 모험활극? 거짓말 하지 마!」라는 독자 여러분의 외침이 들리는 것 같지만, 그건 제 착각일거라 굳게 믿겠습니다!

『데이트 어 라이브』1권부터 언급은 됐지만 다뤄지지 않았던 인계를 무대로 한 스토리, 게다가 쿠루미가 주인공이라는 사실에 저 또한 한 명의 팬으로서 정말 기대했습니다. 그리고 뚜껑을 열어보니…… 역시 쿠루미는 좋군요(어이).

16권에서의 일편단심(?) 쿠루미도 끝내줬지만, 이 스핀오프에서의 쿠루미도 정말 최고입니다. 쿠루미 특유의 처절함이 잘 묻어났다고나 할까요. 만전의 상태일 때와는 비교도 안 될 만큼 전투력이 약해졌지만, 부족한 전투력을 전략과 스킬로 메우는 모습은 정말 매력적이었습니다.

작가이신 히가시데 유이치로 선생님께서 지금까지 여러 작품에서 보여주셨던 처절함이 이 스핀오프에서도 멋지게 드러나고 있습니다.

물론 압도적인 힘으로 쓸어버리는 쿠루미도 좋지만요, AHAHA.

인계에서 펼쳐질 그녀의 이야기를 저 또한 한 명의 독자로서 고대할 생각입니다!

그럼 이만 줄이겠습니다.

L노벨 편집부 여러분, 항상 신세 많이 지고 있습니다. 앞으로도 잘 부탁드립니다.

3년을 별러서 드디어 같이 아키하바라에 가기로 한 악우여. 너는 아키하바라를 탐험하며 뜻깊은(?) 시간을 보내라. 나는 호텔방에서 열심히 마감과 사투를 벌일게……(털썩).

마지막으로 언제나 제게 버팀목이 되어주시는 어머니와

『데이트 어 불릿』을 읽어주신 모든 분들에게 진심으로 감사드립니다.

최정상 아이돌이 되기 위해 분투하는(?) 쿠루미의 활약을 볼 수 있을 듯한(?!) 다음 권 역자 후기 코너에서 다시 뵙겠습니다!

2017년 8월 중순
역자 이승원 올림

데이트 어 불릿 1

1판 1쇄 발행 2017년 10월 10일
1판 4쇄 발행 2024년 5월 10일

지은이_ Yuichiro Higashide
감수 기획_ Koushi Tachibana
일러스트_ NOCO
옮긴이_ 이승원

발행인_ 최원영
본부장_ 장혜경
편집장_ 김승신
편집진행_ 권세라 · 최혁수 · 김경민 · 최정민
커버디자인_ 양우연
국제업무_ 박진해 · 전은지 · 남궁명일
관리 · 영업_ 김민원 · 조은걸

펴낸곳_ (주)디앤씨미디어
등록_ 2002년 4월 25일 제20-260호
주소_ 서울시 구로구 디지털로 32길 30, 코오롱디지털타워빌란트 1301-1308호
전화_ 02-333-2513(대표)
팩시밀리_ 02-333-2514
이메일_ lnovellove@naver.com
ㄴ노벨 공식 카페_ http://cafe.naver.com/lnovel11

DATE A LIVE FRAGMENT DATE A BULLET Vol.1
ⓒYuichiro Higashide, Koushi Tachibana, NOCO 2017
First published in Japan in 2017 by KADOKAWA CORPORATION, Tokyo.
Korean translation rights arranged with KADOKAWA CORPORATION, Tokyo.

ISBN 979-11-278-4274-1 04830
ISBN 979-11-278-4273-4 (세트)

값 7,000원

데이트 어 라이브 1~16권, 앙코르 1~6권, 머테리얼

타치바나 코우시 지음 | 츠나코 일러스트 | 이승원 옮김

4월 10일. 새 학기 첫 등교일.
이츠카 시도는 평소와 다름없는 일상을 보내고 있었다.
갑작스러운 충격파로 파괴된 마을 한가운데에서 소녀와 만나기 전까지는—

세계를 부수는 재앙, 정령을 막을 방법은 단 두가지.
섬멸, 혹은 대화

정령과 만나게 된 시도는,
세계의 멸망을 막기 위해 데이트로 정령을 꼬셔야하는 운명에 처하게 되는데!?

세계의 멸망을 막기 위한 데이트가 시작된다─!!

ANIPLUS TV 애니메이션 방영 화제작!!

공주기사는 오크에게 잡혔습니다. 1권

키리야마 온 지음 | 시모츠키 에이토 일러스트 | 이승원 옮김

"나는 사회의 톱니바퀴가 되고 싶어…… 정사원이 되고 싶단 말이야!"
한창 불경기인 모리타니아 왕국에서 취직활동에 실패해
파견 오크로서 일하는 사토나카 오크 야타로.
창고 습격 업무 중이던 그는 여유 교육의 화신인 마법사 사사키,
엘프인 하루카와 함께 특별 보너스를 받기 위해 공주기사인 안쥬를 잡지만…….
「큭…… 죽여라!」, 「관심 없으니까, 입 좀 다물어 줄래요?」
초식계 남자인 야타로가 공주기사다운 대접을 해주지 않자,
안쥬의 불만은 쌓이기만 했다.
게다가 야타로는 혼기를 놓치는 걸 두려워하는 안쥬가
멋진 연애를 할 수 있도록, 그녀가 여자력을 갈고닦는 걸 돕게 되는데?!

평범해지고 싶은 오크와 공주기사의
마일드 사회파 코미디!

라이트노벨의 새로운 빛! L노벨의 신간은 매월 10일에 발매됩니다. http://cafe.naver.com/lnovel11